DRACHENSCHICKSAL

DIE GEFÄHRTEN DER DRACHENWANDLERIN

#4

EVA CHASE

Drachenschicksal

Die Gefährten der Drachenwandlerin Buch 4

Erste Digitale Ausgabe, 2018

Copyright © 2022 Eva Chase

Übersetzung: Anja Maria Lermer

Lektorat: Nadja Uebach

Umschlaggestaltung: Covers by Juan

Ebook ISBN: 978-1-990338-38-0

Print ISBN: 978-1-998582-61-7

 Formatiert mit Vellum

1

Als der Privatjet auf das Anwesen der Hundewandler zusteuerte, spürte ich die Entschlossenheit tief in meiner Brust. Eigentlich sollte ich hier auf die letzte Gestaltwandler-Sippe treffen und mich ihnen als Gefährtin ihres Alphas vorstellen. Ich hätte gute Nachrichten überbringen sollen. Ich war ihre Drachenwandlerin – die letzte lebende Drachenwandlerin. Indem ich die vier Alphas der verschiedenen Sippen zu meinen Gefährten nahm, sollte ich alle Gestaltwandler vereinen und das Chaos beenden, das sie durchgemacht hatten.

Stattdessen musste ich verkünden, dass wir am Rande eines paranormalen Krieges stehen könnten. So hatte es Marco genannt, der Katzen-Alpha, mit dem ich vor nicht einmal einem Tag die Gefährtenbindung vollzogen hatte. Der Wolfswandler war der Einzige, den ich noch nicht offiziell zu meinem Gefährten gemacht hatte. West saß auf einem Sitz neben der Flugzeugtür und sah nochgrimmiger und angespannter aus als sonst.

Wir hatten schon eine Menge durchgemacht, doch diesmal war es schlimmer. Bislang mussten wir nur unsere eigenen Leute bekämpfen, abtrünnige Gestaltwandler, die den Status quo erschüttern wollten. Jetzt waren die verbliebenen Abtrünnigen zu den Vampiren geflohen, und die Vampire hatten, aus welchem Grund auch immer, beschlossen, uns anzugreifen.

Alles, was wir mit Sicherheit wussten, war, dass die Blutsauger ein Haus in der Nähe von New York City übernommen hatten, das Marcos Sippe als lokale Operationsbasis nutzte. Er hatte die Katzenwandler, die den Angriff überlebt hatten, angewiesen, uns hier auf dem nächstgelegenen Gestaltwandler-Anwesen zu treffen.

Meine Hände ballten sich zu Fäusten, als der Flieger über die Landebahn holperte. Der Blick auf die majestätischen Kiefern erinnerte mich an unsere Stärke. Ich hatte in den letzten Wochen, seit meine Alphas mich gefunden und mir meine wahre Rolle vor Augen geführt hatten, eine ganze Menge durchgemacht. Ich hatte mich einer Herausforderung nach der anderen gestellt und sie erfolgreich gemeistert. Und auch jetzt würden wir uns von diesen untoten Fieslingen nicht unterkriegen lassen.

Der Jet kam rumpelnd zum Stehen. Kylie streckte ihre Hand über die Armlehne und ergriff meine Hand. Meine beste Freundin, die durch und durch menschlich war, so wie ich es bisher auch von mir geglaubt hatte, war mir hinterhergereist und hatte noch weniger Ahnung von dem Aufruhr in der Gestaltwandler-Gemeinschaft als ich. Trotzdem war sie hier. Sie unterstützte mich, obwohl sie mich in meiner bösartigsten Version gesehen hatte. Sie schenkte mir immer noch ihr strahlendes Lächeln, während ihr neonpinker Pixie-Schopf im Licht der Scheinwerfer schimmerte.

Ich wusste nicht, ob ich besorgt oder dankbar war, dass sie hier war. Doch ich stieß sie nicht mehr weg.

West stand als Erster auf, um die Flugzeugtür zu öffnen. Die dunkelgrünen Augen des Wolfswandlers schimmerten vor Sorge um seine Sippe und vor Wut auf diejenigen, die sie bedrohten. Als ich ihn so sah, zog sich mein Herz zusammen.

Der Rest von uns stand auf, um West zu folgen. „Wie viele deiner Leute waren auf dem Weg zum Anwesen?", fragte Aaron Marco. Der Adlerwandler, der Alpha der Vogelsippe, hatte die Angewohnheit, sich auf die Fakten zu konzentrieren. Der Klang seiner ruhigen, warmen Stimme hatte immer eine beruhigende Wirkung auf mich.

„Sieben haben sich im Haus aufgehalten", erwiderte Marco. „Das Letzte, was ich gehört habe, ist, dass drei von ihnen auf der Flucht sind – einer ist verletzt. Bald werden wir mehr wissen. Sie hätten eigentlich vor uns hier sein müssen." Die sonst so verschmitzte Miene des Jaguarwandlers hatte sich verfinstert. Nervös fuhr er sich mit der Hand durch sein zerzaustes schwarzes Haar, während er über den Gang in Richtung Ausgang schritt.

Nate, der Letzte meiner Alphas, trat zurück, um Kylie und mich vorausgehen zu lassen. Er legte mir seine starke Hand auf die Schulter. Groß und kräftig wie der Grizzlybär, in den er sich verwandeln konnte, stand er immer hinter mir. Dabei war er ein totaler Softie, wenn wir nicht in Gefahr waren.

Die frühe Morgenbrise wehte über mich hinweg, als wir die Treppe hinunterpolterten. Es war kühl und roch stark nach Kiefern. Eine hohe Steinmauer begrenzte die Landebahn. Ich ging in die andere Richtung, einen gewundenen Pfad zwischen den Bäumen entlang, und entdeckte ein Haus im gleichen Stil wie die Mauer am anderen Ende.

Es als ‚Haus‘ zu bezeichnen, war untertrieben. Kylie sog ehrfürchtig den Atem ein, als sie es sah. Das Gebäude war zweifellos eine Villa. Drei weitläufige Stockwerke aus massivem Stein mit einem Bogen aus dunklem Hartholz über der schweren Tür.

Ein paar Leute von Wests Sippe waren gekommen, um uns willkommen zu heißen. Wären wir, wie geplant, ein oder zwei Tage später angekommen, hätte uns vermutlich eine Menschenmenge empfangen. So aber konnte ich nicht umhin, als dankbar zu sein, dass mich nur wenige Gesichter zur Begrüßung anstrahlten. Die Hundewandler waren immer freundlich zu mir gewesen – manchmal sogar überwältigend freundlich –, doch die Gefahr schien mich zu verfolgen, wohin ich auch ging. Je weniger Gestaltwandler ins Kreuzfeuer gerieten, desto besser.

„Drachenwandlerin“, murmelten sie und neigten

respektvoll die Köpfe. Derjenige, der die meiste Autorität ausstrahlte, vermutlich einer von Wests Leutnants, wandte sich an seinen Alpha.

„Vor ein paar Stunden sind drei Katzenwandler angekommen. Wir haben ihnen Gästezimmer angeboten, und die Verwundete wurde bereits versorgt.“

Marco trat neben West. „Geht es ihr gut?“

Der Leutnant – seinem Geruch nach ein Kojotenwandler – nickte schnell. „Sie ist schwer verletzt, aber nicht tödlich. Sie schläft jetzt.“

„Und es gibt keine Anzeichen von Vampiren in dieser Gegend – keine Nachricht aus einem der Dörfer in der Umgebung von New York City?“, fragte West.

„Die Siedlung am Rande von New York City“, sagte der Kojotenwandler mit einer Grimasse. „Wir haben erfahren, dass dort Vampire aufgespürt wurden, kurz nachdem ich das letzte Mal mit dir gesprochen habe. Dann haben wir den Kontakt verloren. Ich habe ein paar von unseren Leuten hingeschickt, um der Sache nachzugehen.“

Wests Kiefer verkrampfte sich. „Sag mir Bescheid, sobald du etwas hörst.“

Einer der anderen Hundewandler, ein Fennek-Fuchswandler mit schmalem Gesicht und gelbbraunem Haarschopf, hatte seine Aufmerksamkeit auf Kylie gerichtet. „Was macht ein *Mensch* hier?“, fragte er mit nörgelnder Stimme.

Ich zuckte zusammen. „Sie ist meine Freundin. Überall, wo ich hingehe, ist sie ebenfalls willkommen.“

Der Fuchswandler legte den Kopf schief. „Ich meinte

ja nur, dass wir hier wichtige Gestaltwandler-Angelegenheiten zu erledigen haben, und ich wüsste nicht ...“

„*Felix*“, schnauzte West. Er drängte sich vor uns und funkelte seinen Untergebenen an, der gut einen halben Kopf kleiner war als der schlaksige Wolfswandler. West fletschte leicht die Zähne. „Wie unschwer zu erkennen ist, ist sie mit meiner Erlaubnis hier.“

Der Fuchswandler erstarrte. „Ja, Sir. Ja, natürlich. Ich habe nicht nachgedacht.“ Er hob sein Kinn und entblößte seinen blassen langen Hals.

Aaron war neben mir aufgetaucht. Er beugte sich vor und flüsterte mir ins Ohr: „Unter Hundewandlern ist das Entblößen der Kehle das offenkundigste Zeichen der Unterwerfung.“

West hatte sich inzwischen etwas entspannt. „In Ordnung“, sagte er mit seiner üblichen schroffen Stimme. „Vielleicht solltest du das nächste Mal ein bisschen mehr nachdenken, bevor du dein Maul aufreißt? Es gibt nämlich *tatsächlich* eine Menge wichtiger Angelegenheiten, um die wir uns kümmern müssen.“

„Du solltest dich schon mal mit dem Gedanken anfreunden, dass ich bei diesen Angelegenheiten helfen werde“, meldete sich Kylie zu Wort. „Warte nur ab. In ein paar Tagen wirst du dich fragen, warum du nicht ständig Menschen wie mich hier hast.“

Felix zog skeptisch eine Augenbraue hoch, war jedoch klug genug, in der Gegenwart seines Alphas nichts zu sagen.

„Lasst uns reingehen", drängte West. „Wir sollten mit Marcos Sippe sprechen und herausfinden, was genau passiert ist."

Von außen sah die Villa hart und kalt aus, doch sobald wir eintraten, wurden wir von Wärme umhüllt. Die Wände waren in einem gedämpften Goldton gestrichen und dicke Teppiche bedeckten die Böden. Die Eingangshalle führte in einen großen Saal mit einem massiven Steinkamin, der im Winter unglaublich gemütlich sein musste. Der Duft von frisch gebackenem Brot stieg mir in die Nase und mein Magen knurrte.

„Ich rufe die Katzenwandler zusammen", verkündete Wests Kojoten-Leutnant. Sein Blick glitt zu zwei Bediensteten. „Bringt den Alphas und unserer Drachenwandlerin – und ihrer Freundin – ein Frühstück."

West schenkte ihm ein dünnes, aber anerkennendes Lächeln. Ich ließ mich auf eines der gemütlichen Sofas sinken und wurde sofort von dem Polster verschluckt. Dieses Haus hatte große Ähnlichkeit mit seinem Besitzer, stellte ich mit einem Hauch von Belustigung fest. Von außen hart und scheinbar undurchdringlich und im Inneren voller unerwarteter Überraschungen, wenn man sich einen Weg durch diese Mauern bahnte.

West war der Einzige der vier Alphas, mit dem ich meine Gefährtenbindung noch nicht vollzogen hatte. Die letzten Wochen war es etwas turbulent zwischen uns gewesen. Er war mir gegenüber von Anfang an skeptisch gewesen, allerdings hatte ich den Eindruck, dass er mittlerweile etwas aufgetaut war, wenn auch nur ein kleines bisschen. Es war schwer zu sagen, was in ihm vorging. Doch die Momente der Leidenschaft, die wir geteilt hatten ... Allein bei dem Gedanken daran, wurde mir heiß, und das, obwohl ich im Moment andere Dinge im Kopf hatte.

Kylie setzte sich auf das Sofa zu meiner Linken und Nate zu meiner Rechten. Der Bärenwandler streichelte beruhigend mein Knie. Aaron ließ sich auf einen Sessel gegenüber von uns sinken. Sein goldenes Disney-Prinzen-Haar schimmerte im Licht der Morgendämmerung, das durch das Panoramafenster fiel. West und Marco blieben stehen. Wests Haltung war steif und er hatte die Arme vor der Brust verschränkt, während Marco auf und ab ging.

„Das hätte nie passieren dürfen", murmelte er. „Wir hatten doch neulich erst eine Auseinandersetzung mit den Vampiren. Wir haben die Sache sogar mit dem König *geklärt*. Warum sollte er sich das Gejammer von ein paar räudigen Abtrünnigen anhören?"

Er verstummte, als das Frühstück kam: Brot mit Butter und Marmelade und gebratener Schinken. Mir lief das Wasser im Mund zusammen. Ich machte mir schnell ein Sandwich, um meinen Magen zu beruhigen, der inzwischen schmerzte.

Nach nur wenigen Bissen tauchte Marcos Sippe auf, darunter ein bekanntes Gesicht: Leonard, der Löwenwandler, einer von Marcos Leutnants, dessen rundes Gesicht von den vorstehenden Wangenknochen durchbrochen wurde. Unsere erste Begegnung war etwas unglücklich verlaufen. Er hatte mich entführt, da er dies für den einfachsten Weg hielt, mich zu seinem Alpha zu bringen.

Er sah mitgenommener aus als damals, als Marco ihn wegen dieses Fehlers verprügelt hatte. Seine Augen lagen tief in den Höhlen, und auf einem seiner hohen Wangenknochen war eine gerötete Wunde zu sehen. Sie schien relativ frisch zu sein, da die Haut noch dabei war, zu verheilen. Es sah aus wie die Schramme einer Kugel. Mein Magen verkrampfte sich. Ich legte mein Sandwich auf dem Couchtisch ab.

„Seht mal, was der Kater angeschleppt hat", sagte Marco, wobei es ihm jedoch nicht gelang, seine Stimme neckisch klingen zu lassen. Er bedeutete Leonard und seiner Begleiterin, einer stämmigen, silberhaarigen Frau, die wie ein Luchs roch, auf einem anderen Sofa Platz zu nehmen. „Setzt euch doch, bevor wir uns unterhalten. Ihr seid heute Abend eindeutig genug gelaufen. Wir müssen nur wissen, was in dem Haus passiert ist, dann könnt ihr weiterschlafen."

Leonard ließ sich auf das Sofa fallen und stützte den Kopf in seine Hände. Er rieb sich das Gesicht.

„Wir hatten keine Ahnung, dass sie kommen würden", begann er heiser. „Das Haus wird nie streng bewacht, da es sich mitten in der Vorstadt befindet. Niemand würde vermuten, dass es von Gestaltwandlern genutzt wird ... Kurz nach Sonnenuntergang haben sie die Tür aufgesprengt. Mindestens zehn, vielleicht fünfzehn von ihnen. Ich hatte keine Gelegenheit, nachzuzählen. Sie stürmten durch das Haus und schossen wie wild um sich. Ich konnte Lindy gerade noch rechtzeitig beiseiteziehen. Sandra und ich trugen sie zum Auto und machten uns aus dem Staub. Etwas anderes blieb uns nicht übrig."

Ich erschauderte. Alle in dem großen Saal waren angespannt. „Du sagtest, sie hätten wild um sich geschossen", wiederholte ich. „Sie waren also bewaffnet?" Einige der Abtrünnigen hatten mit Pistolen und Gewehren gegen uns gekämpft und damit gegen eines der obersten Gestaltwandler-Gesetze verstoßen. Bisher hatte ich jedoch geglaubt, ihre Mittel, was Menschenwaffen betraf, wären begrenzt. Ich hatte keine Ahnung, welchen Beschränkungen Vampire unterlagen – oder nicht unterlagen.

Leonard erschauderte. „Sie hatten *automatische Schusswaffen*, zumindest die meisten von ihnen. Zwar in Pistolengröße, aber ich möchte dem trotzdem kein zweites Mal ausgesetzt sein. Die Blutsauger haben nicht einmal versucht, uns zu beißen. Bestimmt war ihnen klar, dass sie verlieren würden, wenn es zu einem Nahkampf käme." Seine Lippen kräuselten sich. „Paktbrecher *und* Feiglinge."

Automatische Schusswaffen. Verdammt. Meine Alphas schienen ebenso entsetzt zu sein wie ich. Wie sollten wir gegen eine Armee von Untoten kämpfen, die mit militärischen Waffen ausgerüstet war?

„Wir werden dafür sorgen, dass die Paktbrecher die entsprechenden Konsequenzen tragen", erklärte Marco mit angespannter Stimme. „Ich nehme nicht an, dass sie irgendeinen Hinweis darauf gegeben haben, was der Grund für diesen Überraschungsangriff war? Unsere

Häuser in die Luft zu jagen, ist für gewöhnlich keines ihrer Hobbys."

Leonard schüttelte den Kopf. „Sie haben überhaupt nichts gesagt. Sie haben einfach das Feuer eröffnet. Die anderen vier unserer Sippe, die sich im Haus aufhielten, waren tot, bevor ich überhaupt mitbekam, was los war."

Er zögerte, sein Gesicht legte sich in Falten. Marco machte einen Schritt auf ihn zu.

„Es ist nicht deine Schuld", erklärte er entschieden. „Niemand hat mit einem derartigen Angriff gerechnet. Und glaubt mir, die Blutsauger werden dafür bezahlen."

„Hast du sonst noch etwas gesehen oder gehört, das uns nützlich sein könnte, um zurückzuschlagen?", fragte Aaron.

„Ich ... sonst fällt mir nichts ein. Es ging alles so schnell." Wieder rieb sich Leonard das Gesicht. Er schien erschöpft zu sein.

„Sandra?", fragte Marco.

Die Luchswandlerin sah ebenfalls erschöpft und erschüttert aus. Sie schwankte leicht auf ihrem Sitzpolster. „Ich habe gehört, wie einer der Vampire zu einem anderen gesagt hat, dass sie gehofft hatten, die Gestaltwandler würden sich gegenseitig ausschalten, aber es selbst zu tun, mache mehr Spaß." Bei dem letzten Wort erschauderte sie.

Meine Nackenhaare sträubten sich. Wenn in diesem Moment ein Vampir mit uns im Raum gewesen wäre, hätte mich wohl nichts davon abhalten können, meine Drachenklauen auszufahren und ihm die Kehle aufzuschlitzen.

„Sie wissen, dass wir stärker werden“, erwiderte ich. „Weil ich hier bin. Weil es jetzt eine Drachenwandlerin gibt, die die Sippen zusammenhält.“ Ich atmete scharf ein. „Und genau das werde ich tun. Marco hat recht. Die Vampire werden für ihre Taten bezahlen, dafür werde ich sorgen.“

Ich verspürte einen Stich, als ich neben der Angst einen Anflug von Hoffnung in den Augen der Luchswandlerin aufflackern sah. Ich sollte dieses Versprechen besser halten, auch wenn ich mir noch nicht ganz sicher war, wie.

„In Ordnung, ihr zwei“, sagte Marco mit einer scheuchenden Geste. „Ihr habt getan, was ihr konntet. Ihr seid da lebend rausgekommen und habt Lindy gerettet. Jetzt ruht euch aus. Vielleicht brauchen wir euch bei Einbruch der Nacht.“

„Was passiert bei Einbruch der Nacht?“, fragte Kylie, während Leonard und Sandra sich auf den Weg zurück in ihre Zimmer machten.

„Nicht alle Legenden über Vampire sind wahr“, erklärte West. „Das Sonnenlicht verbrennt sie jedoch tatsächlich zu Asche. Sie können zwar in den U-Bahn-Tunneln herumspazieren, doch oberirdisch können sie nicht angreifen, bis die Sonne untergegangen ist.“

„Wir haben also noch etwas Zeit, um unsere nächsten Schritte zu planen.“ Nate beugte sich vor und fuhr sich mit der Hand durch sein dichtes kastanienbraunes Haar. „Wir sollten herausfinden, ob es in der Nähe eines der anderen Stadtzentren, in denen sie ihre Clans haben, Vampiraktivitäten gegeben hat. Der

Größte befindet sich in New York – in welchen Städten sind sie noch aktiv?"

„Los Angeles", antwortete Aaron. „Las Vegas. Chicago. Und Atlanta. Allerdings haben sie auch Gebiete in verschiedenen kleineren Städten."

„Das verstehe ich nicht", platzte ich heraus. „Warum sollten sie uns plötzlich angreifen? Ich weiß, dass Gestaltwandler und Vampire einander nicht gerade freundlich gesinnt sind, aber dieser ... Kommentar, den Sandra gehört hat ... Das klingt, als würden sie uns regelrecht hassen."

Marco schnitt eine Grimasse. „Zwischen Vampiren und Gestaltwandlern gibt es keine verlorene Liebe, so viel ist sicher. Wir wahren den Frieden eher aufgrund unseres Abkommen als aufgrund von Zuneigung. Ähnlich wie den Frieden mit den Feen. Es war für die jeweiligen Völker schon immer einfacher, sich auf ihre eigenen Territorien zu beschränken, als sich auf einen Krieg einzulassen. Ich weiß nicht, warum sie ihre Meinung diesbezüglich geändert haben."

„Es herrscht definitiv Krieg. Das ist nicht zu leugnen. Mit so mächtigen Waffen ..." Ich schluckte schwer.

„Wir haben auch unsere Stärken", meinte Nate. „Wir können uns bei Tageslicht vorbereiten *und* im Dunkeln kämpfen."

„Außerdem werden wir kein so leichtes Ziel sein, wenn sie uns nicht überrumpeln können", fügte West hinzu.

Ich wischte mir mit der Hand über den Mund. „Okay. Das Sonnenlicht verbrennt sie also. Was können wir sonst noch zu unserem Vorteil nutzen? Welche Schwachstellen haben sie sonst noch?"

Marco hob eine Augenbraue, als er mich ansah. „Nach dem Sonnenlicht? Ich würde sagen, es gibt nichts, was sie mehr fürchten als Feuer."

2

Die Steinmauer, die das Anwesen der Hundewandler eingrenzte, sah mehr als solide genug aus, um dem Beschuss von automatischen Schusswaffen standzuhalten. Allerdings würde uns das nicht helfen, wenn die Vampire einen Weg fanden, die Mauer zu überwinden. Ich biss mir auf die Lippe, während ich im Vorgarten darüber nachdachte.

„Worüber müssen wir uns bei Vampiren noch Sorgen machen? Sie trinken Menschenblut, sind stärker und schneller als normale Menschen – aber nicht stärker als wir – und wie es scheint, haben sie Zugang zu schweren Waffen ... Können sie sich in Fledermäuse verwandeln? Von einem Hochhaus zum anderen springen?"

Marco gluckste. „Gestaltwandler haben das Monopol auf Tierverwandlungen, Prinzessin, also kein Grund zur Sorge. Und die Blutsauger sind auch keine Superman-

Klone. Ihr größter Trumpf ist, dass sie verdammt schwer zu töten sind, weil sie schon tot sind."

„Sonnenlicht ist die Lösung." West warf einen grimmigen Blick in den Himmel. Die Sonne hatte fast ihren Mittagshöhepunkt erreicht und verströmte eine sommerliche Hitze. „Und Feuer. Eine saubere Enthauptung. Sonst hilft da nicht viel."

„Holzpfähle?", schlug Kylie vor und machte eine ausladende Geste mit ihrem Arm, als würde sie einen Pfahl in ihrer Hand schwingen.

„Ich wüsste nicht, dass das schon mal jemand versucht hat", meinte Nate mit einem nachdenklichen Stirnrunzeln.

Aaron wüsste das wahrscheinlich, doch er hatte vor fünf Minuten einen Anruf entgegengenommen und war um das Haus herumgegangen, um ungestört reden zu können.

„Nun, es ist unwahrscheinlich, dass wir nahe genug an sie herankommen, um einen von ihnen zu pfählen, vor allem, da sie bewaffnet sind", sagte ich. „Bleibt also nur das Feuer."

Mein Drachenfeuer würde allerdings nur der Sippe hier auf dem Anwesen der Hundewandler helfen. Meine Gedanken wanderten zu dem Gestaltwandlerdorf, in dem wir ein paar Nächte verbracht hatten, nachdem meine Alphas mich gefunden hatten. Die Gestaltwandler dort hatten alle so ehrfürchtig auf mich reagiert. Sie hatten sich so gefreut, mich zu treffen, zu wissen, dass die Drachenwandlerin endlich zurückgekehrt war ...

Diese kleinen Siedlungen hatten keine großen

Steinmauern, die sie vor Kugeln bewahren konnten – und sie hatten auch keine Drachin, die Flammen auf die Angreifer spucken konnte. Es wäre weitaus einfacher, mein Volk zu beschützen, wenn es mehr Drachenwandlerinnen gäbe.

Vielleicht würde es das eines Tages. Bei dem Gedanken verspürte ich ein Ziehen in der Magengegend. Einst hatte es vier Drachenwandlerinnen gegeben – meine Mutter, meine Schwestern und mich. Wenn ich meine Bindung zu all meinen Alphas vollzog, könnten wir anfangen, über eigene Kinder nachzudenken.

Doch jetzt war nicht der richtige Zeitpunkt dafür. Nicht in einer Welt wie dieser. Ich konnte mit allem, was ich hatte, für die Gestaltwandler kämpfen, solange ich nur auf mich selbst aufpassen musste. Als die Abtrünnigen vor all den Jahren zum ersten Mal angegriffen hatten, war der Versuch, meine Schwestern und mich zu retten, meiner Mutter zum Verhängnis geworden. Sie hatte nur mich retten können, und das auch nur, indem sie ihr Volk im Stich gelassen hatte.

Aaron trat aus dem Schatten, die Tannennadeln auf dem Boden raschelten unter seinen Füßen. Ein Blick in sein Gesicht genügte, um mir zu sagen, dass er weitere schlechte Nachrichten hatte.

„Hat es auch einen Angriff auf eins deiner Gebiete gegeben?", fragte Marco, als der Adlerwandler zu uns stieß.

Aaron nickte, die Lippen gequält zusammengepresst. „Eine kleine Siedlung an der Küste von L.A. Die Vampire haben das Dorf umzingelt und auf jeden geschossen, der versuchte, wegzufliegen. Ein paar haben es geschafft, doch die meisten ... Es war ein Gemetzel. Alice kümmert sich um die Versorgung der Überlebenden." Er hatte seine Schwester zum Anwesen der Vogelwandler an der Küste zurückgeschickt, als sich der Rest von uns auf den Weg zu Wests Anwesen gemacht hatte. Er wollte jemanden vor Ort haben, dem er voll und ganz vertraute.

Mir drehte sich der Magen um. Wir hatten ähnliche Berichte aus dem Dorf der Hundewandler in der Nähe von New York erhalten, ebenso wie von einer Enklave von Katzenwandlern in Atlanta und einer Gemeinschaft von Nates gemischter Sippe ein paar Stunden außerhalb von Las Vegas. Die Vampire hatten ihre blutigen Absichten unmissverständlich klar gemacht, jedoch keine Forderungen gestellt.

„Und wir wissen immer noch nicht, was die Vampire wollen?", fragte ich.

„Sie wollen uns alle tot sehen", brummte West. „Das ist ziemlich offensichtlich."

„Das ist mir auch klar", erwiderte ich und widerstand dem Drang, ihn anzuschnauzen. „Aber *warum*? Wenn wir wüssten, warum sie sich plötzlich gegen uns wenden, hätten wir vielleicht einen Ansatzpunkt, was wir dagegen unternehmen könnten."

Nate gab einen unzufriedenen Laut von sich. „Soweit ich das beurteilen kann, ist das Einzige, was wir gegen die Blutsauger unternehmen können, sie zu verbrennen. Und ich freue mich schon darauf, zu sehen, wie du ihnen diese Lektion erteilst."

„Nach allem, was Marcos Sippe uns erzählt hat,"

meinte Aaron, „vermute ich, dass sie es genossen haben, als wir keine Drachenwandlerin hatten, da uns das geschwächt hat. Es hat sie beruhigt, dass Mitglieder aus unseren eigenen Reihen aufeinander losgegangen sind, und Konflikte entstanden sind. Bestimmt haben sie gehofft, es würde so weitergehen, bis wir uns gegenseitig an die Gurgel gehen. Doch stattdessen haben wir an Stärke gewonnen, da wir jetzt wieder eine Drachenwandlerin haben, die uns vereint.“

Er schenkte mir ein knappes, aber aufrichtiges Lächeln. „Vielleicht haben sie erkannt, dass dies ihre letzte Chance ist, uns anzugreifen, bevor wir wieder zu unserer alten Stärke zurückfinden. Vielleicht hatten sie sich schon mit dem Gedanken angefreundet, dass sie uns los sein könnten. Sie wollten nicht mehr so weitermachen wie bisher, mit uns zusammenarbeiten und Kompromisse eingehen.“

„Nach dem Chaos, das sie hier angerichtet haben, können sie das mit den Kompromissen vergessen“, knurrte Marco mit zusammengebissenen Zähnen.

Dennoch waren wir den Vampiren gegenüber im Nachteil. Wieder betrachtete ich die Mauer und dachte an all die Dörfer, die nicht über diese Art von Schutz verfügten. „Warum genau dürfen Gestaltwandler keine Waffen benutzen? Wo liegt die Grenze?“

„Wir schießen nicht zurück“, antwortete West.

„Ich *weiß*. Nichts, was als Waffe konzipiert ist. Aber gibt es ein Gesetz, das es verbietet, in einem Kampf etwas anderes als unseren Körper zu benutzen?“

„Woran denkst du, Ren?“, fragte Nate.

Ich deutete auf das Feld hinter dem Tor des Anwesens. „Wir wollen die Vampire grillen. Bin ich die Einzige, die das tun darf, oder dürfen eure Sippen auch mit Feuer kämpfen?"

Aarons Blick wurde nachdenklich. „Alles, was man in der Hand hält und womit man jemanden direkt angreifen kann, ist verboten. Zum Beispiel Fackeln. Allerdings gibt es andere Möglichkeiten, Feuer einzusetzen."

„Wir haben noch den ganzen Nachmittag Zeit, uns vorzubereiten", sagte ich. „Könnt ihr eure Sippen anweisen, einen Ring aus brennbarem Material um ihre Dörfer – und um die anderen Anwesen – zu errichten, der leicht angezündet werden kann, wenn die Vampire auftauchen? Es wäre in erster Linie zum Schutz ... doch, wenn sie es zufällig anzünden, während ein paar Vampire vorbeikommen, und diese Vampire zufällig Feuer fangen, wäre das doch kein Problem, oder?"

Marcos Lippen verzogen sich zu einem Grinsen. „Deine Denkweise gefällt mir von Tag zu Tag besser, Prinzessin."

„Außerdem würde sie das verunsichern", pflichtete Nate bei. „Und wenn sie verwirrt sind, ist es einfacher für uns, sie auszuschalten. Ein schöner Schubs in die Flammen ..." Er rieb seine Handflächen mit einem zufriedenen Gesichtsausdruck aneinander.

„Unsere Sippen werden die Vegetation in der Nähe des Anwesens beseitigen müssen", sagte Aaron. „Schließlich soll nicht der ganze Wald abbrennen. Dafür ist jedoch noch genug Zeit." Nickend zückte er sein Handy. „Ich muss noch ein paar Anrufe tätigen."

Kylie klatschte in die Hände. „Nun, ich bin *nicht* an Gestaltwandler-Gesetze gebunden! Ich frage mich, ob ich eine Art Flammenwerfer auftreiben kann. Auf jeden Fall kenne ich Leute, die euch auf die Schnelle Brennmaterial besorgen können."

Ich lächelte meine beste Freundin an. Wenn sie eine Superkraft hatte, dann die, sich mit jedem sofort anzufreunden oder zumindest Bekanntschaft zu schließen, deswegen kannte sie eine ganze Menge Leute. Dank ihrer zahlreichen Beziehungen konnte sie so ziemlich alles besorgen, was man brauchte, zumindest im normalen menschlichen Teil der Welt. Schon damals in New York hatte sie eine Spur gefunden, während meine Alphas und ich im Dunkeln tappten.

„Das Angebot nehme ich gerne an", sagte Nate zu Kylie.

„Du kannst diesem Felix sagen, dass ich mich jetzt schon nützlicher mache als er, West", bemerkte sie und griff nach ihrem Handy.

Der Wolfswandler grinste. „Das werde ich gleich tun." Er winkte mit einer Hand in Richtung des Hauses.

Jemand musste sie beobachtet haben, denn eine Minute später kamen mehrere von Wests Bediensteten nach draußen geeilt. Unter ihnen war auch der braunhaarige Fennek-Fuchswandler. Er warf einen Blick auf Kylie, als er an ihr vorbeihastete. Seine Miene verdüsterte sich, als sie ihm breit grinsend einen Daumen nach oben zeigte.

„Wir müssen mindestens drei Meter um die Mauer des Anwesens herum freimachen", verkündete der Alpha seinen Hundewandlern. „Sammelt alles brennbare Gestrüpp und schichtet es in der Mitte auf. Wir können es zur Sicherheit auch noch mit Benzin übergießen."

„Wartet", rief ich, als sie zum Tor gingen. „Nicht nötig. Ihr habt *mich*."

West warf mir einen vernichtenden Blick zu. „Du bist nur eine Drachin, falls du es vergessen hast, Flamme. Außerdem schaffst du es gerade mal eine halbe Stunde in deiner Drachengestalt zu bleiben, wenn du Glück hast. Wenn die Vampire hier auftauchen, werden wir sie die ganze Nacht in Schach halten müssen."

„Ich werde nicht die ganze Nacht brauchen, um sie zu grillen", entgegnete ich. „Es ist ja nicht so, dass ich einen vernichte und dann zehn Minuten durch die Gegend rase, bevor ich mich dem Nächsten widme."

„Und wenn sie nach und nach kommen? Wenn dir der Saft ausgeht, bevor der nächste Schwall kommt?"

Ich verschränkte meine Arme vor der Brust. „Ich kann mir meine Kraft einteilen. Und ich habe es schon mal geschafft, mich zweimal am selben Tag zu verwandeln, also sollte das auch heute klappen."

Er seufzte. „Hör mal, Flamme, ich denke, es ist besser, wenn wir zusätzlichen Schutz haben, nur für den Fall, dass eine Drachin nicht ausreicht. Das hier ist meine Sippe, und ich werde verdammt noch mal tun, was ich kann, um sie zu schützen. Es sei denn, du hast einen brillanten Plan, wie du noch vor Sonnenuntergang jeden Vampir da draußen vernichten kannst."

Damit hatte er nicht ganz unrecht. Das war mir bewusst. Nur die Art und Weise, wie er seinen Standpunkt darlegte, gefiel mir nicht. „Nein", gab ich zu. „Habe ich nicht. Glaub mir, wenn ich eine Idee hätte, würde ich sie dir nicht verschweigen."

„Oh, glaub *mir*, das weiß ich", erwiderte West mit einem Funkeln in den Augen. Bevor ich entscheiden konnte, ob es scherzhaft oder feindselig gemeint war, kam mir ein anderer Gedanke in den Sinn.

„Könnten wir den Kampf vielleicht zu den Vampiren bringen?", fragte ich. „Tagsüber sind sie doch ungeschützt, oder? Wenn wir ihr Versteck aufspüren und ..."

Marco, der in unserer Nähe geblieben war, schüttelte den Kopf. „Ein Kompliment muss ich den Blutsaugern machen: Sie sind sehr gewissenhaft, was ihre Abwehrmaßnahmen betrifft. Sie haben sich bestimmt hinter etwa zwanzig verschlossenen Türen in irgendeinem tiefen, dunklen Keller verbarrikadiert. In den Städten gibt es Dutzende von dunklen Kellern. Und wir wissen nicht einmal, in welchen Kellern sie sich verstecken. Ich nehme an, wenn wir die ganze Stadt niederbrennen würden–".

Ich atmete scharf aus. „Ich habe schon verstanden. Das ist keine Option. Vielleicht sollten wir uns auch ein paar geheime Keller suchen, in denen wir uns verstecken können."

„Deine Freundin hat da sicherlich ein paar Ideen, falls es brenzlig wird", meldete sich Marco amüsiert zu Wort.

Ja, Kylie kannte wahrscheinlich mindestens eine Handvoll verlassener Gebäude, in denen wir uns für eine Weile verkriechen konnten. Doch das würde uns nur so lange helfen, bis die Vampire uns erneut aufstöberten. Wir mussten sie davon überzeugen, dass es zu mühsam war, uns zu bekämpfen – oder sie vernichten, während sie es versuchten.

Das Tor öffnete sich quietschend und Felix kam herein. Er stützte einen blutüberströmten jungen Mann, der so wackelig auf den Beinen zu sein schien, dass er ohne Hilfe umfallen würde. Mir schlug das Herz bis zum Hals.

Marcos Augen weiteten sich. „Timothy", hauchte er und ging auf ihn zu.

Der verletzte Gestaltenwandler sah den Alpha mit trüben Augen an.

„Er ist einfach auf uns zugestolpert", sagte Felix. „Er hat nichts gesagt. Keine Ahnung, ob er überhaupt dazu in der Lage ist."

„Bringt ihn rein", befahl West. „Schnell. Er braucht Ruhe und jemand soll sich seine Wunden ansehen."

Marco nahm Timothys anderen Arm. Gemeinsam mit Felix führte er den armen Kerl ins Haus. Ich eilte hinter ihnen her, mein Herz pochte. Hatten die Vampire wieder angegriffen? Ausgerechnet jetzt, mitten am Tag? Das konnte doch theoretisch gar nicht sein.

Timothys Füße schleiften über den Boden. Marco zuckte bei dem Geräusch zusammen und hievte ihn hoch. „Wir haben dich. Nur noch ein kleines Stück."

„Hier drüben", sagte West und öffnete eine Tür am

Ende des Flurs, direkt neben dem großen Raum. Wie es aussah, war es ein Büro mit zwei Wänden, ausgestattet mit mehreren eingebauten Bücherregalen, einem Schreibtisch, einem Sessel – und einem Sofa, auf dem Marco und Felix den Katzenwandler ablegten.

Timothy erschauderte und hustete. „Wasser!", befahl Marco. Felix lief los. Der Jaguarwandler kniete neben seinem verletzten Artgenossen.

Timothy war nicht angeschossen worden – oder wenn doch, waren es nicht die Wunden, die jetzt bluteten. Eine tiefe Furche an der Seite seiner Rippen schrumpfte langsam zusammen. Ein großes Büschel Haare war ihm vom Schädel gerissen worden. Ich erschauderte innerlich, als ich jede einzelne Verletzung inspizierte. Was war mit ihm geschehen?

Offensichtlich war er nicht in der Lage, es uns mitzuteilen.

„Ich kann einen von meinen Leuten rufen, um ...", begann West.

Marco unterbrach ihn mit einer unwirschen Handbewegung. „Ich mache das. Ich bin für ihn verantwortlich."

Er ließ eine Jaguarkralle aus seinem Zeigefinger hervorschnellen und grub sie in das Fleisch seines Handgelenks. Ich zuckte zusammen, als Blut heraussprudelte. Mit zusammengepresstem Kiefer ließ Marco etwas davon auf Timothys Seite und dann auf seinen Kopf tropfen, um die Heilkraft seines gesunden Körpers mit den Anstrengungen seines Untergebenen zu kombinieren. Anschließend drückte er seine andere

Handfläche auf sein Handgelenk, um die Heilung seiner eigenen Wunde zu beschleunigen.

Timothy murmelte etwas vor sich hin und ließ sich tiefer in die Polster der Couch sinken. Seine Augenlider flatterten. Felix tauchte mit einem Glas Wasser in der Hand wieder auf. „Danke", sagte Marco und nahm es entgegen. Dann kehrte er zu seinem verletzten Artgenossen zurück und hielt Timothy das Glas an die Lippen.

Der Katzenwandler schaffte es, ein paar Mal zu schlucken, bevor er erleichtert ausatmete. Marco drehte sich um, um das Glas auf den Beistelltisch zu stellen, und Timothys Hand schoss hervor und packte das Hemd seines Alphas.

„Alpha", röchelte er.

„Hey", sagte Marco und legte seine Hand auf die von Timothy. „Du musst dich ausruhen. Es ist ein Wunder, dass du es überhaupt geschafft hast, zu entkommen." Er warf mir einen Blick zu. „Er ist einer der vier Vermissten aus meinem Haus in New York."

Dann wusste er wahrscheinlich nicht viel mehr als Leonard und Sandra. Doch Timothy zerrte erneut an Marcos Hemd. „Nein", krächzte er. „Ich bin nicht entkommen. Sie haben mich geschickt. Ich soll eine Botschaft überbringen."

Neben mir versteifte sich West. Marcos Blick wurde schärfer. „Wie lautet die Botschaft, Timothy?"

„Heute Nacht", würgte der verletzte Gestaltwandler hervor. „Der König will heute Nacht an der Marveille-Kreuzung mit euch verhandeln."

3

Ich lief durch die Gänge des Anwesens der Hundewandler und stieß mit einem von Wests Leuten zusammen, als ich ein wenig zu schnell um eine Ecke bog. Der Schakalwandler warf einen Blick auf mein Gesicht und wich zurück. Instinktiv hob er das Kinn, um seine Kehle zu entblößen, wie es für Hunde typisch war, wenn sie einen Kampf vermeiden wollten. „Verzeihung, Alpha. Ich verspreche, vorsichtiger zu sein."

Verdammt. Ich musste ziemlich grimmig aussehen, wenn er so reagierte. Ich bemühte mich um einen möglichst ruhigen Gesichtsausdruck – was mir angesichts der Frustration, die in mir brodelte, vermutlich nicht sonderlich gut gelang. „Ist schon gut", sagte ich. „Ich habe *dich* über den Haufen gerannt. War keine Absicht."

Er sah nicht überzeugt aus. Als er schnell weiterging,

zwang ich mich, stehenzubleiben, und lehnte mich mit dem Rücken gegen die Wand. Ich fuhr mir mit der Hand über das Gesicht, als könnte ich so die Anspannung wegwischen.

Obwohl ich schon seit fast einer Stunde durch das Anwesen streifte, hatte ich nicht das Gefühl, die frustrierte Energie losgeworden zu sein. Ich hatte bereits so viele meiner Leutnants und Sippenmitglieder angerufen wie möglich. Jede Siedlung, die eine halbe Nacht Fahrt von einer Vampirhochburg entfernt war, bereitete sich darauf vor, ihren Angriff abzuwehren.

Normalerweise wäre ich hingeflogen, um mich ihnen an der Front anzuschließen. Doch Ren brauchte mich. Unsere Gefährtenbindung war gerade erst gefestigt worden. Sie war noch so neu in ihrer Rolle als Drachenwandlerin.

Und selbst wenn sie bereit gewesen wäre, heute auf mich zu verzichten, stand nach Einbruch der Dunkelheit nicht weit von hier die Verhandlung mit dem Vampirkönig an.

Vielleicht hatte sich der ganze Schlamassel dann ohnehin von selbst erledigt. Obwohl ich mir nach den Massenmorden, die die Vampire an meiner Sippe und den anderen Alphas begangen hatten, keine allzu großen Hoffnungen machte. Ich war eindeutig nicht kompromissbereit gestimmt.

Doch wie ein wütender Grizzly im Körper eines Mannes durch das Haus zu tigern, half offensichtlich nicht weiter. Ich holte tief Luft und stieß mich von der Wand ab. Ich sollte wohl versuchen, noch etwas zu schlafen, bevor es Zeit war, aufzubrechen. Wahrscheinlich würde es eine sehr lange Nacht werden.

Ich ging zum südlichen Ende des dritten Stocks, wo sich die Hauptschlafzimmer befanden, doch meine unruhigen Füße führten mich direkt an der Tür zu meiner eigenen Suite vorbei. Ich blieb vor Rens Zimmer stehen. Sie hatte sich nach dem Mittagessen zurückgezogen, um sich auf die bevorstehende Nacht vorzubereiten. Vielleicht würde sie sich über ein wenig Gesellschaft freuen.

Als ich die Tür öffnete, erblickte ich den Rücken meiner Gefährtin, die auf dem Wohnzimmerboden saß. Sie hatte die Beine überkreuzt und die Hände auf die Knie gelegt, ihr Kopf war leicht nach hinten geneigt, ihr dunkelbraunes Haar fiel ihr über die Schultern. Ich ragte hoch genug über ihr auf, um zu erkennen, dass ihre Augen geschlossen waren.

Was immer sie da tat, ich wollte sie auf keinen Fall stören. Ich machte einen Schritt zurück, woraufhin die Türscharniere quietschten. Rens Augen öffneten sich und sie zuckte zusammen.

„Entschuldigung", flüsterte ich und hob die Hände. „Ich wollte dich nicht stören."

Sie stöhnte und ließ sich auf den Rücken fallen. „Ist schon okay. Ich glaube, ich wäre sowieso nicht weit gekommen."

Ich nahm das als Einladung und hockte mich neben meine Gefährtin auf den Boden. „Wo wolltest du denn hin?"

Ren rückte ein wenig näher an mich heran, und ich

legte meinen Arm um ihre Taille, während sie ihren Kopf auf mein Bein lehnte. Allein diese einfache Berührung löste die Anspannung in mir mehr als alles andere, was ich versucht hatte. Vielleicht war ich nicht nur hergekommen, um sie zu trösten, sondern auch, um selbst Trost zu finden.

„Ich hatte gehofft, dass mir die Meditation helfen würde, meine Verwandlungsfähigkeit zu stärken", sagte sie. „Ich möchte meine Drachengestalt länger beibehalten können. Lange genug, um mit jedem einzelnen Vampir fertig zu werden, gegen den wir kämpfen müssen."

„Hoffentlich müssen wir mit gar keinem kämpfen, wenn wir die Sache mit dem Vampirkönig regeln können."

Sie schnaubte abschätzig, was in etwa meiner eigenen Einschätzung entsprach. „Ich muss bereit sein."

„Du hast dir diese Fähigkeit wirklich schnell angeeignet, weißt du", sagte ich und strich mit meinem Daumen über ihre Seite. Sie trug das gleiche T-Shirt wie heute Morgen, doch die Wärme ihrer Haut strahlte durch den weichen Stoff. „Es ist natürlich nicht vergleichbar, aber wenn Kinder lernen, sich zu verwandeln, dauert es normalerweise ein paar Jahre, bis sie es zum ersten Mal schaffen, sich teilweise zu verwandeln. Und dann dauert es noch einige Jahre, bis man es schafft, seine Tiergestalt nahezu unbegrenzt zu halten. Du hast die erste Stufe in nur wenigen Tagen durchlaufen."

„Weil ich kein Kind bin", sagte Ren. „Weil ich es schon die ganze Zeit hätte tun sollen. Doch das mit der

Ausdauer dauert länger. Ich habe keine Zeit, mehrere Jahre zu üben. Ich habe nicht einmal ein paar Tage. Die Vampire haben uns schon so viel mehr geschadet, als die Abtrünnigen."

„Sie sind böse, aber auch schlau", sagte ich. „Und organisiert und diszipliniert. Eigenschaften, die man bei den Abtrünnigen vergeblich sucht, sonst hätten diese sich nie gegen die Sippen gestellt. Wir können die Blutsauger trotzdem besiegen. Du tust, was du kannst. Die Vampire *haben* Angst vor dir, weißt du. Deshalb greifen sie jetzt an. Sie wissen, dass du mit jedem Tag, der vergeht, dafür sorgst, dass die Gestaltwandler-Gemeinschaft stärker wird."

„Und das werde ich weiterhin tun", erklärte Ren. Ich war wie gebannt von der feurigen Entschlossenheit, die in ihren bernsteinfarbenen Augen loderte.

Dann gähnte sie und bedeckte ihr Gesicht mit ihrem Arm.

„Okay", sagte ich. „Ich glaube, wir brauchen beide etwas Ruhe, um für heute Abend fit zu sein. Du kannst im Schlaf weiter meditieren."

„Ich glaube nicht, dass das so funktioniert", murmelte Ren. Ich stand auf und nahm sie in die Arme, woraufhin sie quiekend protestierte. „Nate! Ich schaffe es allein ins Bett."

„So macht es aber mehr Spaß", entgegnete ich.

Sie brummte noch etwas vor sich hin, schmiegte ihren Kopf jedoch an meine Schulter. Ich strich mit dem Kinn über ihr Haar, als ich sie zum Bett trug. Meine Gefährtin war stark, ja, doch es schadete nichts, wenn sie zuließ, dass der Rest von uns ab und zu für sie stark sein durfte.

Ich ließ sie aufs Bett sinken und legte mich zu ihr. Ren zerzauste mein Haar. „Mein großer, starker Bär", sagte sie, als hätte sie meine Gedanken gelesen. In ihrer Stimme schwang so viel Zuneigung mit, dass mein Herz vor Freude klopfte. Ich senkte meinen Kopf, um sie zu küssen. Als sie den Kuss erwiderte, legte sie ihren Arm in meinen Nacken, um mich an sich zu ziehen, und plötzlich war Schlaf das Letzte, woran ich dachte.

Meine Hand glitt an ihrer Seite hinunter zu ihrer Hüfte und wieder hinauf, um ihre Brust zu umfassen. Ren atmete schwer an meinem Mund. Sie küsste mich fester, während ich in ihre Nippel kniff, bis sie steif wurden und ihr ein Wimmern entwich. Als sie sich zurückzog, waren ihre Wangen gerötet und ihre Augen funkelten.

„Wir sollten uns ausruhen", sagte sie. „Aber, wenn wir uns beeilen, haben wir vielleicht noch Zeit für ein bisschen mehr Spaß?"

Ich lachte. „Da kann ich nicht nein sagen." Dann rollte ich mich auf sie, um das Wimmern in ein Stöhnen zu verwandeln.

Ren

Kylie war genau dort, wo Aaron mir gesagt hatte, dass er sie zuletzt gesehen hatte, in einem kleinen Wohnzimmer direkt neben dem Hauptflur. Sie grinste, als ich hereinkam, und erhob sich aus dem Sessel. „Ren!" Dann wurde ihr Gesichtsausdruck schlagartig ernst. „Musst du schon los?"

Ich schüttelte den Kopf und setzte mich auf den Sessel neben ihrem. „Wir haben noch etwa eine Stunde Zeit. Ich habe nachgedacht und ..." Ich hielt inne und überlegte, wie ich dieses Thema am besten ansprechen sollte. Das Letzte, was ich wollte, war, dass meine beste Freundin dachte, ich wolle sie loswerden. Allerdings würde ich mich nicht gut fühlen, wenn wir nicht dieses eine letzte Gespräch führten.

„Über was?", drängte Kylie und musterte mich aufmerksam.

Ich begegnete ihrem Blick, in der Hoffnung, sie könnte die Gefühle in meinem lesen. „Du weißt, wie froh ich bin, dich hier zu haben. Wie dankbar ich bin, dass du immer für mich da bist, seit wir befreundet sind. Ich verspreche dir also, dass ich das nicht sage, weil ich es *will*. Doch da du mir so wichtig bist, muss ich dir diese Frage stellen: Bist du dir sicher, dass du hierbleiben willst, jetzt, wo die Lage noch etwas brisanter geworden ist?"

Kylie schenkte mir ein schiefes Lächeln. „Wo sollte ich denn sonst hin?"

„Zurück in dein altes Leben, nehme ich an", antwortete ich. „Du hast unsere Wohnung – ich kann weiterhin meinen Anteil der Miete zahlen. Und ich werde dich hoffentlich oft besuchen können. Du hast deinen Job und die Vampire werden dich zuhause nicht belästigen. Doch solange du hier bei uns bist ... vermute ich, dass es keine Rolle spielt, dass du keine Gestaltwandlerin bist. Es scheint sie nicht sonderlich zu interessieren, auf wen sie schießen."

„Okay", sagte Kylie. „Ich verstehe, warum du dir Sorgen machst. Ich bin auch nicht gerade scharf darauf, es mit bewaffneten Vampiren aufzunehmen. Aber kann ich dich mal etwas fragen, und du antwortest ganz ehrlich?"

„Natürlich", stimmte ich zu.

Sie legte den Kopf schief und musterte mich noch aufmerksamer. „Wenn du dein Leben so gestalten könntest, wie du es dir wünschst. Wie würde die perfekte Situation aussehen?"

Gott, was für eine Frage. Allein die Vorstellung, all diese Konflikte beseitigen zu können, ließ mein Herz anschwellen und schmerzen zugleich. Ich ließ meine Gedanken in dieses imaginäre Szenario abdriften. Wie würde es aussehen, wenn ich alles haben könnte, was ich wollte? Ich hatte ihr versprochen, absolut ehrlich zu sein.

„Ich würde mit den vier Jungs zusammenleben, alle wären glücklich und würden sich gut verstehen, es gäbe keine Zweifel mehr zwischen uns. Ich würde von Anwesen zu Anwesen und in verschiedene Städte reisen und versuchen, die dortigen Konflikte zu lösen. Und du wärst natürlich auch dabei. So könnten wir Zeit miteinander verbringen, wenn ich nicht anderweitig beschäftigt bin."

Ich konzentrierte mich wieder auf sie. „Ich habe jedoch keine Ahnung, ob und wann das passieren wird. Außerdem ist es das, was *ich* mir wünschen würde. Du hast auch ein Leben. Ich würde nicht wollen, dass du hierbleibst, wenn du mit einem normalen Leben glücklicher wärst. Eines, in dem es keine Vampire gibt, die auf uns schießen und wer weiß, was uns sonst noch erwartet.“

Kylie strahlte mich an, als könnte sie kein noch so großer Schrecken, der in der Zukunft lauerte, erschüttern. „Was ist so toll an normal?“, fragte sie. „Ich wollte nur wissen, wo ich hingehören würde, wenn du dir keine Sorgen um meine Sicherheit machst. Denn das ist genau das, was ich auch möchte. Wenn es dir recht ist, dass ich hierbleibe und es hier einen Job für mich gibt, bin ich gerne bereit auf diese beschissene Stelle in New York City zu verzichten. Klar, mit Gestaltwandlern zusammenzuleben, kann beängstigend sein, doch es ist auch ziemlich aufregend.“

Ich schluckte schwer. So viel Freude sprudelte in mir hoch, dass ich nicht wusste, was ich damit anfangen sollte. „Bist du sicher?“, fragte ich. „*Ganz* sicher?“

Kylie lachte. „Ich hatte in den letzten Tagen viel Zeit, darüber nachzudenken, weißt du. Und es gab nicht einen Moment, in dem ich es bereut habe, hergekommen zu sein. Also, wenn du dazu bestimmt bist, die Königin aller Gestaltwandler zu sein, bin ich mir ziemlich sicher, dass ich dazu bestimmt bin, deine rechte Hand zu sein. Auch wenn ich keine paranormale Bestimmung habe, fühlt es sich für mich trotzdem wie Schicksal an.“

Die Emotionen übermannten mich. Reden schien nicht genug zu sein. Ich sprang auf und nahm meine beste Freundin in die Arme. Sie erwiderte meine Umarmung. „So", erklärte sie. „Ich bin froh, dass wir das geklärt haben. Ein für alle Mal! Du musst wirklich aufhören, mich beschützen zu wollen. Ich bin ein großes Mädchen."

„Ich weiß", antwortete ich. „Ich verspreche, das war das letzte Mal, dass ich dieses Thema angesprochen habe. Ich wollte nur ganz sicher sein. Wenn dir etwas zustößt und ich denke, dass du nur meinetwegen hier warst …"

„Nein", sagte Kylie. „Ich bin hundertprozentig dabei. Ich meine, sieh dir doch nur mal diese Bude an." Mit einem verschmitzten Funkeln in den Augen deutete sie auf den Raum um sie herum. Doch als sie sich wieder zu mir umdrehte, war ihre Miene ernst. „Ich weiß, worauf ich mich hier einlasse, Ren. Und ich bin bereit dazu."

Ich atmete aus und schenkte ihr ein schiefes Lächeln. „Gut. Ich hoffe wirklich, dass ich das auch bin. Komm, lass uns essen gehen. Ich möchte nicht mit leerem Magen gegen Vampire kämpfen."

4

Ren

„Verschafft ihnen diese Kreuzung irgendeinen Vorteil, wenn es zu einem Kampf kommt?", fragte ich West. Ich saß neben ihm in dem Jeep, den er aus den verschiedenen Fahrzeugen auf seinem Anwesen ausgesucht hatte.

Den größten Teil der Strecke hatte er in einem rasanten Tempo zurückgelegt, erst auf den letzten zwanzig Meilen waren wir langsam und vorsichtig gefahren. Der Motor brummte unter mir, und auch das Dröhnen der Autos vor und hinter uns drang durch die Luft.

„Unmittelbar um die Kreuzung herum ist das Gelände ziemlich offen", sagte West, ohne seinen Blick von der Straße abzuwenden. „Nicht viel Schutz für uns. Wenn ich die Wahl hätte, würde ich eine Umgebung wie diese dort vorziehen."

Er nickte in Richtung der Kiefernwälder, die sich auf beiden Seiten des einspurigen Highways abzeichneten. In der immer finster werdenden Nacht schnitten die dunklen Spitzen der Baumkronen in das schattige Blau des bewölkten Himmels. Der Mond schimmerte schwach durch einen schmalen Dunststreifen.

Einer seiner Leute auf dem Rücksitz stand in Verbindung mit den Spähern, die West vorhin vorausgeschickt hatte. „Rayanne sagt, dass sich jetzt mindestens fünfzig Vampire versammelt haben", berichtete er besorgt.

Wests Kiefer spannte sich an. Die anderen Alphas waren in anderen Wagen gekommen, ebenso wie ein paar Dutzend von Wests Artgenossen, falls wir Verstärkung brauchten. Aber ...

„Wenn fünfzig Vampire fünfzig Waffen bedeuten, haben wir keine Chance", stellte ich fest.

„Im Ernst, Flamme", sagte West. „Willst du umkehren?"

Ich konnte nicht erkennen, ob er die Frage ernst meinte oder ob es ein Scherz sein sollte. „Ist das wirklich eine Option?", fragte ich.

Er lachte erstickt auf. „Ich schätze, das hängt davon ab, wie wichtig dir Diplomatie ist."

„Diplomatie ist mir vollkommen egal. Ich will nur nicht, dass wir getötet werden."

„Glaub mir, das steht auch auf meiner Prioritätenliste ganz oben. Irgendwelche brillanten Vorschläge, wie wir die Chancen abwägen könnten?"

Vielleicht hatten sie uns nur herbestellt, um die

Alphas und mich abzuschlachten, nachdem es den Abtrünnigen nicht gelungen war. Oder aber sie waren wirklich bereit, eine Art Friedensabkommen auszuhandeln. Ha. Andererseits würden sie die Gestaltwandler-Gemeinschaft wahrscheinlich sofort wieder angreifen, wenn wir *nicht* auftauchen würden. Wir hatten die Wahl zwischen einer schrecklichen oder einer furchtbaren Situation. Keine von beiden, bitte!

Natürlich war es keine Option einfach wieder zu *verschwinden*. Ich seufzte. „Vor einem Monat wusste ich nicht einmal, dass Vampire existieren. Solltest du nicht mehr Ahnung haben als ich?"

„Ich glaube nicht, dass dir meine Meinung gefallen würde", murmelte West.

Was zum Teufel sollte das bedeuten?

In diesem Moment klingelte das Handy erneut. Der Kerl auf dem Rücksitz gab einen verärgerten Laut von sich. „Ein weiterer Lastwagen voller Blutsauger ist aufgetaucht. Und sie verteilen sich um die Kreuzung herum. Sie verschwinden zwar in der Dunkelheit, doch unsere Leute können sie wittern. Es sieht so aus, als hätten sie vor, uns nach unserer Ankunft zu umzingeln."

Das klang nicht nach einer Vorbereitung auf ein friedliches Gespräch. West und ich tauschten einen Blick aus. Seine Miene war noch grimmiger geworden.

„So können wir ihnen nicht entgegentreten", sagte ich, auf eine weitere bissige Bemerkung gefasst.

Doch der Wolfswandler nickte. „Nein. Es gibt Risiken und es gibt Wahnsinn. Bertrand, kann man zwischen hier und dort irgendwo anständig parken?"

Sein Leutnant suchte die Gegend auf einer Karte ab, die er auf seinem Handy aufgerufen hatte. „Ein paar Kilometer weiter ist eine alte Tankstelle. Sie ist nicht mehr in Betrieb, also sollte dort niemand sein, und der Parkplatz hat eine annehmbare Größe.“

„Perfekt. Sag den anderen Fahrern, sie sollen sich dort versammeln.“

„Und was dann?“, wollte ich wissen.

Wests Lächeln war immer noch grimmig. „Dann sagen wir den Vampiren, dass wir sie auf halber Strecke treffen. Wenn sie wollen, können sie zu uns kommen, und zwar an den Ort unserer Wahl. Und wenn sie auf dem Weg dorthin irgendwelche komischen Tricks versuchen, kümmern wir uns um sie.“

„Aber die Waffen ...“, gab einer der Männer auf der Rückbank zu bedenken und unterbrach sich selbst, indem er sich über den Mund strich, als wäre er besorgt, dass er zu nervös klang.

„Wenn die Vampire anfangen zu schießen, sollten wir uns aus dem Staub machen“, sagte ich. „Alle in die Autos und zurück zum Anwesen. Geb das so an die anderen weiter.“

Kaum hatte ich aufgehört zu sprechen, fragte ich mich, ob ich eine Grenze überschritten hatte, indem ich Wests Sippe Befehle erteilte. Doch er sagte nichts. Ich nahm an, dass das bedeutete, dass er mit dem Plan einverstanden war. Er drückte auf das Gaspedal und beschleunigte, um unser neues Ziel schneller zu erreichen. Der Himmel war jetzt fast völlig schwarz.

„Ich gebe allen Deckung“, fügte ich hinzu. „Ich werde

selbst etwas Feuer legen, um sie aufzuhalten, während ihr abhaut."

Wests Blick huschte wieder zu mir. „Sei nicht dumm, Ren. Du musst auch von dort verschwinden. Du bist die Letzte, die wir uns leisten können, zu verlieren."

„Ich bin diejenige, die am ehesten dafür sorgen kann, dass wir *niemanden* verlieren", erwiderte ich. „Mit ein paar Kugeln werde ich schon fertig."

„Du bist noch nie mit solchen Waffen konfrontiert worden."

Da hatte er recht. Doch meine Gedanken wanderten zurück zu Fisher, dem Kerl, für den ich zusammen mit einem Haufen anderer Straßenkinder im Tausch gegen Essen und Unterkunft gestohlen hatte, als ich nach Moms Verschwinden auf mich allein gestellt war. An den Revolver, den er immer hinten in seiner Jeans versteckt hatte. An die Waffen, die ich bei einigen seiner Kollegen gesehen hatte, wenn sie kamen, um ihre Sachen abzuholen.

„Du hast keine Ahnung, was ich schon alles erlebt habe. Ich wette, ich habe in meinem Leben schon mehr Waffen gesehen als du."

„Das heißt aber nicht, dass du dich auf sie stürzen solltest", schnauzte West.

Ich verkrampfte mich, doch er sah sofort verärgert aus. Ob es daran lag, dass er seine Worte bereute? Oder daran, dass er es bereute, sie vor seiner Sippe gesagt zu haben? Wer wusste das schon? Doch unter der gespannten Erwartung, die seinen Körper durchzog, spürte ich Besorgnis.

Vielleicht wollte er nicht sein ganzes Vertrauen in mich setzen, wenn es darum ging, seine Sippe zu retten. Vielleicht traute er meinen Ideen nicht. Was auch immer der Fall war, er machte sich zumindest auch ein wenig Sorgen um *mich*.

Die Antwort, die mir auf der Zunge lag, verpuffte. „Ich werde es nicht darauf anlegen, erschossen zu werden", beruhigte ich ihn. „Ich werde nur tun, was ich tun muss, damit wir alle hier rauskommen. Mich eingeschlossen."

„Ich werde erst gehen, wenn du gehst", sagte West unwirsch, doch obwohl ich nichts anderes erwartet hatte, verspürte ich ein wohliges Flattern in der Brust, als ich ihn das sagen hörte. Wie gestern Abend, als er mich geküsst hatte, mit einer ungewohnten Zärtlichkeit, von der ich hoffte, dass ich sie noch einmal erleben würde.

Allerdings nicht jetzt. Vor uns kam das Tankstellenschild in Sicht. Der Lieferwagen und die Limousine vor uns bogen ab, und West folgte ihnen.

Wir parkten am Rande des verlassenen Parkplatzes. Wenn sie den Motor kräftig aufheulen ließen, sollte jedes der Autos in der Lage sein, über den Seitenstreifen zurück auf die Straße zu rasen, falls wir überstürzt verschwinden mussten.

Als ich ausstieg, knirschte trockenes Laub unter meinen Füßen, das noch vom letzten Herbst übriggeblieben sein musste. Das Schild über mir knarrte, als es vom Wind an den Ketten hin und her geweht wurde. Die Zapfsäulen mussten völlig ausgetrocknet sein – nicht einmal der leichteste Benzingeruch drang an meine feine Drachennase. Nur der Kieferduft des Waldes, wie auf Wests Anwesen, und ein Hauch von rostendem Metall.

„Gib mir das Telefon", befahl West und streckte seine Hand aus. Sein Leutnant reichte es ihm. Während der Rest unserer Leute aus den Fahrzeugen stieg, rief der Hunde-Alpha einen seiner Späher an.

„Rayanne. Kleine Planänderung. Die Vampire sollen uns an einer Tankstelle sechs Meilen von der Kreuzung entfernt treffen. Teil ihnen das aus möglichst großer Entfernung mit, und dann schwing dich auf dein Motorrad und komm zu uns. Ich will nicht, dass sie ihre ‚Enttäuschung' an dir auslassen."

Die anderen Alphas hatten sich zu uns gesellt. „Mal sehen, ob sie immer noch spielen wollen, nachdem wir ihre Tricks durchschaut haben", sagte Marco mit einem grimmigen Grinsen.

„Ich kann mir vorstellen, dass sie wissen, warum wir den Plan ändern", meinte Aaron. „Wenn sie glauben, dass sie auch etwas davon haben, wenn sie sich auf einen Kompromiss mit uns einlassen, werden sie ihn akzeptieren. Wenn Gewalt ihr einziges Ziel wäre ..." Sein Kiefer verkrampfte sich. Er warf einen Blick auf den Highway, wie um nachzusehen, ob die Vampire bereits auf dem Weg zu uns waren.

Dann würden sie vermutlich trotzdem kommen. Mit gezogenen Waffen, bereit, das Feuer zu eröffnen.

Der Späher meldete sich zurück. West hielt sich das Telefon ans Ohr, sagte ein paar aufmunternde Worte und blickte sich anschließend zu uns um.

„Sie scheinen eingewilligt zu haben, uns hier zu treffen. Sie sind jetzt auf dem Weg. Macht euch bereit."

„Wo sollen wir uns aufstellen, Sir?", fragte Bertrand.

„Wir sollten ihnen keinen Grund zur Annahme geben, dass wir irgendetwas anderes als friedliche Absichten haben", sagte Aaron. „Das würde dieses Spiel beenden, bevor es überhaupt begonnen hat."

„Selbst wenn sie uns mit voller Waffengewalt angreifen", murmelte Nate. Er trat näher an mich heran. „Sollen sie ruhig versuchen, sich zu beschweren."

„Nein, der Adlerwandler hat recht", sagte West. Er nickte seiner Sippe zu. „Schwärmt in den Wald aus, aber bleibt auf unserer Seite des Geländes, sodass sie euch nicht sehen können. Vampire haben keinen besonders guten Geruchssinn. Bleibt aber nah genug dran, um bei Bedarf anzugreifen – oder in die Autos zu springen und von hier zu verschwinden, falls es dazu kommen sollte. Ihr kennt die Signale."

Bis auf einige wenige, die uns weiterhin flankierten, verschwanden die restlichen Hundewandler im Wald neben der Tankstelle.

In der Ferne tauchten Lichter auf dem Highway auf. Meine Schultern spannten sich an. Die Blutsauger waren im Anmarsch.

„Ich sollte mich jetzt verwandeln", bemerkte ich. „Damit ich bereit bin. Sobald ich eine Waffe sehe, brenne ich sie alle nieder. Wenn sie tatsächlich verhandeln wollen, wisst ihr sowieso besser, was das Abkommen besagt. Irgendwelche Anmerkungen?"

Keiner der Alphas sagte etwas. „Nimm dich einfach in Acht", mahnte Aaron.

Marco grinste mich an. „Sie sind diejenigen, die sich in Acht nehmen müssen, wenn unsere Flammenprinzessin auf der Pirsch ist."

Sie beobachteten weiterhin die Straße, während ich mich auszog. Als die ersten Lastwagen nahe genug waren, dass ich ihre Umrisse hinter den Scheinwerfern erkennen konnte, kniete ich mich auf den Boden und verwandelte mich.

Es war angenehm, die Verwandlung in einem natürlichen Tempo zu vollziehen, anstatt sie überstürzt zu erzwingen. Meine Muskeln dehnten sich und kribbelten, anstatt zu schmerzen. Die Schuppen breiteten sich mit einem schwindelerregenden Schauer auf meiner Haut aus. Meine Flügel entfalteten sich auf meinem Rücken und versetzten meine Nerven in einen erwartungsvollen Rausch. Ich flog über die Autos hinweg, und das Feuer prickelte bereits in meinem Drachenhals.

Ich hätte nicht gedacht, dass ich meine Wahrheitsflammen heute Abend brauchen würde. Wenn die Vampire, die unsere Leute abgeschlachtet hatten, eine falsche Bewegung machten, würde ich sie sofort grillen. Das würde zwar nicht das Problem aller anderen Vampirgruppen da draußen lösen, aber zumindest würde es ihre Zahl ein wenig verringern. Außerdem wäre es äußerst befriedigend.

Die kleinen Lieferwagen, deren sperrige hintere Abteile keine Fenster hatten, fuhren auf den Parkplatz und blieben auf der uns gegenüberliegenden Seite stehen. Ich hielt meine Drachenaugen auf die Windschutzscheiben und die Türen gerichtet, um sofort erkennen zu können, falls eine Gestalt eine Waffe heben sollte.

Ein schlanker, elegant aussehender Mann stieg aus dem Führerhaus des mittleren Lastwagens. Sein Haar war tiefschwarz, und in seinen Augen schien ein Hauch von Leben zu glänzen, während seine Haut totenblass war. Ein säuerlicher Geruch drang in meine Nasenlöcher.

Der Gestank der Untoten, den nur unsere empfindlichen Gestaltwandler-Nasen wahrnehmen konnten. Ihre menschlichen Opfer bemerkten davon nichts.

Dieser Typ war eindeutig der König. Er schritt in die Mitte des Parkplatzes, vorbei an den leeren Zapfsäulen, als wäre er völlig unbesorgt. Sein Blick huschte nicht einmal in meine Richtung, obwohl ihm der riesige Drache, der ihn beobachtete, auf keinen Fall entgangen sein konnte. Neun seiner Leute versammelten sich hinter ihm, um ihm Rückendeckung zu geben. Die anderen blieben in den Lastwagen.

„Wir sind eurer Einladung zu einer Verhandlung gefolgt", begann West. Er und die anderen Gestaltwandler standen neben dem ersten unserer Autos, bereit, dahinter in Deckung zu gehen. „Vielleicht möchtet Ihr uns erklären, warum ihr letzte Nacht so viele von unseren Leuten angegriffen habt?"

Der Vampirkönig lächelte dünn. „Das war eine

Demonstration. Um einen Kontext für dieses Gespräch zu schaffen."

„Dieser Kontext hat mehr als hundert Todesopfer gefordert", knurrte Nate.

Der König sah ihn ausdruckslos an. „Dann wisst ihr, wie ernst es mir ist. Doch es *muss* niemand mehr sterben."

„Wunderbar", erwiderte Marco. „Nun, da wir über Eure Ernsthaftigkeit Bescheid wissen, wie wäre es, wenn Ihr uns über den eigentlichen Grund Eures Kommens aufklären würdet?"

„Das ist allein eure Schuld", entgegnete der Vampirkönig hochmütig. „Wir alle wissen, dass in der modernen Welt immer weniger Platz für übernatürliche Arten ist. Wir Vampire haben gelernt, uns anzupassen, uns so unter die Menschen zu mischen, dass sie uns nicht entdecken. Ihr Gestaltwandler jedoch...", ein spöttischer Unterton schlich sich in seine Stimme, „... Wie die Tiere, in die ihr euch verwandelt, verlasst ihr euch mehr auf eure niederen Instinkte anstatt auf gesunden Menschenverstand. Ihr lauft unkontrolliert durch die Gegend. Ihr könnt nicht in eurer Menschengestalt bleiben."

„Wir kümmern uns um alle Probleme, die von unseren Sippen verursacht werden", sagte Aaron.

„Nicht gut genug. Ihr habt eure Leute ja nicht einmal so weit unter Kontrolle, dass sie sich nicht gegen euch wenden. Ich habe mitbekommen, was für ein Chaos in eurer Gemeinschaft herrscht. Schon mehr als einmal seid ihr von Abtrünnigen angegriffen worden, die anschließend einfach entkommen sind." Er stieß ein leises Schnauben aus. „Ihr seid unvorsichtig. Irgendwann werdet ihr auffliegen, und dann werden die Menschen auch auf den Rest von uns Jagd machen. Keiner von uns ist sicher, solange ihr euren tierischen Impulsen nachgebt."

„Wir müssen uns genauso verwandeln, wie ihr Blut trinken müsst", erklärte West mit fester Stimme. „Und wir versuchen nicht, euch vom Essen abzuhalten."

„Wir laufen auch nicht mit unseren blizenden Reißzähnen durch die Gegend", erwiderte der König. Er klatschte in die Hände. „Meiner Meinung nach wäre es besser, wenn wir euch alle loswerden würden. Ich bin jedoch bereit, eine Alternative in Betracht zu ziehen. Wir haben ein paar abgelegene Gegenden im Land ausgemacht, die die Menschen so unangenehm finden, dass sie nur selten dorthin reisen. Wenn ihr dortbleibt und diese Grenzen nie überschreitet, dann dürft ihr weiterleben."

Glaubte er wirklich, dass wir dem zustimmen würden? Die gesamte Gestaltwandler-Gemeinschaft in ein paar unwirtliche Zonen abzuschieben – und von Vampiren bewacht zu werden, die dafür sorgten, dass wir uns niemals hinauswagten? Ich fletschte meine Zähne.

„Euch ist doch bewusst, dass das ein völlig undenkbarer Vorschlag ist", sagte Aaron.

Marco gluckste trocken. „Wir werden sicherlich nicht unsere Sippen entwurzeln, nur damit Ihr Eurer Paranoia frönen könnt. Was habt Ihr sonst noch zu bieten?

Vielleicht sind wir bereit, Euch entgegenzukommen — wenn ihr tatsächlich mit uns zusammenarbeitet und nicht nur versucht, uns in einen Pferch zu treiben.“

Die Körperhaltung des Königs veränderte sich. Ich spürte es, noch bevor er den Mund aufmachte – er hatte so getan, als wäre er bereit, zu verhandeln, dabei hatte er nie wirklich erwartet, dass wir uns darauf einlassen würden. Er hatte sich einfach komplett aus der Diskussion herausgehalten.

Sich herausgehalten, um sich dem eigentlichen Zweck dieses Treffens zu widmen.

Ein warnendes Gebrüll brach aus meiner Kehle hervor, als eine Flut von Vampiren aus den hinteren Reihen der Lastwagen quoll.

5

Nach meinem Gebrüll schoss Feuer in meiner Kehle empor. Ich hätte den Vampirkönig sofort zu Asche verbrannt, wenn er sich nicht so schnell bewegt hätte. Der Anführer der Blutsauger sprang in den Schatten der alten Zapfsäulen und verschwand. Offenbar waren Vampire nicht nur in der Dunkelheit unsichtbar, sondern konnten auch direkt darin verschwinden.

Ich hatte keine Zeit, um herauszufinden, ob ich ihn verfolgen konnte. Dutzende von Vampirsoldaten stürmten vor, um seinen Platz einzunehmen, und schwangen die Waffen, die sie wohl in den Lastwagen versteckt hatten, um damit auf mich und meine Alphas loszugehen.

Verdammt noch mal. Ich spuckte die Flammen, die in meinem Maul knisterten, mit einem scharfen Atemzug aus. Mein Drachenfeuer schwappte in einer Welle über die Blutsauger hinweg. Jeder Vampirkörper, den es berührte, zerfiel zu Asche.

Das Knallen mehrerer Schüsse übertönte das Zischen der Flammen. Eine Kugel traf meine Schulter, die daraufhin heftig zu schmerzen begann. Allerdings nicht stark genug, um mich zu verlangsamen. Ich wirbelte herum und spie einen weiteren Feuerstrahl auf die Waffen, die daraufhin zu nutzlosem Unrat schmolzen.

Ich sprang in den Aschestaub, den ich erzeugt hatte, und machte mich für einen weiteren Schlag bereit. Ein paar der Vampire waren schlau und rannten auf die Bäume zu. Mein nächster Feuerstrahl erwischte die Nachzügler, doch mehr, als mir lieb war, flüchteten sich in den Schutz der Bäume, wo ich sie einen nach dem anderen zur Strecke bringen musste.

Schüsse ertönten und ein Knurren drang aus dem Wald. Die Gestaltwandler, die zu unserer Unterstützung gekommen waren, mussten die Vampire einkreisen, um die Angreifer aufzuhalten.

„In die Autos!", brüllte Nate. „Die Verhandlung ist vorbei."

Wests Stimme, rau vor Wut, übertönte die des Bärenwandlers. „Lasst uns von hier verschwinden, *sofort*. Kämpft nicht, außer es lässt sich nicht vermeiden."

Die unbewaffneten Vampire, die uns mit ihrem König entgegengekommen waren, waren ebenfalls zu ihren Wagen gelaufen. Um noch mehr Waffen zu holen, würde ich wetten. Das konnten sie vergessen. Ebenso wie von hier wegzufahren. Sobald wir auf der Straße waren, würde ich dafür sorgen, dass sie uns nicht verfolgen konnten.

Ich ließ Flammen auf die Vorderseiten der Fahrzeuge prasseln und schmolz die Metallhauben und die darunter befindlichen Motoren zu unförmigen Klumpen. Die Windschutzscheiben zersplitterten durch die Hitze. Ein paar der Vampire in den hinteren Reihen duckten sich mit ihren Waffen in den Händen hinter die Ladeflächen. Ich gewann an Höhe und spie einen weiteren Feuerstrahl aus.

Einen von ihnen erwischte ich jedoch nicht rechtzeitig. Die Automatikpistole donnerte, und die Kugeln trafen meine Hinterbeine und Oberschenkel. Ich kreischte, mehr vor Wut als vor Schmerz, und übergoss den Vampir mit Flammen. Im Handumdrehen war nur noch ein geschmolzener Klumpen von ihm und seiner Waffe übrig.

Zwischen den Bäumen ertönten weiterhin Schüsse. Ich ignorierte den stechenden Schmerz in meinen Beinen und flog in Richtung Wald davon. Einige der Gestaltwandler eilten zu den Autos, während andere mit den Vampiren kämpften und versuchten, ihren fliehenden Artgenossen Rückendeckung zu geben.

Ein schwarzer Wolf schlitzte einem Vampir den Hals auf, und der Blutsauger sackte zusammen. Zwei Füchse, ein roter und ein gelbbrauner mit großen Ohren, bei dem ich vermutete, dass es sich um Felix handelte, schlugen ihre Fänge gleichzeitig in die Beine eines Vampirs und zerrten an ihm. Der Vampir taumelte, und eine Sekunde später war Felix an seiner Kehle.

Die Bäume erschwerten es den Vampiren, klare Schüsse abzugeben, was sie jedoch nicht davon abhielt, ihre Waffen einzusetzen. Kugeln schlugen in Baumstämme ein und Rindenstückchen flogen in alle Richtungen. Ein Kojote stolperte und fiel zu Boden, als ihn der Kugelhagel in die Brust traf. Marcos Löwenleutnant, der sich uns angeschlossen hatte, stürzte sich auf eine Blutsaugerin und schlug den Kopf der Frau gegen eine Wurzel. Bevor er sich umdrehen konnte, war ein anderer Vampir hinter einem Baum hervorgesprungen und begann zu schießen.

Blut strömte aus Wunden an Leonards Seite. Ich erwischte den Vampir mit einer Stichflamme. Ein paar Hundewandler rannten los, um den Löwenwandler zu stützen, als er zusammenbrach und sich wieder in seine menschliche Gestalt verwandelte. Sie hievten ihren verletzten Verbündeten hoch und trugen ihn zu den wartenden Autos.

Ich grillte unterdessen zwei weitere Vampire. Durch den Schmerz, der von meinen Wunden ausstrahlte, und die Energie, die ich bereits verbraucht hatte, begann mein Drachenkörper zu kribbeln. Lange würde ich meine Drachengestalt nicht mehr halten können.

An unserem Ende des Parkplatzes leuchteten Lichter auf und das Heulen von Motoren ertönte, während die Hundewandler darauf warteten, dass die letzten Nachzügler zu den Fahrzeugen gelangten. Ein paar Autos waren bereits losgefahren. Als der Rest der kämpfenden Gestaltwandler aus den Bäumen brach, um zu fliehen, drängten uns die verbliebenen Vampire an den Waldrand, wo sie uns leichter ausschalten konnten.

Allerdings nicht, wenn ich auch noch ein Wörtchen mitzureden hatte. Ich tauchte ab und spie einen Feuerstrahl am Rande des Geländes entlang. West bahnte sich in seiner Wolfsgestalt einen Weg zwischen den flüchtenden Gestaltwandlern hindurch und trieb sie zu den Autos. Nates Bär stürzte sich auf die Vampire, die versuchten, meinen Flammen auszuweichen. Am anderen Ende des Parkplatzes nahmen Aaron und Marco die letzten Vampire in der Nähe der Lieferwagen in die Mangel.

Meine Flammen flackerten auf. Meine Brust zog sich zusammen, als ich versuchte, mehr zu produzieren, doch meine Lunge stotterte. In diesem Moment sprang ein Vampir hervor und drückte ab, die Waffe direkt auf Nates Rücken gerichtet.

West versuchte, den Bärenwandler zur Seite zu stoßen, sein Wolf war jedoch nicht kräftig genug, um das deutlich größere Tier zu schubsen. Die Kugeln streiften den Kopf und die Seite des Grizzlys. Nate stöhnte, drehte sich um die eigene Achse und begann zu schwanken.

Nein! Panik stieg in mir auf und mein Magen verkrampfte sich. Die Wut, die darauf folgte, loderte so schnell und heftig auf, dass meine Sicht verschwamm.

Nicht mein Gefährte. Diese untoten Monster würden ihn mir *nicht* wegnehmen.

So viel Feuer, wie ich es niemals für möglich gehalten hätte, schoss aus meiner Lunge. Die Flammen versengten meine Kehle und meine Zähne. Zusammen mit einem wütenden Schrei stieß ich es aus.

Der Flammenschwall traf die Vampire am Waldrand und versengte sie alle, bevor sie auch nur zucken konnten. Dann begannen die Flammen, die Bäume hinaufzuwandern. Sie kletterten die Stämme empor, schwärzten die Rinde und fraßen sich in das Holz. Die Blätter fingen flackernd Feuer und die Luft füllte sich mit Rauch. Der aufkommende Wind ließ die Flammen mit einer Wut auflodern, die meiner eigenen in nichts nachstand.

Einer Wut, die ich nicht kontrollieren konnte. Das Feuer schwappte von Baum zu Baum, verbrannte die restlichen Vampire oder ließ sie in die Dunkelheit flüchten. Doch es hörte nicht auf. Unaufhörlich knisterte es weiter und verschlang alle Pflanzen in seinem Weg.

Ich landete auf dem Boden. Meine menschlichen Beine gaben nach, als ich mich verwandelte. An den Stellen, wo mich die Kugeln getroffen hatten, lief Blut über meine blasse Haut.

Aaron eilte an meine Seite. West und Marco hatten sich ebenfalls in ihre menschliche Gestalt zurückverwandelt und zerrten Nate auf den Rücksitz einer unserer Lieferwagen. Der Kopf des Bärenwandlers hing lose nach unten, seine Haut war wächsern. Eine Blutspur befleckte den Bürgersteig entlang ihres Weges.

„Er lebt", flüsterte Aaron, doch ich glaubte, ein unausgesprochenes noch in seinen Worten zu hören. Meine raue Kehle schnürte sich zu. Ich rappelte mich auf, als mich der Adlerwandler an sich zog. Er legte meinen Arm über seine Schultern und umfasste meine Taille.

Das Feuer breitete sich weiter im Wald aus und die Hitze wehte über uns hinweg. Ich erschauderte.

„Ich habe einen ganzen Waldbrand ausgelöst."

„Daran können wir jetzt nichts mehr ändern", meinte Aaron. „Sobald wir auf der Straße sind, rufe ich die Feuerwehr an. Die werden wissen, was zu tun ist."

Er wollte mich zu einem der anderen Autos führen, doch ich schüttelte den Kopf. „Ich will bei Nate sein. Ich *muss* bei Nate sein."

Aaron sah aus, als ob er widersprechen wollte, schien seine Meinung dann jedoch zu ändern. „Na gut. Aber jemand muss sich auch um dich kümmern."

Ich begleitete ihn zum Van. Ein paar der Gestaltwandler beugten sich bereits über Nates liegenden Körper, heilten ihn mit ihrem Blut und holten die Kugeln heraus. „Ren", krächzte West heiser, doch Aaron winkte ab.

„Wir sollten zu unseren Autos zurückkehren und alle von hier wegbringen, bevor noch mehr Vampire auftauchen."

„Gut." West schüttelte seine Unentschlossenheit ab und brüllte über den Parkplatz: „Alle herhören! Wir verschwinden von hier!"

Erschöpft ließ ich mich auf die Trage neben Nate sinken. Ein anderer Hundewandler eilte sofort auf mich zu, um meine Wunden zu versorgen. Ich schloss die Augen, blendete seine Zuwendungen aus und drückte mein Gesicht an die Schulter meines Gefährten. Der

Blick, den ich auf Nates zerfetzten Oberkörper erhascht hatte, war mehr, als ich jemals wieder sehen wollte.

Nates Brustkorb hob und senkte sich noch immer mit gleichmäßigen, wenn auch flachen Atemzügen. Ich sehnte mich danach, ihn zu spüren, das Pochen seines Herzens in seiner Brust zu hören, doch ich wollte die Wundheilung nicht verlangsamen. Stattdessen schmiegte ich mich so nah an ihn, wie ich es wagte, und wünschte mir mit jeder Faser meiner Seele, dass er wieder gesund werden würde.

Selbst als der Motor des Vans dröhnend zum Leben erwachte, war das Toben des Waldbrandes noch zu hören. Flammen tanzten hinter meinen Augenlidern, als die Reifen unsanft über den unebenen Boden in Richtung Highway polterten.

Die Zerstörung hier war nicht allein das Werk der Vampire. Als ich meinen Gefährten fallen sah, hatte ich keine Sekunde nachgedacht, sondern nur gehandelt. Wie ein hirnloses Tier, genau wie der Vampirkönig gesagt hatte. Es war nicht nur Nate, der wegen dieses Kampfes heute Nacht sterben könnte. Und wenn deswegen unschuldige Menschen zu Schaden kamen, würde *ich* dafür verantwortlich sein.

Als wir auf dem Highway in Richtung des Anwesens der Hundewandler rasten, war ich mir nicht sicher, bei welcher potenziellen Tragödie mein Herz mehr schmerzen würde.

6

Aaron

Die Morgendämmerung begann gerade erst durch die Bäume hinter meinem Schlafzimmerfenster zu dringen, als ich mich aus dem Bett erhob. Viel Schlaf geschlafen hatte ich ohnehin nicht. Mit müden Augen, aber brummenden Nerven schlenderte ich den Flur entlang zum Schlafsaal der Heiler.

In dem Zimmer standen mehrere Betten, von denen jedoch nur zwei belegt waren. Die anderen Gestaltwandler, die bei dem Kampf letzte Nacht verletzt worden waren, schienen sich soweit erholt zu haben, um in ihre eigenen Quartiere zurückzukehren.

Nate lag immer noch auf seiner Pritsche, genauso wie vor ein paar Stunden, als ich den Raum verlassen hatte. Die Heiler, die sich um meinen Alpha-Kollegen kümmerten, hatten ihn vorerst allein gelassen. Sie hatten seine Wunden verbunden, und da durch die weiße Gaze kein Blut gesickert war, nahm ich an, dass sie zumindest nicht mehr bluteten. Er atmete. War jedoch noch nicht aufgewacht.

Serenity lag zusammengerollt auf dem Bett neben Nates, ihre Augen waren endlich geschlossen. Selbst im Schlaf wirkte ihr Gesicht angespannt. Sie hatte Nate nicht stören wollen, sich aber trotz des Zuredens der Heiler gestern Abend nicht dazu durchringen können, in ihr eigenes Zimmer zurückkehren. Dort, wo sie selbst verwundet worden war, war die Haut bereits geheilt, nur ein paar rosa Flecken prangten noch auf ihren blassen Beinen. Bald würden auch sie verblassen, ebenso wie all die anderen Verletzungen, die sich unsere Drachenwandlerin in den ersten Wochen zugezogen hatte.

Was für eine Einführung in die Gestaltwandler-Gemeinschaft sie doch gehabt hatte. Jedes Mal, wenn ich dachte, das Schlimmste wäre vorbei, hatte die Welt den Einsatz gegen uns wieder erhöht.

Ich wollte sie nicht wecken. Es gab nichts, was ich für Nate tun konnte. Wenigstens hatte ich gesehen, dass er noch lebte. Doch ich konnte meine Füße nicht dazu bringen, mich zurück in mein eigenes Zimmer zu tragen. Alles, was mich dort erwartete, war ein weiterer unruhiger Schlummer.

Die Tür zum Schlafsaal der Heiler öffnete sich mit einem Klicken. Marco kam hereingeschlichen und sah genauso müde aus, wie ich mich fühlte. Er kam neben mir zum Stehen.

„Keine Veränderung?“

„Zumindest nicht zum Schlechten", antwortete ich.

„Ein kleiner Segen." Die Lippen des Jaguarwandlers kräuselten sich, als ob er sich nicht entscheiden könnte, ob er lächeln oder eine Grimasse schneiden sollte, und sein Mund irgendwo dazwischen stehengeblieben war. „Was zum Teufel sollen wir ohne die Kraft des Bären machen?"

„Es würde viel schlechter um uns stehen, wenn wir ihn tatsächlich verloren hätten."

„Das ist wahr", stimmte Marco zu. Der Katzen-Alpha musste genauso wie ich gespürt haben, dass Nate in vielerlei Hinsicht der Klebstoff war, der unser Quartett von aufeinanderprallenden Persönlichkeiten zusammenhielt – mit seiner Stärke, aber auch mit seiner unbeschwerten Wärme, die er immer auszustrahlen schien, es sei denn, man gab ihm einen guten Grund, wütend zu werden. Wenn er in der Nähe war, war es schwer, sich zu streiten.

Wir waren noch nicht einmal richtig miteinander verbunden, da West nach wie vor in Betracht zog, die Gefährtenbindung nicht zu vollziehen. Ich hatte gedacht, der Hunde-Alpha würde langsam zur Vernunft kommen, doch was würde passieren, wenn Nate starb? Wie vereint wären wir dann? Der junge Mann, den er als seinen Nachfolger ausgebildet hatte, war noch nicht volljährig. Entweder würde sich die ungleiche Sippe um die Herrschaft streiten, oder Serenity hätte einen Gefährten weniger.

Wenn wir Nate verlieren würden, könnte das den

Sieg für die Vampire bedeuten, ohne dass auch nur ein weiterer Tropfen Blut vergossen wurde.

„Hast du West heute Morgen gesehen?", fragte ich Marco.

Er nickte. „Der Wolfsjunge treibt sich in den Gemeinschaftsräumen herum und schnauzt jeden an, der ihn schief anschaut. Also noch ein wenig nerviger als sonst."

„Er fühlt sich verantwortlich."

„Wir wussten alle, dass wir zu dieser Verhandlung gehen mussten, egal wie sehr es nach einer Falle aussah." Er warf mir einen Blick zu. „Sind dir irgendwelche Probleme aus einer deiner Siedlungen zu Ohren gekommen?"

Ich schüttelte den Kopf. „Es sieht so aus, als würden sich die Vampire anderswo zurückhalten und abwarten, wie die letzte Nacht verlaufen ist. Ich bezweifle, dass wir heute Nacht noch einmal eine Gnadenfrist bekommen."

Unsere gemeinsame Nutzlosigkeit wog schwer genug, um uns dazu zu bringen, das Zimmer zu verlassen, doch in diesem Moment regte sich Serenity. Sie rieb sich das Gesicht und drückte sich in eine aufrechte Position. Ihr Blick verweilte einen Moment lang auf Nate, bevor sich ihr Mund verzog und sie aufstand.

„Was ist los?"

„Nichts", sagte ich schnell. „Sein Körper ist noch dabei zu heilen … es dauert einfach eine Weile. Zumindest müssen wir davon ausgehen. Sein Zustand hat sich nicht verschlechtert."

Sie stand auf, trat an Nates Bett und legte ihre Hand auf den Arm des Bärenwandlers. „Er ist überhaupt nicht aufgewacht?"

„Es ist ganz normal, dass wir lange schlafen, wenn wir schwer verletzt sind, Prinzessin", fügte Marco hinzu. „Damit wir nicht durch die Gegend rennen und die inneren Organe belasten, während sie noch dabei sind, wieder zusammenzuwachsen."

„Ich weiß nicht. Für mich klingt das sehr nach einem Koma. Und manchmal wachen die Leute daraus nicht mehr auf."

„Gestaltwandler sind keine gewöhnlichen Menschen", bemerkte Marco verschmitzt. „Und Alphas schon gar nicht." Als er den Kopf neigte, war seine Bewegung jedoch ein wenig steif. Nate war noch nicht über den Berg.

Das war auch unserer Drachenwandlerin nicht entgangen. Ihre Miene war so besorgt, dass ich zu ihr gehen musste. Marco warf uns einen Blick zu, bevor er beiseitetrat.

„Hey", sagte ich und zog Serenity an mich. „Er wird schon durchkommen. Die Tatsache, dass er trotz der Wunden, die er letzte Nacht erlitten hat, immer noch bei uns ist, ist ein sehr gutes Zeichen. Wir haben eine jahrhundertelange Geschichte hinter uns. Wir Gestaltwandler sind ein zäher Haufen. Es wird nicht alles zu Ende gehen, nur weil ein paar Vampire auf dumme Ideen gekommen sind."

Meine Gefährtin schenkte mir ein gequältes Lächeln. Dann stellte sie sich auf die Zehenspitzen, um mich zu küssen. Ich beugte mich zu ihr hinab und genoss ihre sanften Lippen und den süßen Duft ihrer Haut. Ich wünschte, ich könnte sie noch mehr beruhigen.

Ren

Als ich feststellte, dass es schon nach Mittag war und der halbe Tag bereits vorbei war, erhob ich mich schließlich von Nates Bett. Ich wollte meinen Gefährten nicht allein lassen, doch die Vampire bereiteten sich zweifellos auf einen Großangriff heute Nacht vor. Wenn ich etwas tun konnte, um mein Volk zu schützen, musste ich aktiv werden. Sie zählten auf mich.

Leicht benommen ging ich durch die Flure. Schmerz schoss durch meine Beine, wo meine Wunden noch nicht ganz verheilt waren, sodass ich die veränderte Atmosphäre nicht sofort bemerkte. Eine hektische Energie erfüllte das Anwesen. Und es waren mehr Gestaltwandler hier, als ich bisher gesehen hatte. Sehr viel mehr.

Als ich aus den Fluren in die zentralen Gemeinschaftsräume trat, waren sie voller mir unbekannter Leute, die auf Sesseln und Sofas saßen und sich um die Tische und an den Türen zusammendrängten. Nervöses Geplapper und eine Kakophonie von Gestaltwandler-Gerüchen umgab mich.

Nicht alle diese Gerüche stammten von Hundewandlern. In einer Ecke hatte sich eine Gruppe von Vogelwandlern versammelt. Ein abgemagerter, aber lebendiger Leonard hatte sich zu einer Gruppe von Katzenwandlern gesellt und es sich in einem Sessel auf der anderen Seite des Raumes bequem gemacht.

Als ich an der Eingangstür vorbeikam, sah ich West hereinkommen. Er unterhielt sich mit Bertrand. Ich wartete, bis er seinen Leutnant entlassen hatte, bevor ich auf ihn zuging.

„Was ist hier los?", fragte ich und deutete auf die überfüllten Räume.

Er schenkte mir ein angespanntes Lächeln. „Wir evakuieren die Gestaltwandler-Siedlungen in der Nähe der Hauptvampirzentren. So viele, wie wir auf den Anwesen unterbringen können. Viele werden sich Betten teilen und auf dem Boden schlafen müssen, doch je weniger Grenzen wir zu verteidigen haben, desto besser können wir die schützen, die uns wichtig sind."

Das ergab Sinn. Und es ergab ebenfalls Sinn, dass die evakuierten Gestaltwandler zu dem Anwesen kamen, das ihnen am nächsten lag, selbst wenn es nicht das Hauptzentrum ihrer Sippe war. Ich stieß einen Atemzug aus. „Und um das Anwesen herum ist alles bereit? Falls wir hier mehr Feuer brauchen?"

Er nickte. „Wir sind schon seit gestern Abend bereit. Trotzdem habe ich meine Leute angewiesen, die Barriere zu erweitern." Sein Blick glitt an meinem Körper hinunter. Ich hatte mir, ohne viel nachzudenken, ein einfaches Hemdkleid übergeworfen. Die dünne Baumwolle reichte mir nur bis zu den Knien, sodass die Narben darunter sichtbar waren. Abermals spürte ich das Brennen der Wunden.

„Du solltest dich ausruhen und nicht herumlaufen", erklärte West. „Du wurdest gestern ziemlich schwer getroffen."

„Nate wurde schwer getroffen", sagte ich mit einem plötzlichen Herzklopfen. Eine neue Welle der Angst durchfuhr mich bei der Erinnerung an seinen zusammengesackten Körper und seinen hängenden Kopf. „Können deine Leute etwas tun, um ihm zu helfen? Sie haben doch auch Kylie wieder auf die Beine gebracht, nachdem sie übel zugerichtet wurde, und sie ist nicht einmal eine Gestaltwandlerin."

Wests Haltung versteifte sich. „Meine Sippe hat alles, was in ihrer Macht stand getan", erwiderte er scharf. „Sonst wäre er jetzt tot. Ich kümmere mich um meine Leute, und das schließt jeden ein, der unter dem Schutz meines Anwesens steht."

Ich blinzelte ihn an, verblüfft, weil seine Laune so abrupt umgeschlagen hatte. „Ich wollte nicht ..."

West schüttelte den Kopf. „Das ist nicht wichtig, Flamme. Mach einfach weiter mit dem, was du für richtig hältst."

Er ging davon, bevor ich noch etwas sagen konnte, und ließ mich mit einem merkwürdigen Gefühl der Leere zurück. Was war da gerade passiert? Hatten wir überhaupt das gleiche Gespräch geführt?

„Immer noch Reibereien mit Mr. Wolf?", fragte Kylie

und fasste mich am Ellbogen, als sie neben mir auftauchte.

„Offensichtlich", antwortete ich. „Keine Ahnung, was ihn dieses Mal gestört hat."

„Nun, heute ist nicht gerade der entspannteste Tag, oder?" Meine beste Freundin legte ihren Kopf auf meine Schulter. „Ich habe von Nate gehört. Und davon, wie die ganze Sache mit den Vampiren gelaufen ist. Scheint, als hätte ich eine sehr weise Entscheidung getroffen, das auszusitzen. Wird er wieder gesund?"

„Das weiß ist noch unklar", sagte ich und schluckte schwer. „Es sieht so aus, als würde er heilen. Bisher wollte allerdings niemand irgendwelche Versprechungen machen, also gibt es wohl keine Garantie." Wie lange würde es dauern, sich von so vielen Kugeln zu erholen? Eine der Kugeln hatte nur knapp sein Herz verfehlt. Was, wenn er nicht vollständig geheilt werden konnte?

„Er ist hart im Nehmen", meinte Kylie. Sie drückte meinen Arm. „Wenn er es so weit geschafft hat, kommt er bestimmt durch."

„Das glaube ich auch."

Eine schlanke Gestalt mit gelbbraunem Haar war aus dem Getümmel aufgetaucht – Felix. Er hielt einen Teller mit ein paar belegten Brötchen und etwas geschnittenem Gemüse in der Hand. „Drachenwandlerin", sagte er mit einem Kopfschütteln. „Ich möchte mich bei Euch bedanken, weil Ihr uns gestern Abend den Rücken freigehalten habt. Diese Blutsauger haben bekommen, was sie verdient haben. Apropos, habt Ihr schon etwas gegessen? Ich weiß, dass

Ihr dem Bären-Alpha seit unserer Rückkehr nicht von der Seite gewichen seid."

Er zögerte und wirkte plötzlich unsicher. „Er hat auch gut gekämpft. Es tut mir leid, dass ich den Vampir, der ihn zuerst erwischt hat, nicht ausschalten konnte."

Mein Kinn zitterte, doch ich schaffte es, zu lächeln. „Mir auch. Danke. Ich kann nicht behaupten, dass ich hungrig bin, aber vermutlich sollte ich trotzdem etwas essen."

Ich nahm den Teller entgegen, schnappte mir eines der Sandwiches und bot Kylie den Teller an. Sie warf Felix einen Blick zu und zog eine Augenbraue hoch. „Ist das nur für die Drachenwandlerin, oder darf ihre Menschenfreundin auch mitessen?"

Er verzog das Gesicht. Als er zu Boden blickte, sah er jedoch eher verlegen als verärgert aus. „Ich habe die Vorräte gesehen, die dank dir beschafft werden konnten. Ziemlich beeindruckend. Ich denke, du hast dir zumindest ein Sandwich verdient."

„Hmm", grinste Kylie. „Ich frage mich, was ich tun muss, um mir ein erstklassiges Steak zu verdienen. Oder ein schönes großes Stück Schokoladenkuchen."

Felix' Augen weiteten sich. „Ich glaube, wir haben im Moment keinen Kuchen."

Kylie lachte. „War nur ein Scherz. Ist schon okay. Danke für das Sandwich. Und nichts für ungut. Ich bin es gewohnt, unterschätzt zu werden."

Felix sah ein wenig verwirrt aus. Dann lächelte er zurück. „Ich werde darauf achten, es nie wieder zu tun."

Marco hatte die Halle betreten. Timothy, der

Leutnant, der von den Vampiren verprügelt worden war, bevor sie ihn mit ihrer Nachricht zu uns geschickt hatten, lief vorsichtig, aber stetig neben ihm her und nahm etwas, das sein Alpha gesagt hatte, mit einem Nicken zur Kenntnis. Das war das erste Mal, dass ich ihn aufrecht stehen sah, seit er gestern hier hereingetaumelt war.

„Ich muss mich wieder mit meinen Drachenwandlerinnen-Pflichten befassen", teilte ich Kylie und Felix mit, bevor ich zu meinem Jaguarwandler und seinem Begleiter hinübereilte.

„Prinzessin", sagte Marco mit einem Lächeln. Er drückte mir einen Kuss auf die Schläfe. „Mein Leutnant hat mir gerade erzählt, was die Abtrünnigen so treiben."

Mit hochgezogenen Augenbrauen wandte ich mich an Timothy. „Gestern Abend hat ihr König erwähnt, dass die Abtrünnigen mit ihm gesprochen haben. Hast du sie gesehen?"

Der Leutnant legte den Kopf schief. „Nur eine Handvoll. Soweit ich weiß, sind das alle, die von der Gruppe übrig sind. Zumindest alle, die noch vorhaben, weiterzukämpfen. Doch sie wissen, dass sie gegen dich und die Alphas keine Chance haben. Da war ein alter Mann – ich bin nicht nah genug herangekommen, um ihn riechen zu können, aber er sah wie ein Hund aus. Er schien die Nachzügler anzuführen. Und er hat sie direkt in die Fänge der Vampire geführt."

Ich schnitt eine Grimasse. „Wieso verbünden sie sich mit den Vampiren? Ist ihnen denn nicht klar, dass der König alle Gestaltwandler hasst?"

Timothy zuckte mit den Schultern. „Sie sind nicht

sehr freundlich miteinander umgegangen. Die Blutsauger haben sie ziemlich herumgeschubst. Allerdings vermute ich, dass es diesen Leuten wichtiger war, ihren Kampf zu beenden, als das, was danach mit ihnen passiert."

„Zu viel Stolz und zu wenig Verstand", meinte Marco und rümpfte die Nase. „Nun, ich wette sie werden ihre letzte Lektion bald lernen." Er klopfte seinem Leutnant auf den Arm. „Du hast gute Arbeit geleistet, Timothy. Jetzt konzentriere dich erst einmal darauf, wieder gesund zu werden."

„Hast du noch mal nach Nate gesehen?", fragte ich meinen Gefährten, als Timothy davonging.

Marco nickte. „Keine Veränderung. Gibt es irgendetwas, womit ich dir helfen kann?"

„Ich weiß nicht", gestand ich. Ich musste immer noch einen Weg finden, um mich auf das vorzubereiten, was die Vampire heute Abend für uns geplant hatten. Doch, wenn ich an meine letzte Begegnung mit West dachte, kam mir der Gedanke daran, ihn nach Ideen zu fragen, ziemlich entmutigend vor.

Marco musste dieses Gefühl in meinem Gesichtsausdruck bemerkt haben. Er berührte meine Wange. „Hast du sonst noch etwas auf dem Herzen?"

„Nein. Ich habe nur ..." Ich biss mir auf die Lippe. „West schien wütend auf mich zu sein. Ich bin mir nicht sicher, ob ich gestern Abend etwas falsch gemacht habe – ich habe die Kontrolle über mein Feuer verloren – oder ... Ich meine, es ist nicht ungewöhnlich, dass er mürrisch ist, trotzdem scheint es extremer zu sein als sonst."

Marco schenkte mir ein schiefes Grinsen. „Ich glaube nicht, dass das an dir liegt, Prinzessin. Der Wolfsjunge – nun, sagen wir einfach, ich bin sicher, dass die jüngsten Ereignisse eine Menge unangenehmer Gefühle in ihm aufgewühlt haben. Und offenbar fällt es ihm schwer, diese Emotionen zu verarbeiten, ohne sie an allen um ihn herum auszulassen."

Ich runzelte die Stirn. „Was meinst du?" Natürlich hatte der Vampirangriff uns alle aufgewühlt, doch Marco schien auf etwas Bestimmtes anzuspielen.

Der Jaguarwandler zuckte die Achseln. „Es steht mir nicht zu, darüber zu sprechen. Er würde mir wahrscheinlich den Kopf abbeißen – möglicherweise sogar im wahrsten Sinne des Wortes. Doch ich kann dich zumindest in die richtige Richtung lenken. Wenn du das nächste Mal die Gelegenheit hast, bring ihn dazu, über seine Mutter zu sprechen."

7

Mein dunkles Haar schimmerte in der späten Nachmittagssonne, die bereits bis zu den Baumwipfeln gesunken war. „War das alles?“, fragte ich und wischte mir den Schweiß von der Stirn.

Die Hundewandler warfen einen Blick auf das hastig gehackte Brennholz, das wir bereits vor der Mauer des Anwesens aufgeschichtet hatten. „Ich denke, wir haben alles getan, was wir konnten“, meinte Bertrand. „Wir haben genug, um dafür zu sorgen, dass das Feuer noch eine ganze Weile weiterbrennt. Wenn wir es überhaupt brauchen, mit deinem Drachenfeuer auf unserer Seite.“ Er schenkte mir ein respektvolles Lächeln.

Wenigstens vertraute Wests Sippe darauf, dass ich mich behaupten konnte.

„Ich glaube, es ist langsam Zeit fürs Abendessen“,

sagte Felix und leckte sich die Lippen. Der schwache Geruch von gebratenem Fleisch wehte vom Haus über die Mauer des Anwesens. Mein Magen knurrte.

Wir umrandeten den Ring aus Brennholz und gingen dann durch das Tor. Bertrand schloss es mit einem dumpfen Schlag und verriegelte es, bevor wir uns auf den Weg zum Speisesaal machten.

Auch wenn das Anwesen der Hundewandler im Vergleich zu einigen anderen nicht ganz so nobel war, war der Speisesaal beeindruckend. Riesige Eichenbalken durchzogen die hohe Decke des weitläufigen Raums. Schwere Teppiche lagen unter den passenden Eichentischen, an denen jeweils zwanzig Personen Platz hatten. Das Licht tanzte in den Leuchtern an den Wänden, obwohl so viel Tageslicht durch die Fenster am Kopfende des Saals strömte, dass sie eigentlich überflüssig waren.

Der Röstgeruch wurde intensiver, als wir eintraten. Mein Blick blieb an dem großen Tisch an der Fensterfront hängen, der für mich und meine Gefährten bestimmt war. Normalerweise hätte ich dort mit West an meiner Seite gesessen, damit er mich seiner Sippe so vorstellen konnte, wie es die anderen Alphas getan hatten. Da das Anwesen jedoch voller Flüchtlinge war, wurden die Tische jetzt nur noch zum Servieren benutzt, und alle aßen im Stehen, während sie umherwanderten.

Ich entdeckte Aaron und Marco am anderen Ende des Saals, von dem Hunde-Alpha fehlte allerdings jede Spur.

Hätte West mich überhaupt vorführen wollen? Wir

hatten seit unserer Ankunft kaum Gelegenheit gehabt, uns richtig zu unterhalten, was ich ihm nicht verübeln konnte. Nicht wirklich. Die Vampire hatten uns ganz schön auf Trab gehalten.

Was hielt seine Sippe wohl von der Tatsache, dass er unsere Bindung noch nicht vollzogen hatte? Sie schienen mich trotzdem so zu behandeln, als würden sie mich als *ihre* Drachenwandlerin betrachten.

Alles, was ich wusste, war, dass die Ungewissheit an mir zerrte, wie ein rauer Wind, der jedes Mal über mich hinwegfegte, wenn ich an das fehlende Teil in meiner Rolle als Drachenwandlerin dachte. In meinem *Leben*. Meine Bestimmung war es, mit allen vier Alphas, allen vier Gefährten, vereint zu sein. Und einer von ihnen hielt mich weiterhin auf Distanz. Und ein anderer lag möglicherweise auf dem Sterbebett.

Ich war mir ziemlich sicher, dass dies nicht die Zukunft war, die sich meine Mutter für mich vorgestellt hatte, als sie sich so bemüht hatte, mich zu schützen. Ich würde sogar wetten, dass diese Art von Gefahr und Aufruhr genau das war, wovor sie mich bewahren wollte.

Zumindest waren meine Chancen, diese Situation zu überleben, um einiges besser als damals, als ich fünf war. Kleine Siege.

Bertrand machte sich auf den Weg, um sich ein Stück Schweinefilet von einem der Tische zu holen, und ich zwang mich, ihm zu folgen. Ich konnte es mir im Moment nicht leisten, mich mit meinen Sorgen zu beschäftigen. Soweit es mich betraf, war ich für jeden

Gestaltwandler in diesem Raum verantwortlich. Sie waren mein Volk. Sie erwarteten von mir, dass ich mich für den bevorstehenden Kampf wappnete und nicht in irgendwelchen schrecklichen Szenarien schwelgte, die sich meine Fantasie ausmalte.

Kauend und lächelnd unterhielt ich mich mit den vielen Hundewandlern – und ein paar Vogelwandlern –, die mir entgegenkamen. Die Hundewandler waren genauso freundlich wie die, denen ich zuvor begegnet war, dennoch entging mir der leicht gequälte Blick in ihren Augen nicht. Ich ertappte mich dabei, wie ich sie immer wieder beruhigte. „Wir werden die Vampire nicht gewinnen lassen. Ich werde dafür sorgen, dass sie für das bezahlen, was sie angerichtet haben. Gegen das Drachenfeuer sind sie machtlos.“

Auch wenn ich wusste, dass das nicht ganz stimmte. Die Vampire konnten durch die Flammen schießen. Außerdem konnte ich ihnen nicht versprechen, dass ich genug Feuer haben würde. Nicht, nachdem es mir gestern nicht gelungen war, Nate schnell genug abzuschirmen.

Ich hatte so viel gegessen, wie mein Magen in seinem verknoteten Zustand aufnehmen konnte, als ich einen Blick auf West in der Nähe der Tür erhaschte. Er schob sich gerade ein letztes Stück Fladenbrot in den Mund und nickte der Bedienung zu, mit der er gesprochen hatte. Dann verschwand er durch die Tür.

Statt mir zu erlauben, nachzudenken, eilte ich ihm hinterher.

Der Wolfswandler bog um die Ecke, als ich den Flur

erreichte. Ich sah gerade noch, wie er in einen anderen Raum hinter der Küche ging. Was zum Teufel hatte er dort zu suchen?

Als ich die Tür erreichte, hielt ich inne, bevor ich sie einen Spalt öffnete. Auf der anderen Seite hob West ruckartig den Kopf.

Er stand in einem Raum, bei dem es sich dem Anschein nach um einen Lagerraum handelte. An der Wand befanden sich mehrere Metalltanks, die im schwachen Licht der Deckenlampe mattgelb leuchteten. Ein saurer Geruch kitzelte meine Nase.

„Kerosin", erklärte West, als er meinen verwirrten Blick bemerkte. „Wir haben einen Vorrat hier, falls es ein Problem mit der Erdgasleitung gibt. Wir sind hier draußen ziemlich abgeschnitten. Im Winter ... Wie auch immer, ich habe mir gedacht, dass wir sie vielleicht lieber griffbereit haben sollten. Für den Fall, dass wir zusätzlichen Brennstoff brauchen."

„Oh. Das könnte eine gute Idee sein." Ich machte einen Schritt hinein und ließ die Tür hinter mir zufallen. Meine Haut kribbelte, als mir bewusst wurde, wie klein der Raum war. Wie wenig Abstand zwischen mir und meinem Wolfswandler war.

West rieb sich die Schläfe und fuhr sich mit den Fingern durch das Haar, die silbernen Strähnen hoben sich schimmernd von dem hellen Rotbraun ab. Seine Miene war ernst, sein Blick unergründlich.

„Es tut mir leid, wie ich vorhin mit dir gesprochen habe", sagte er forsch, aber nicht so abweisend wie sonst. „Ich habe zu viel um die Ohren. Zu viel, um den

Überblick zu behalten. Wolltest du irgendwas von mir?"

Es war nicht die überschwänglichste Entschuldigung, die ich je bekommen hatte, doch die Anspannung war ihm so deutlich anzumerken, dass jeglicher Groll, den ich hegte, verpuffte. „Nein", sagte ich, überlegte es mir jedoch dann anders. Wann würden wir wieder Gelegenheit haben, so zu reden? Deshalb war ich ihm schließlich nachgegangen, oder?

Ich holte tief Luft. „Doch, eigentlich schon. Ich will es nur verstehen. Dieser Krieg, oder was auch immer das mit den Vampiren ist ... Er belastet dich mehr als die anderen Alphas."

West stieß ein heiseres Glucksen aus. „Wir sind hier auf meinem Anwesen. Der Unterschied zwischen Gastgebern und Gästen, Flamme."

Ich musterte ihn eindringlich. „Da steckt noch mehr dahinter." Denn er war schon nervöser gewesen und hatte sich Sorgen über die möglichen Folgen eines Konflikts gemacht, bevor wir überhaupt geahnt hatten, dass die Vampire angreifen würden. Nämlich von dem Moment an, als er mich kennengelernt hatte. Und, verdammt, vielleicht sogar schon davor, soweit ich das beurteilen konnte. „Marco meinte, ich solle dich nach deiner Mutter fragen."

West murmelte etwas vor sich hin, das sich anhörte, als enthielte es mehrere Schimpfwörter und das Wort „Kater". Er schüttelte den Kopf und ging an mir vorbei zur Tür. „Diese Geschichte willst du nicht hören."

Ich packte ihn am Arm, knapp über dem Ellbogen

und kräftig genug, um ihn aufzuhalten. Um ihn daran zu erinnern, dass er zwar der Alpha war, es jedoch mit einer Drachin zu tun hatte.

„Doch", sagte ich. „Das will ich."

Zum ersten Mal, seit ich den Raum betreten hatte, sah West mir direkt in die Augen. Mir wurde plötzlich heiß, als ich so dicht neben ihm stand, meine nackte Hand an seinem harten Bizeps. Doch ich hielt seinem Blick stand. Ich würde keinen Rückzieher machen, nicht dieses Mal.

„Gut", sagte er. Er trat einen Schritt von der Tür zurück, und einfach so konnte ich wieder atmen.

Der Wolfswandler drehte seinen Kopf, als würde er die Tanks inspizieren. „Eigentlich gibt es da nicht viel zu erzählen. Nicht weit von hier gibt es eine große Feen-Siedlung. Wir hatten eine Auseinandersetzung mit ihnen, als ich fünfzehn war. Sie hatten früheren Alphas erlaubt, sich in einem Teil ihres Territoriums aufzuhalten, den sie selbst nicht mehr nutzten. Dann haben sie ihre Meinung plötzlich geändert. Einige der jüngeren Gestaltwandler beschimpften die Feen, die gekommen waren, um uns zu vertreiben. Ich habe versucht, Frieden zu stiften, doch ich war erst seit vier Jahren Alpha."

„Und du warst erst fünfzehn", fügte ich hinzu. Ich ahnte schon, worauf diese Geschichte hinauslaufen würde, und mein Herz wurde schwer.

„Alt genug, um mir meiner Verantwortung bewusst zu sein", sagte West. „Sie dachten, wir wären schwach und sahen das als Vorwand, uns auszurotten und sich gleichzeitig etwas von unserem Gebiet anzueignen, um ihres zu vergrößern. Sie überfielen das Dorf an der Grenze zu diesem Gebiet. Alle aus meiner Sippe schlossen sich zusammen, um sie zu bekämpfen. Alle, die in der Lage waren."

Er zögerte. Als er erneut sprach, war seine Stimme fest und gleichmäßig. „Die Feen kamen von überall her auf uns zu. Ich war der Alpha. Ich erteilte die Befehle. Auch meine Eltern waren gekommen, um zu kämpfen. Meine Mutter stand praktisch neben mir. Plötzlich tauchte eine Fee aus dem Nichts auf und stieß sie mit einem Schlag um. Ich hätte eingreifen können. Vielleicht hätte ich ihr das Leben retten können. Doch im selben Moment ging ein ganzer Haufen Feen an der Front auf uns los, und meine Sippenmitglieder begannen zu schwächeln …"

Er hielt inne. Die Stille dauerte eine ganze Weile. „Ich bin nach vorne gerannt", sagte er. „So schnell wie ich konnte. Habe alle zu mir gerufen und drei dieser schimmernden Bastarde selbst erledigt. Hätte ich das nicht getan, wäre es ein Gemetzel geworden. Wir hätten mindestens ein Dutzend mehr Leute verloren. Vielleicht sogar das ganze Dorf. Stattdessen haben wir sie in die Flucht geschlagen."

In meiner Kehle hatte sich ein Kloß gebildet. „Aber deine Mutter ist gestorben."

„Ja", erwiderte er barsch. „Das ist wahre Loyalität, Flamme. Ich habe mir geschworen, meiner Sippe so zu dienen, wie sie mir dienen. Ich hätte selbstsüchtig sein und eine geliebte Person über das Wohl des Rudels stellen können, doch dann wäre ich ein schlechter Alpha gewesen. Die Sippe steht immer an erster Stelle, immer. Jedes Mal, wenn sie mir ihre Kehle zeigen, demonstrieren sie mir, dass sie wissen, dass ich *ihre* Loyalität nicht auf die leichte Schulter nehme. Ich würde sie nie im Stich lassen."

„Und jeder weiß von deiner Entscheidung." Sogar Marco hatte davon gewusst, und die Hunde- und Katzenwandler waren nicht gerade Freunde.

West zuckte steif mit den Schultern. „Damals gab es viel Gerede. Vor allem, weil mein Vater mit dieser Entscheidung nicht einverstanden war. Er hat gesehen, was passiert ist, doch er war zu weit weg, um meiner Mutter zu helfen. Seit dieser Schlacht hat er kein Wort mehr mit mir gesprochen."

Ich starrte ihn an. West war fünfzehn gewesen – sein Vater hielt ihm diese Entscheidung, die so viele Leben gerettet hatte, also schon seit *zwölf Jahren* vor? „Du warst praktisch noch ein Kind."

„Ich war Alpha", entgegnete West, und sein Blick kehrte zu mir zurück, als wollte er mich auffordern, ihm ebenfalls die Schuld zu geben.

Das tat ich jedoch nicht. Ich hätte ihm keinen Vorwurf gemacht, wenn er in diesem Moment seine Mutter gerettet hätte, doch er hatte stattdessen ein Opfer gebracht. Ein Leben, um mehrere andere zu retten, um ein Dorf zu schützen, um das Blatt in der Schlacht zu wenden. Ich konnte es mir nicht vorstellen. Wenn es meine Mutter gewesen wäre ...

Da traf mich die Erkenntnis wie ein Schlag ins

Gesicht. Ich brauchte ein paar Sekunden, um die Worte zu formulieren.

„Du musst meine Mutter gehasst haben", stieß ich hervor. „Dafür, was sie getan hat. Dass sie euch alle im Stich gelassen hat, nur um mich zu beschützen." Nach seinen Maßstäben war sie furchtbar schwach gewesen.

Ich hatte nicht erwartet, dass sich Wests Gesichtsausdruck aufhellen würde. „Ren ...", sagte er. „Das habe ich. Eine ganze Weile lang. Doch ich weiß nicht, wie es ist, in diesen Schuhen zu stecken. Mit all der zusätzlichen Verantwortung, die man als Drachenwandlerin hat. Vielleicht war ihre Flucht das Beste, was sie für uns tun konnte. Es hätte auf jeden Fall viel schlimmer kommen können."

Wir hätten alle sterben können, und die Linie der Drachenwandlerinnen hätte völlig aussterben können. Wollte er damit sagen, dass er jetzt überzeugt war, dass seine Sippe mit mir besser dran war, als wenn die einzelnen Sippen auf sich allein gestellt wären?

„Wie auch immer", fuhr West fort, „als Alpha-Kollege könnte Nate genauso gut auch mein Artgenosse sein. Wenn ich gestern Abend etwas schneller gewesen wäre, bevor dieser Vampir abgedrückt hat ..." Er atmete stockend aus. „Ich trage diese Verantwortung. Wir Alphas müssen alle stark sein. Und zusammenhalten. Ich will nicht wissen, was die Blutsauger mit uns anstellen, wenn wir das nicht tun."

Und wie sollte es weitergehen, nachdem die Vampire erledigt waren? Konnte er sich vorstellen, dass wir dann weiterhin vereint blieben?

Mein Puls hatte sich beschleunigt und mein Herz pochte heftig in meiner Brust. „West", sagte ich, „wenn du ..."

Ein wortloser alarmierter Schrei schallte durch den Flur. Wir wirbelten beide zur Tür herum.

„Sie sind hier!", rief jemand. „Die Vampire sind vor den Mauern."

8

Ren

„Weg von den Türen!", rief West, als wir uns den Weg durch die drängelnde Menge zu den Eingangstüren bahnten. „Wenn euch eine Aufgabe zugeteilt wurde, kommt zu mir nach draußen. Alle anderen bleiben im Haus. Hinter diesen Mauern seid ihr am sichersten. Das ist ein Befehl!"

Ich konnte die Angst in der Luft schmecken, wie einen beißenden Schauer. Ein unbehagliches Raunen ging durch die Menge. Mein Herz pochte. Die Evakuierung all dieser Gestaltwandler in dieses Anwesen bedeutete, dass wir weniger Mauern zu verteidigen hatten. Es bedeutete allerdings auch, dass viel mehr davon abhing, dass wir ebendiese Mauern schützten. Wir durften nicht zulassen, dass auch nur ein Vampir durchkam.

Ich stürmte mit einer Gruppe von Wests Wachen

und anderen Gestaltwandlern, die sich dem Kampf anschlossen, durch die Tür. Sandra, die Wolfswandlerin, die er heute Nachmittag auf Erkundungstour geschickt hatte, lief neben uns her. Ihr Gesicht war gerötet, ihr Atem ging in kurzen Stößen. „Ich bin sofort zurückgekommen, als ich die Lastwagen gesehen habe. Ich kann nicht mehr als ein paar Minuten Vorsprung gehabt haben. Sie werden jeden Moment hier sein ...“

Das Brummen von Motoren ertönte auf der anderen Seite der Mauern. Und da waren sie. West wedelte mit seinem Arm. „Auf eure zugewiesenen Positionen. Macht euch bereit. Wir werden sie ausschalten, wie besprochen.“

Ich wusste, welche Rolle ich in dem Ganzen spielte. Ich wollte West etwas sagen, um ihm klarzumachen, wie sehr ich es schätzte, dass er sich mir gegenüber geöffnet hatte, doch unsere Feinde standen direkt vor der Tür. Ich durfte keine Zeit verlieren.

Und nach der Geschichte, die er mir gerade erzählt hatte, wusste ich, dass er das sowieso nicht wollen würde.

Ich riss mir das Kleid vom Leib, während ich die Treppe hinuntereilte, und stürzte mich in die Luft, wo ich die Flügel ausbreitete. Diesmal war es keine entspannte Verwandlung. Meine Muskeln schrien und meine Nerven zitterten. Doch ich war in der Luft, schuppig und majestätisch, noch bevor die ersten Vampire aufgetaucht waren.

Autotüren wurden zugeknallt. Schritte knirschten im

Gebüsch. Gewehre klickten, bereit zu schießen. War der König auch da draußen?

So wie er sich gestern Abend vor der Schlacht gedrückt hatte, bezweifelte ich das. West führte unsere Verteidigung an der Front an, und der Anführer unserer Gegner machte sich nicht einmal die Mühe, aufzutauchen, um sich anzusehen, wie seine Befehle ausgeführt wurden.

Ich knirschte mit den Zähnen. Wenn ich den Vampirkönig jemals wiedersehen würde, würde ich ihm nicht die Chance geben, um sein Leben zu feilschen. Er würde zu Asche verbrennen, bevor er auch nur blinzeln konnte.

Die Blutsauger bewegten sich durch den Wald am Rande des Rings, den wir abgeholzt hatten. Ihre blassen Gestalten verschmolzen mit den Schatten. Sie verteilten sich und umkreisten das Anwesen, wie wir es erwartet hatten. Sie wagten sich nicht zu nahe an den gerodeten Bereich mit dem aufgeschichteten Brennholz heran. Ich schätze, der Zweck dieser Verteidigung war ziemlich offensichtlich.

Wir würden es jedoch erst anzünden, wenn es nötig war. Das Holz würde die ganze Nacht reichen müssen, bis die Sonne die Vampire, die dann noch übrig waren, vertreiben würde.

Wests Leute verteilten sich ebenfalls und bezogen ihre Positionen entlang der Mauern. Bereit, darüber zu springen und das Feuer zu entzünden – oder um alle Vampire abzuwehren, die versuchten, die Mauern zu erklimmen. Als ich über den Vorgarten flog, erblicke ich

Kylie, die aus einem Geräteschuppen kam. In den Armen hielt sie den Flammenwerfer, den sie von einem ihrer Kontakte hatte anfertigen lassen. Felix hob verblüfft den Kopf, als sie an ihm vorbeiging. Oh ja, jetzt unterschätzte er sie definitiv nicht mehr.

Ich wollte nicht, dass einer meiner Gefährten den Schutz dieser Mauern verlassen musste. Wenn ich alle Vampire in Schutt und Asche verwandelte, bevor sie in das Anwesen eindrangen – und bevor meine Drachengestalt ins Wanken geriet –, würde Nate heute Abend keine Gesellschaft im Heilraum bekommen.

Schüsse ertönten am anderen Ende des Anwesens. Ich drehte mich um, um das Geräusch zu lokalisieren. Die Vampire am Tor drängten nach vorne. Oh nein, damit würden sie nicht durchkommen. Ich machte eine scharfe Linkskurve und sammelte Flammen in meiner Kehle.

Knisternd zischte eine Stichflamme über drei der Blutsauger hinweg. Von tiefer zwischen den Bäumen dröhnten Schüsse. Die Kugeln bohrten sich mit einem scharfen Stechen in die Unterkante meiner Flügel.

Ich schwang mich nach oben, aus der Reichweite der Geschütze, bevor ich erneut abtauchte. Drei untote Gestalten waren zwischen den Bäumen zu sehen. Ich erwischte zwei von ihnen, bevor sie ihre Gewehre in die Höhe reißen konnten. Der dritte eröffnete das Feuer.

Es gelang mir gerade noch rechtzeitig, auszuweichen, um dem schlimmsten Kugelhagel zu entgehen. Erneut durchzuckte ein Stechen meinen rechten Flügel.

An der Mauer unter mir griff eine Gruppe von

Vampiren das Anwesen an. Sie sprangen an der Mauer hoch, höher als jeder lebende Mensch hätte springen können, und feuerten dabei Schüsse ab.

Ich raste auf sie zu, das zurückgehaltene Feuer brannte in meiner Mundhöhle. Der Gestaltwandler, der auf der Plattform hinter der Mauer Wache hielt, schlug den Schädel eines Eindringlings gegen die Steinblöcke. Kylie kletterte zu ihm hinauf und erledigte einen weiteren Vampir mit ihrem Flammenwerfer. Beide duckten sich, als vom Waldrand her Schüsse ertönten.

Dann hatte ich die Vampire erreicht. Ich hauchte eine brennende Feuerlinie über den Rest der Gruppe, die über die Mauer kletterte, bevor ich herumwirbelte, um die Vampire zu vernichten, die sich in den Bäumen versteckten.

Ich konnte nicht sagen, wie viele ich inmitten der geschwärzten Baumstämme erwischt hatte. Sie hielten sich zu weit zurück, gerade nah genug, um mit ihren Gewehren eine klare Schusslinie zu haben. Der Wald war zu dicht, als dass ich sie einfach hätte abfackeln können, ohne alles in Brand zu setzen.

Vom anderen Ende des Anwesens ertönte weiteres Geschützfeuer. Ich drehte mich um und schlug kräftiger mit den Flügeln. Selbst hier konnte ich nicht überall gleichzeitig sein. Doch ich musste mehr von den Blutsaugern ausschalten, bevor ich mich zurückzog und den Schutzring die feurige Arbeit für mich erledigen ließ. Es waren noch zu viele da draußen. Wenn unser Ring vor der Morgendämmerung ausbrannte, wenn auch nur ein paar Vampire die

Mauern überwinden konnten, würde dieser Kampf in einem Blutbad enden.

Ich ließ Feuer auf eine weitere Gruppe von Vampiren regnen, die gegen die Mauer gelaufen waren. Zwei der Gestaltwandler kämpften mit einem anderen, der es geschafft hatte, hinüberzuklettern. Ich stürzte mich auf ihn. Er gab ein paar Schüsse ab, bevor die Wachen ihm die Waffe entrissen. Aus der Schulter eines der Wachmänner floss Blut. Er schlitzte einem Vampir die Kehle auf.

Als der untote Körper zusammensackte, sprangen die Wachen zurück und sahen zu mir auf. Ich spuckte eine Flammenlanze auf den Vampir hinab, um die Sache zu beenden. Als er zu Asche zerfiel, verzogen sich meine Lippen zu einem drachenhaften Lächeln.

Mein Lächeln währte jedoch nicht lange. Ich drehte mich wieder zum Wald um, wo eine Kakophonie von Schüssen die Luft zerfetzte. Sie zielten auf mich. Die Vampire wussten, wer die größte Bedrohung für sie darstellte. Ich spuckte Flammen über den Waldrand, allerdings nicht schnell genug. Der Kugelhagel prasselte gegen meine Flügel, und zwar genau auf die Stelle, wo die Schuppen am weichsten und das Fleisch am dünnsten war.

Flügelschlagend stieg ich in die Höhe. Die Luft streifte die offenen Wunden, sodass jede Bewegung schmerzte. Weitere Schüsse hallten von unten herauf. Weitere Kugeln zerfetzten das zarte Fleisch. Ich spie mehr Feuer nach unten, doch die Geschütze dröhnten unaufhörlich weiter. Jede Kugel, die meinen Körper durchbohrte, hinterließ ein scharfes Pochen. Meine Gedanken begannen zu verschwimmen.

Ich musste weitermachen. Ich musste sie alle aufhalten. Es waren zu viele, und meine Flügel konnten mich kaum noch in der Luft halten. Jeder Luftzug, der sie streifte, war eine Qual.

Mein Blick verengte sich durch den Dunst des Schmerzes hindurch. Ich durfte nicht außerhalb der Mauern aus der Luft stürzen. Meine Sippe würde mir zur Hilfe eilen, und die Vampire würden sie abschlachten. Doch ich konnte meinen Gestaltwandlern eine letzte schützende Geste erweisen. Wenn es mir gelang, unseren Ring in Brand zu setzen, musste sich keiner von ihnen zu diesem Zweck über die Mauern hinauswagen.

Meine Flügel zitterten. Ein weiterer Kugelhagel prasselte auf mich ein. Einige Kugeln rissen weitere Löcher in meine Flügel, einige streiften meine dicken Schuppen und einige bohrten sich in meine Seite. Ich spie einen letzten Feuerstrahl, der auf das kreisförmig angeordnete gehackte Holz gerichtet war.

Die Stämme und Äste zischten. Flammen loderten in einem flackernden Tanz entlang des Kreises auf. Mit einem erleichterten Lächeln lenkte ich meinen herabstürzenden Körper in Richtung Mauer.

Mein Knie prallte an den Steinen ab, doch ich fiel auf die Seite des Anwesens. Noch bevor ich auf dem Boden aufschlug, waren Stimmen und Schritte zu hören, die auf mich zukamen. Ich hatte bereits wieder meine Menschengestalt angenommen.

Bei dem Aufprall durchzuckte eine erneute Welle des

Schmerzes meine Schultern und meinen Rücken. Mit einem Aufschrei zuckte ich auf dem Boden zusammen, auf dem sich eine Lache meines Blutes gebildet hatte. Dann vernebelte mir der Schmerz den Verstand, und die Welt wurde schwarz.

Allmählich spürte ich meinen Körper wieder. Zuerst nahm ich nur ein dumpfes Kribbeln wahr, das sich über meinen Rücken und meine Seiten zog, wo meine Drachenflügel gewesen waren. Ein noch intensiverer Schmerz bohrte sich in meine Rippen, als ich versuchte, mich umzudrehen. Ein weiches Laken wurde über mich gelegt. Widerstreitende Gerüche von Blut und einem süßen, frischen Parfüm stiegen mir in die Nase.

Ich schaffte es, meine Augen zu öffnen.

„Ren!", sagte Kylie. Sie beugte sich über mich, die Hände, die auf der Matratze ruhten, zu Fäusten geballt. Die rosafarbenen Büschel ihrer Kurzhaarfrisur hingen schlaff herunter und unter ihren Augen waren dunkle Ringe, doch sie schenkte mir ihr strahlendes Lächeln. „Wie geht es dir? Soll ich die Heiler rufen?"

Ja, natürlich. Ich war im Heilraum. Ohne mich zu bewegen, nahm ich meine Umgebung in Augenschein. Fahles Licht schien durch die Fenster. Gut, das bedeutete, dass wir es bis zum Morgen geschafft hatten, ohne das Anwesen zu verlieren. Im Raum waren weitere Gestalten unter Laken zusammengekauert, das Röcheln ihrer Atemzüge drang an meine Ohren. Sie waren noch am Leben.

Zumindest diejenigen, die hier waren.

„Mir tut alles weh, aber sonst geht es mir gut", antwortete ich und richtete meinen Blick wieder auf Kylie. „Ich glaube nicht, dass ich Hilfe brauche. Was ist letzte Nacht passiert? Geht es allen anderen gut?"

„Wir haben die Vampire abgewehrt", sagte sie. „Ein paar Gestaltwandler wurden verletzt, aber alle haben überlebt."

Eigentlich sollte das eine wunderbare Nachricht sein, doch ihr Lächeln war verschwunden. Mühsam und unter Schmerzen setzte ich mich auf. Mein Rücken pochte, doch ich musste es wissen. „Was ist los? Irgendetwas macht dir zu schaffen."

„Du kennst mich eindeutig zu gut", erwiderte meine beste Freundin und wedelte mit dem Finger. „Trotzdem solltest du liegen bleiben, bis du untersucht wirst."

Als ich mich nicht rührte, schnaufte Kylie. „Ich weiß nicht, was los ist. Aber die Vampire haben sich zurückgezogen, als das Feuer schon ein paar Stunden brannte. Sie sind abgehauen und nicht mehr zurückgekommen, haben allerdings keine Nachricht geschickt, dass sie sich geschlagen geben oder so. Deine Jungs vermuten, dass sie einen neuen Plan schmieden, nachdem sie unsere Strategie jetzt kennen."

Natürlich taten sie das. Ich unterdrückte ein Stöhnen. „Na toll. Dann können wir froh sein, dass wir den ganzen Tag Zeit haben, um uns darauf vorzubereiten."

„Und um dich zu erholen", sagte Kylie und gab mir einen sanften Schubs. „Sie haben dich ganz schön übel zugerichtet, Ren. Nur weil du eine Drachin bist, heißt das nicht, dass du unsterblich bist, weißt du."

„Glaub mir, das war mir noch nie so bewusst wie in diesem Moment." Ich streckte erst einen und dann den anderen Arm aus und stemmte mich gegen den stechenden Schmerz, der durch meine Muskeln schoss.

„Ich sollte es den Jungs sagen. Bestimmt wollen sie wissen, dass du wach bist. Sie waren eine ganze Weile hier und haben ziemlich besorgt ausgesehen, doch sie mussten ihren Alpha-Pflichten nachgehen. Vielleicht solltest du ihren Ratschlag wirklich befolgen und dich ein wenig ausruhen, wenn du schon nicht auf mich hören willst."

Sie rümpfte die Nase, und ich musste lächeln. Dann drang eine leise, grollende Stimme vom Bett hinter mir an meine Ohren.

„Du musst nicht weit gehen, um es mir zu sagen."

„Nate!" Ich warf mich auf dem Bett herum, so schnell, dass der Schmerz mich durchbohrte. Doch in diese warmen braunen Augen zu blicken, war die Extraportion Schmerz wert. Ich rollte mich von der Matratze herunter, trat an seine Pritsche und setzte mich vorsichtig neben ihn. Wenn mein Körper nach den Wunden der letzten Nacht so sehr schmerzte, wollte ich lieber gar nicht wissen, wie er sich nach den Schüssen fühlen musste, die er abbekommen hatte.

Mein Gefährte legte seinen kräftigen Arm um meine

Taille und zog mich näher an sich heran. Ich kuschelte mich an ihn und atmete seinen moschusartigen, pfeffrigen Duft ein. Mein Herz schwoll vor Freude an. „Ich habe mir solche Sorgen um dich gemacht. Du warst einen ganzen *Tag* weg.“

Nate stieß ein heiseres Glucksen aus. „Sieht so aus, als hätte ich mir auch um dich Sorgen machen müssen. Hast du dich wie üblich mitten in die Schlacht gestürzt?“

„Irgendjemand muss ja die Feuerkraft mitbringen“, erwiderte ich. „Außerdem glaube ich, dass du dir nach dem Kampf in der Tankstelle derartige Kommentare sparen kannst.“

„Hmm. Diese Erfahrung will ich bestimmt nicht wiederholen.“

Kylie gab einen amüsierten Laut von sich. „Nun, ich denke, es ist egal, in welchem Bett du liegst, solange du liegst. Werdet nur nicht zu ausgelassen. Das ist alles, was ich dazu sagen werde. Mal sehen, ob ich die anderen Jungs irgendwo finden kann.“

„Danke“, rief ich ihr nach. Ich neigte meinen Kopf, um Nate zu küssen, und legte meinen Arm um seinen Rücken. Das leichte Kräuseln seiner Wunden ließ mich zögern. „Ich tue dir doch nicht weh, oder?“

„Ren“, murmelte Nate, „ich will dich nirgendwo anders haben als genau hier. Also wage es nicht, dich auch nur einen Zentimeter zu bewegen.“

Er drückte mir einen Kuss auf die Stirn und richtete seinen Körper so aus, dass wir uns noch besser aneinander kuscheln konnten. Ich schmiegte mich an seine Wärme und schloss die Augen. Wir hatten uns eindeutig eine kleine Verschnaufpause verdient, bevor wir uns dem stellen mussten, was die Vampire als Nächstes für uns geplant hatten, oder?

9

Ich betrachtete meine Narbe im Spiegel, während ich einen neuen Verband vorbereitete. Heute Morgen war die alte Wunde von einem wütenden Rot durchzogen, meistens schimmerte sie jedoch gelb. Es war ein kränkliches Gelb wie die Angst, die sich in meiner Brust ausbreitete.

Finster betrachtete ich den farbigen Fleck, bevor ich den Verband darauf drückte. Diese verdammten Feen. War ja klar, dass ihre Verletzung einen noch über ein Jahrzehnt später heimsuchte.

Zugegeben, im Moment galt mein Ärger eher den Vampiren. Meine finstere Miene verdunkelte sich, als ich mir ein sauberes Hemd überzog, um das zu ersetzen, das ich durch das ganze Chaos seit gestern nicht mehr gewechselt hatte. Die Gestaltwandler waren währenddessen damit beschäftigt, alles zu erledigen, was ich ihnen aufgetragen hatte, um für heute Abend bereit zu sein ... doch wer zum Teufel wusste schon, was heute Abend passieren würde? Die Blutsauger würden eindeutig nicht ruhen, bevor sie uns alle abgeschlachtet hatten.

So wie sie es letzte Nacht fast mit Ren getan hätten.

Mein Herzschlag beschleunigte sich bei der Erinnerung an ihren fallenden, von Kugeln durchlöcherten Körper. Ich presste die Zähne zusammen und drehte mich zur Tür um.

Genau in diesem Moment stürmte die besagte Frau in mein Quartier.

Die Augen meiner Drachenwandlerin leuchteten vor Aufregung und sie hatte ein breites Lächeln im Gesicht. Ihr leichtes Zögern, als sie die Tür hinter sich zuzog, sagte mir jedoch, dass sie immer noch Schmerzen hatte. Das war auch kein Wunder. Als ich sie das letzte Mal gesehen hatte, hatte sie bewusstlos auf dem Bett im Heilraum gelegen, während ihr Fleisch wieder zusammengewachsen war.

„Nate ist wach!", sagte sie. „Es geht ihm gut. Er ist nur noch ein bisschen schwach wegen der vielen Wunden."

Ihr Duft stieg mir in die Nase, eine feurige Süße, gemischt mit dem Moschus des Bärenwandlers. Natürlich waren sie sofort übereinander hergefallen, als er wieder zu sich gekommen war.

Ein Anflug von Eifersucht, von dem ich wusste, dass er lächerlich war, durchzuckte mich. Es war *normal*, dass sie sofort bei ihm gewesen war. Er war ihr Gefährte, und er wäre fast gestorben. Ich unterdrückte den Stich und schob ihn beiseite, zusammen mit einem halben Dutzend anderer Gefühle, die ich nicht fühlen wollte.

„Du solltest ebenfalls im Heilraum sein und nicht herumrennen, um mir das mitzuteilen", sagte ich. „Du bist auch noch nicht wieder ganz gesund."

„Ich bin *gegangen*", protestierte Ren. „Und ich dachte, du würdest es wissen wollen, nach allem, was du gestern gesagt hast. Kylie hat Marco und Aaron gefunden, aber du musst dich irgendwo versteckt haben."

„Ich habe ein paar zusätzliche Vorbereitungen weiter unten auf dem Highway getroffen und bin eben erst zurückgekommen", erklärte ich knapp. „Ich hätte es früh genug erfahren. Du solltest besser auf dich Acht geben."

War das ein Zucken, das sie unterdrückte, als sie die Hände in die Hüften stemmte? Verdammt noch mal, sie sollte jetzt weder gehen, noch stehen, noch irgendetwas anderes tun als liegen.

„Es geht mir gut", sagte sie in ihrer gewohnt sturen Art. „Es war ein harter Kampf, doch wir haben ihn alle überstanden. Du musst mich nicht wie einen Schwächling behandeln."

War ihr denn nicht klar, wie nahe *sie* dem Tod gekommen war? Mein Temperament entglitt mir. „Das würde ich auch nicht, wenn du endlich lernen würdest, dass du nicht alles kannst. Du wärst gestern Abend fast gestorben und das zusätzliche Feuer brauchten wir trotzdem, oder?"

Jetzt zuckte Ren definitiv zusammen. Allerdings nicht wegen ihrer Verletzung. Sondern wegen meiner Aussage.

Ich sah, wie sich ihr Gesicht verzog, wie das freudige Leuchten aus ihren Augen verschwand. Sie war voller Freude hierhergekommen, und ich hatte es geschafft, sie in weniger als einer Minute zu zerstören. Mein Herz zog sich zusammen.

„Ich weiß es nicht ..." Rens Stimme zitterte. Sie fuchtelte mit dem Arm und blinzelte, als wollte sie die Tränen zurückhalten. „Ich weiß nicht, was ich falsch mache. Wenn du nach all der Zeit immer noch findest, dass ich nicht genug bin, warum sagst du dann nicht einfach dem Rest von uns, dass wir gehen sollen, damit du tun kannst, was immer du ohne eine Drachenwandlerin zu tun gedenkst?"

Ihre Worte erschütterten mich. Glaubte sie wirklich ...

Sie wirbelte bereits herum, die Schultern angespannt, und wischte sich über die Augen. Ich konnte sie doch nicht einfach so gehen lassen. Scheiß auf Pläne, scheiß auf Prinzipien, scheiß auf gute Absichten. Wenn diese Dinge mich hierhergebracht hatten, waren sie offensichtlich nicht viel wert.

„Ren." Ich ergriff ihren Ellbogen, als sie auf die Tür zuging. Sie drehte sich um, ihr Blick war misstrauisch.

Plötzlich wusste ich nicht, was ich mit mir anfangen sollte. Seit meiner Kindheit hatte ich Hunderte von Gestaltwandlern angeführt. Warum war es so verdammt schwer, mit dieser einen Frau zu reden? Sie war meine Bestimmung.

Und ich war ihre Bestimmung.

Ich stützte mich mit der anderen Hand an der Wand

neben ihr ab und rückte so dicht an sie heran, dass ich die Wärme spüren konnte, die von ihrem Körper ausging. Jedoch nicht so nah, dass sie sich nicht aus meinem Griff lösen und weggehen könnte, wenn sie das wollte.

Doch sie blieb stehen und starrte mich an. Ich schluckte heftig.

„Tut mir leid", sagte ich und zwang mich, sie weiter anzuschauen. Wenn es mir wehtat, den Schmerz in ihrem Gesicht zu sehen, dann war das meine eigene verdammte Schuld. „Du bist mehr als genug. Du bist spektakulär, Ren. Es tut mir leid, wenn ich dir jemals ein anderes Gefühl gegeben habe. Ich weiß nicht, ob *ich deiner* jemals würdig sein werde. Doch ich werde es versuchen. Das verspreche ich dir."

„West ..." Ihr Gesichtsausdruck war verwirrt. „Aber du – ich dachte – so wie du dich verhalten hast, hatte ich den Eindruck, als wärst du dir immer noch nicht sicher."

„Das wollte ich mit meinem Verhalten nicht bewirken. Es gab einfach noch keinen geeigneten Zeitpunkt ..." Ich wusste nicht einmal, wie ich es erklären sollte. „Ich bin mir sicher. Ich bin mir schon seit einer ganzen Weile sicher."

Sie blinzelte. „Seit wann?"

Diese Frage konnte ich ihr beantworten. Ich wusste genau, in welchem Moment sich mein Herz überschlagen hatte und mir klar geworden war, was für ein Idiot ich gewesen war. In meiner Erinnerung sah ich sie immer noch vor mir, nackt und blutüberströmt am Rande der Lichtung, ein kummervoller Glanz in ihren Augen.

„Als wir die Abtrünnigen mithilfe der ungleichen Sippe in einen Hinterhalt gelockt haben, und du versucht hast, Nates Wachmann zu retten. Wie verärgert du warst, als es dir nicht gelang. Wenn du dich so für einen Bisamrattenwandler einsetzt, der uns verraten wollte ... Ich könnte mir für unsere Gemeinschaft nicht mehr wünschen als dieses Mitgefühl."

„Das ist schon *Tage* her, West. Warum zum Teufel hast du nichts gesagt?"

Ich öffnete den Mund und schloss ihn wieder, während ich versuchte, die richtigen Worte zu finden. In meinem Kopf hatten meine Überlegungen viel mehr Sinn ergeben.

„Es war so viel los", antwortete ich. „Die Abtrünnigen und Marcos Kampf um die Alpha-Position und jetzt stiften die Blutsauger Chaos ... Ich weiß, dass ich eine Menge wiedergutzumachen habe. Ich wollte dich nicht unter Druck setzen, mir zu verzeihen, während du so viel um die Ohren hattest. Wenn sich die Dinge beruhigt haben, wenn du Luft zum Atmen hast, dann kannst du in Ruhe entscheiden, ob du dir in Bezug auf mich sicher bist. Ich kann dir beweisen, dass ich ein guter Gefährte sein werde. Ich ..."

„Oh, West", unterbrach mich Ren, so leise, dass mein Puls stotterte. Sie legte ihre Hand auf meine Brust. „Du musst mir nichts beweisen. Ich weiß bereits, wer du bist. Ich will dich. Sofort, wenn ich dich haben kann."

Sofort. Das klang vielversprechend. Ich starrte sie an, und alles, was ich jetzt in ihren Augen sehen konnte, war die gleiche Sehnsucht, die auch mich durchströmte.

Sie wollte mich. Sie wollte *mich*, trotz allem, was passiert war.

Der Damm in mir brach und setzte eine Welle intensiven Verlangens frei. Mir war nicht bewusst gewesen, dass sich so viel davon in mir angestaut hatte. Ich überbrückte die letzten Zentimeter zwischen uns und presste meine Lippen auf Rens Mund.

Meine Drachenwandlerin erwiderte meinen Kuss ebenso leidenschaftlich. Ihre Finger krallten sich in mein Hemd und zogen meinen Körper an ihren, während sich ihre andere Hand in mein Haar grub. Ich drückte sie gegen die Wand, mit gerade genug Selbstbeherrschung, um auf ihre Verletzungen zu achten. Sie schmeckte und fühlte sich wie der Himmel an. Warum hatte ich mir diese Glückseligkeit so verdammt lange verwehrt?

Es spielte keine Rolle. Ich hatte sie jetzt. Sie drückte sich an mich, als ich ihre Schenkel packte, wimmerte, als meine Zunge über ihre strich. Der besitzergreifende Impuls, den ich zuvor zu begraben versucht hatte, stieg wieder in mir auf, und meine Willenskraft reichte nicht aus, um ihn zu zügeln.

Ich drückte ihre Hüften fest gegen meine und neigte ihren Kopf, um den Kuss zu vertiefen. Ihre Hände umfassten meinen Nacken. Sie brummte begierig und keuchte, als ich ihre Lippen freigab, um mit meiner Zunge und meinen Zähnen an ihrem Kiefer entlangzufahren.

„Du bist mein", murmelte ich. „Mein." Ich hatte es bis zu diesem Moment nicht wirklich geglaubt. Ich war mir nicht einmal jetzt sicher, ob ich es wirklich glaubte.

„Ich bin dein", stimmte Ren mit einem glücklichen Seufzer zu. „Und du bist mein."

Irgendetwas an diesen drei einfachen Worten raubte mir den Atem. Ich wich gerade so weit zurück, dass ich ihr in die Augen schauen konnte.

„Das bin ich. Das war ich von der ersten Sekunde an, in der ich dich gesehen habe, auch wenn ich zu dickköpfig war, um es zu akzeptieren."

„Wolfsköpfig", murmelte sie mit einem atemlosen Kichern, und ich war wieder verloren. Die Hitze ihres Mundes, das Reiben ihres Körpers an meinem, setzte mich auf eine Weise in Brand, die ich in vollen Zügen genoss. Ich hob eine Hand und umfasste ihre Brust. Ich streichelte ihren Nippel durch den dünnen Baumwollstoff ihres Kleides und markierte mein Territorium auf der anderen Seite ihres Kiefers, indem ich mit meinen Zähnen daran entlangfuhr, als sie ihr Kinn anhob.

Erst verstand ich die Bedeutung der Geste nicht. Dann hob sie ihren Kopf noch weiter an, um mir nicht nur den Zugang zu erleichtern, sondern mir ganz unverhohlen ihren blassen weißen Hals zu präsentieren.

Mir stockte der Atem. Eine Sekunde lang konnte ich nur auf die verletzliche Haut starren, die sie so einfach entblößte. Der höchste Vertrauensbeweis meiner Artgenossen. Ein Akt der vollkommenen Unterwerfung, der ihr Leben in mein Ermessen stellte.

Womit hatte ich eine so große Ehre verdient?

Ich *sollte* sie mir besser verdienen. Ich neigte meinen Kopf und küsste den Hals meiner Gefährtin so zärtlich, wie ich konnte. Zu mehr konnte ich mich nicht durchringen.

„Oh, Flamme", flüsterte ich heiser. „Du solltest dich mir niemals unterwerfen müssen."

Ren senkte ihren Kopf, um mir in die Augen zu sehen. Ihre Lippen kräuselten sich. „Ich dachte, wir könnten uns abwechseln. Damit es fair bleibt."

Mir entwich ein raues Kichern, und ich konnte nicht anders, als sie erneut zu küssen. Innig, lüstern, mit all der Leidenschaft, die ich in den letzten Wochen verleugnet hatte.

Ren

Meine Lippen glitten gegen Wests, und ich genoss die Hitze, die von ihm ausging. Meine Nerven vibrierten bereits vor Glückseligkeit, ihn hier zu haben, zu spüren, wie er sich mir hingab und hemmungslos von mir Besitz ergriff. Doch wem machte ich etwas vor? Ich wollte mehr, viel mehr. Ich wollte alles.

Meine Hände wanderten seinen Oberkörper hinunter und griffen nach dem Saum seines Hemdes. Ich zerrte es nach oben. Mit einem hungrigen Knurren unterbrach West den Kuss, um mir mein Oberteil auszuziehen, bevor er einen Augenblick später erneut meine Lippen küsste. Seine Finger fuhren über meinen Körper, bis sie den

Reißverschluss unter meinem Arm fanden. Mit einem festen Ruck glitt mein seidiges Kleid zu Boden.

Bei meinem überstürzten Aufbruch aus dem Heilraum hatte ich mir nicht die Mühe gemacht, einen BH anzuziehen. Meine Brustwarzen kribbelten, als sie den nackten Oberkörper meines Gefährten streiften. Ich stieß ein Wimmern aus und küsste ihn fester, doch ein unbehagliches Kribbeln durchdrang den Dunst der Freude. Meine Wunden waren noch nicht vollständig verheilt, und meine Muskeln begannen gegen meine aufrechte Körperhaltung zu protestieren.

Nun, ich hatte ohnehin kein besonderes Interesse daran, noch länger stehenzubleiben. Ich schob West rückwärts in Richtung Bett, wobei ich auf den Verband, der seine Narbe bedeckte, achtete. Er blickte hinter sich, und seine Lippen verzogen sich zu einem eifrigen Grinsen. Seine dunkelgrünen Augen blitzten, als er mich von den Füßen hob und mich aufs Bett warf. Dann beugte er sich über mich und presste seine Lippen erneut auf meine.

„Flamme", murmelte er, während er meine Brüste streichelte. Der Spitzname klang jetzt wie ein ehrfürchtiges Kompliment. Seine Daumen strichen über meine Nippel, und ich stöhnte auf. Meine Hüften wölbten sich ihm wie von selbst entgegen. Ich wollte ihn auch dort spüren. Seine Härte in meiner Mitte.

Mit einer schnellen Bewegung drehte er uns um, sodass ich auf ihn hinabblickte. Er stützte sich auf einen Ellbogen, fuhr mit den Fingern durch mein Haar und forderte einen weiteren Kuss. Ich rieb mich an ihm, konnte mich nicht zurückhalten. Als ich die Beule in seiner Jeans spürte, wurde mir schwindlig.

West stöhnte auf. Er zog sich kurz zurück und sah mir tief in die Augen. Dann neigte er langsam seinen Kopf nach hinten und entblößte seinen Hals vor mir.

Mein Herz setzte einen Schlag aus, oder vielleicht zwei. Ich könnte wetten, dass dieser Mann – dieser *Alpha* – noch nie vor jemandem seine Kehle entblößt hatte, außer vor seinem Vorgänger Jahre zuvor. Ich hatte ihm bereits geglaubt, als er mir seine Gefühle gestanden hatte, doch als ich sah, wie er mir freiwillig seine Verletzlichkeit zeigte, traf mich die Wahrheit noch härter.

Ich gehörte ihm. Und er gehörte mir. Nur mir.

Ein wenig verlegen beugte ich mich hinunter und küsste eine sanfte Spur von seinem Kiefer abwärts über seinen Hals, vorbei an seinem Adamsapfel. Dann wanderte ich weiter. Über seine Brust, seine festen Bauchmuskeln, bis hin zur Schnalle seiner Jeans. Ich könnte kurzen Prozess damit machen. Meine Fingerknöchel berührten seine Erektion, als ich den Reißverschluss öffnete. West sog scharf die Luft ein.

Bevor ich mein Vorhaben in die Tat umsetzen konnte, packte er mich an den Schultern, zog mich auf das Bett und rollte sich gleichzeitig wieder auf mich. Seine Stimme klang kehliger als sonst.

„Wenn ich in irgendeinem Teil von dir sein werde, gibt es nur einen Ort, an dem ich sein will."

Hitze durchströmte mein Geschlecht, als ob er bereits in mir wäre. „Dann fang an", forderte ich. „Hast du eine

Ahnung, wie lange ich schon darauf warte, dich endlich zu meinem Gefährten zu machen?"

West gab einen rauen Laut von sich. Dann presste er seinen Mund auf meinen, als wollte er mich unbedingt wieder schmecken. Gemeinsam befreiten wir ihn von seiner Jeans, und irgendwann verschwand mein Höschen. Seine Hände fuhren über meine Schenkel, während die harte Länge seines Schwanzes an meinem Kitzler rieb. Ich wimmerte, klammerte mich an ihn und hob meine Beine an seiner Taille an, um ihn anzutreiben.

West erschauderte. Dann drang er mit einem einzigen Stoß bis zum Anschlag in mich ein. Ein Stöhnen entwich meinen Lippen.

„Ren", murmelte West, während er in mich hineinstieß. „Ren." Als würde er mich beanspruchen und gleichzeitig ein Gebet sprechen. Das Glühen unserer Verbindung durchströmte mich, so hell, dass meine Sicht verschwamm. Zum ersten Mal war es so hell und intensiv, dass sich die Wärme in meiner Brust mit den übrigen Bindungen zu meinen vier Alphas verband.

Ich hatte meine Gefährten, und zwar alle. Genauso, wie es sein sollte.

West drang in mich ein, füllte mich aus, vervollständigte mich mit einem schwindelerregenden Brennen. Ich strich mit meinen Händen über jeden Zentimeter seiner Haut, den ich erreichen konnte, über die Muskeln, die sich in seinen Schultern und in seiner Brust anspannten, und wölbte mich ihm entgegen. Mein Atem ging stockend. Mit jedem Stoß seiner Hüften brachte er mich meinem Höhepunkt ein Stückchen näher. Die Welle der Lust schwoll immer weiter in mir an, bis ich vor Verlangen zitterte.

Er beugte sich vor, um seine Zunge über einen meiner Nippel gleiten zu lassen. Sein Schwanz krümmte sich in meinem heißen Inneren, und der Orgasmus explodierte wie ein Feuerwerk in mir. Keuchend klammerte ich mich an ihn. „Scheiße", murmelte er und stieß fester zu. Seine Muskeln zuckten unter meinen Fingern, die sich in seine Haut gruben. Mit einem Stöhnen folgte er mir in die Erlösung.

Schaukelnd kamen wir zum Stillstand, unsere Haut war schweißnass, wo sich unsere Körper aneinanderpressten. Ein zufrieden klingendes Brummen drang aus der Brust meines Gefährten. Er ließ sich neben mich sinken, legte seinen Arm um meine Taille und seine Nase streifte meine Wange.

„Meine", murmelte er ein letztes Mal.

Ich lächelte und drehte mich zu ihm, um seine Umarmung zu erwidern. „Meiner."

10

Ich döste einige Minuten lang, bis ein seltsames Licht meine Augenlider kitzelte und mein Bewusstsein wieder schärfte. Ich blinzelte, kuschelte mich an West und atmete den Geruch seiner Haut ein. Er duftete nach Erde und den Kiefern, die draußen wuchsen.

Irgendwann während wir zusammen waren, war sein Verband abgefallen. Das Licht, das mich geweckt hatte, ging von seiner Narbe aus. Ich hatte sie noch nie aus der Nähe gesehen: eine leichte Vertiefung in seiner Haut mit ausgefransten Rändern, die die magische Wunde eingrenzen.

Zögernd bewegte ich meine Finger auf die Narbe zu. Die Oberfläche war glatt, härter als der Rest seiner Haut, aber genauso warm. Als West nicht zurückzuckte, legte ich meine Handfläche direkt auf die Narbe.

„Sie hat die Farbe gewechselt", stellte ich fest.

„Natürlich", erwiderte West. „Was hast du denn erwartet?"

„Ich glaube, sie war bisher immer rot, wenn ich sie gesehen habe." Jetzt leuchtete sie in einem kräftigen Pink. Keine Farbe, die ich bei West erwartet hätte, doch ich nahm an, er hatte nicht wirklich eine Wahl, was die Farbgebung betraf.

„Das ergibt Sinn. Du hast sie wahrscheinlich nur gesehen, wenn ich gerade gekämpft habe und wütend war."

Es dauerte einen Moment, bis ich begriff, was er andeutete. Ich sah zu ihm auf. „Sie spiegelt deine Gefühle wider?"

Er zuckte die Achseln. An der leichten Anspannung in seinen Schultern konnte ich erkennen, dass er nicht gerne über dieses Thema sprach, doch er hielt meinem Blick stand. „Feenmagie funktioniert auf seltsame Weise."

„Kein Wunder, dass du sie versteckt hältst." Schließlich konnte ein Alpha nicht herumlaufen und die ganze Sippe sehen lassen, was man fühlte. Das Herz im wahrsten Sinne des Wortes auf der Zunge tragen. „Stammt sie aus dem Kampf, als deine ..."

„Als sie meine Mutter ermordet haben", ergänzte er, als ich ins Stocken geriet. „Ja. Danach war sie noch eine ganze Weile rot."

Ich fuhr mit dem Daumen über die Stelle, wo die Narbe auf die weichere Haut über seiner schlanken, muskulösen Brust traf. „Und was bedeutet rosa?"

West gluckste. „Kannst du dir das nicht denken, Flamme?"

Er hob mein Kinn an und zog meinen Mund an seine Lippen. Der Kuss war so innig und zärtlich, dass ich das Gefühl hatte, auch mein Herz würde glühen. Nachdem sich unsere Lippen trennten, waren unsere Gesichter noch immer so dicht beieinander, dass sich unsere Nasen berührten.

„Ich liebe dich, Ren", gestand er mit leiser, rauer Stimme.

Mein Puls raste. Ich schlang meinen Arm um seinen Hals und zog mich ganz an ihn heran. „Ich liebe dich auch."

„Nur Gott weiß, womit ich das verdient habe."

Ich lachte. „Du hast es mir anfangs nicht gerade leicht gemacht." Und es gab ein paar Dinge, die ich noch immer nicht ganz verstand. „Hast du Angst, dass ich deine Sippe im Stich lasse, wenn es schwierig wird? So wie meine Mutter es getan hat?"

Er zuckte mit den Schultern. „Das war zum Teil das Problem. Ich wollte sichergehen, dass wir auf dich zählen können, bevor ich ihr Leben in deine Hände lege. Und außerdem, irgendwann ... fing ich an, dich zu begehren. Ich wusste nicht, wie sehr ich meinem Urteilsvermögen trauen konnte. Ich muss die Bedürfnisse meiner Sippe über meine eigenen stellen. Und wenn mein Instinkt mir sagt, dass ihre Bedürfnisse sich zufällig mit dem decken, was mir auch gefallen würde, fällt es mir schwer, nicht skeptisch zu sein."

„Vielleicht bist du etwas zu hart zu dir selbst", meinte ich.

„Vielleicht." Er atmete röchelnd aus. „Es macht vielleicht keinen Sinn, doch ich hatte immer das Gefühl, dass ich ihnen mit einer egoistischen Entscheidung meinerseits zu verstehen geben würde, dass sie mir nicht wichtig genug waren. Wenn ich bereit war, sie zu opfern und etwas anderes nicht."

Plötzlich hatte ich einen Kloß im Hals. Ich streichelte seine Wange. „Du bist definitiv zu hart zu dir selbst. Ich schätze, ich kann dir verzeihen, dass du auch zu hart zu mir bist."

Er stieß ein heiseres Lachen aus. „Du hast keine Ahnung, wie unerträglich es für mich ist, wenn ich sehe, wie du dich immer wieder in Gefahr begibst ..."

„Das ist mein Job", erwiderte ich. „Genauso wie es dein Job ist."

„Ich weiß. Deshalb halte ich dich auch nicht auf."

„Stattdessen maulst du nur herum."

„Hey." Er stupste seine Nase gegen meine. „Du bist dafür *bekannt*, dass du deine Heldentaten gelegentlich etwas zu hoch über deine Sicherheit stellst."

Ich lächelte. „Wenn wir schon dabei sind, irrationale Verhaltensweisen zu vergleichen, wo ordnen wir dann ‚wiedergutmachen, weil man sich wie ein Idiot verhalten hat, indem man sich wie ein noch größerer Idiot verhält' auf dieser Skala ein?"

„Ich bin mir nicht sicher, ob ‚noch größerer Idiot' eine faire Einschätzung ist. Ich habe versucht, mich etwas zurückzunehmen."

„Komisch, dass das Zurücknehmen mit einer Menge Sticheleien verbunden war. Und weißt du, du hattest immer die Möglichkeit, zu sagen, was du wirklich fühlst."

„Bevor oder nachdem du *wieder einmal* fast gestorben wärst?"

„Beides wäre in Ordnung gewesen." Ich stupste ihn gegen das Brustbein und blickte durch meine Wimpern zu ihm auf. „Natürlich hätte ich bei deiner üblichen Gewandtheit, Gefühle mitzuteilen, denken können, dass du mir stattdessen rätst, von einer Klippe zu springen."

West nahm meine Hand, rollte sich knurrend auf mich und hielt meine Handgelenke über meinem Kopf fest. „Ich glaube, ich kann meine Absichten noch etwas deutlicher machen", sagte er. Seine Augen funkelten amüsiert und lüstern zugleich.

Ich wand mich unter ihm und bei seinem spielerischen Griff wurde mir heiß. Mein Atem stockte, als ich seine harte Länge an meinem Schenkel spürte. Im Handumdrehen war ich doppelt so feucht. „Schon wieder bereit?", fragte ich und bewegte mich ein wenig zur Seite, woraufhin sein Schwanz an meine Mitte rutschte.

Die Berührung ließ uns beide aufstöhnen. West grinste auf mich herab. „Ich habe so einige beeindruckende Eigenschaften."

„Mmhm?" Ein schmerzliches Verlangen breitete sich in meinem Unterleib aus. „Die solltest du auf jeden Fall einsetzen."

Seine Augen glühten. „Oh, glaub mir, das werde ich."

Er beugte sich vor, um mich zu küssen, als er in mich eindrang, und wir gaben uns noch ein wenig länger unserer Begierde hin.

Nach einem kurzen Abstecher in mein Zimmer, um in ein Kleid zu schlüpfen, das nicht so aussah, als wäre es mir im Rausch der Leidenschaft vom Leib gerissen worden, lief ich durch die Gänge des Anwesens, um zu sehen, wo ich gebraucht wurde. Ich konnte nicht den ganzen Tag lang in der Glückseligkeit schwelgen, endlich alle Gefährtenbindungen vollzogen zu haben. Die Bedrohung durch die Vampire war nicht gebannt, nur weil West und ich es miteinander getrieben hatten.

Wests Sippe und die anderen, die hier Zuflucht gefunden hatten, waren bereits fleißig dabei, mehr Feuerholz im Schutzring aufzuschichten. Andere hatten sich weiter weg gewagt, um auszukundschaften, wo sich die Vampire tagsüber aufhalten könnten. Wenn sie irgendwo einen vorübergehenden Unterschlupf gefunden hatten, könnten wir den Spieß vielleicht umdrehen, bevor es wieder Nacht wurde.

Wenn das nur so einfach wäre. Irgendwie bezweifelte ich, dass die Blutsauger plötzlich so leichtsinnig waren.

Ich wollte mich gerade auf den Weg zu den Gemeinschaftsräumen machen, als eine geschlossene Tür meine Aufmerksamkeit erregte. Eine erwartungsvolle Freude, die ich mir nicht erklären konnte, durchströmte mich. Ich drehte mich um.

Der Flur um mich herum verblasste.

Ich stand vor einer schlichten Tür, die in demselben hellen Moosgrün gestrichen war wie die Wände zu beiden Seiten der Tür. Auf ihrer Oberfläche, knapp über meiner Augenhöhe, befand sich ein Kreis aus Vertiefungen. Sie hatte keinen Knauf, keine Klinke. Ein schwaches Klingeln erfüllte meine Ohren, und in meinem Kopf stieg die Gewissheit auf, dass ich diese Tür öffnen konnte, wenn ich es wollte. Dass es meine Bestimmung war, sie zu öffnen – meine und die der Gestaltwandler.

Ein vertrauter Geruch, wie süßer Klee und sonnenerwärmter Stein, hüllte mich ein. *Zuhause.* Dann verblasste die Vision.

Ich stolperte rückwärts, mein immer noch schmerzender Rücken prallte gegen die gegenüberliegende Wand.

Die Tür, auf die ich jetzt blickte, hier im Anwesen der Hundewandler, war gelbgold und hatte einen ganz normalen Knauf. Doch sie hatte etwas in meinem Gedächtnis wachgerufen – oder vielleicht nicht in meinem Gedächtnis, sondern irgendwo tiefer, in meinem Drachenwandlerinnengeist. Meine Nerven zitterten vor Aufregung.

Ich war jetzt voll und ganz in meiner Rolle. Ich hatte alle vier Alphas zu meinen Gefährten gemacht und war durch sie mit ihren Sippen vereint. Womöglich brachte das Dasein als Drachenwandlerin viel mehr mit sich, als mir bewusst gewesen war.

Vielleicht genug, um die Angriffe der Vampire endgültig zu stoppen.

Ich wandte mich von der Tür ab und eilte den Rest des Weges in die Gemeinschaftsräume. Ich fasste die erstbeste Bedienstete, die ich sah, am Arm. „Kannst du bitte alle Alphas finden und sie bitten, mich in unserem Aufenthaltsraum zu treffen? Ich muss sie sofort sehen."

Sie nickte eifrig. „Sofort, Drachenwandlerin."

Ich wusste, dass Nate bereits in der Lounge war, die nur für mich und meine Alphas bestimmt war. Er hatte sein Feldbett im Heilraum verlassen, um ein paar Anrufe zu tätigen, ohne die anderen verletzten Gestaltwandler zu stören.

Als ich ins Zimmer stürmte, blickte er von seinem Sessel auf, in dem er saß. Seine Augenbrauen hoben sich. „Ist alles in Ordnung, Ren?"

„Ich glaube schon", erwiderte ich. „Ich glaube, ich weiß, wo wir ein paar Antworten finden können. Bist du fit genug, um zu reisen?"

Nate richtete sich langsam auf. „Ja. Was ist passiert?"

„Ich ... bin mir nicht sicher."

Marco schlenderte in den Raum, seine Haltung war lässig, doch seine indigoblauen Augen waren hellwach. Einen Moment später kam West herein, dicht gefolgt von Aaron.

Als sie alle um mich herum zum Stehen kamen, vibrierte die Luft. Meine Haut prickelte und mein Atem stockte kurz. Dies war das erste Mal, dass meine Alphas und ich alle im selben Raum waren, nachdem unsere

Verbindung vollzogen war. Die Kraft der Bindungen zwischen uns surrte nahezu elektrisch.

Offensichtlich war ich nicht die Einzige, die das spüren konnte. Marco grinste und sah West an. „Ich nehme an, du hast endlich deinen Kopf aus dem Arsch gezogen."

Der Wolfswandler fletschte ein wenig die Zähne, doch er konnte sich ein Lächeln nicht verkneifen, als sein Blick auf mich fiel. So fühlte es sich also an, die Drachenwandlerin zu sein. Die Verbindung zu sein, die die Gemeinschaft der Gestaltwandler zusammenhielt. Das Gefühl war berauschend und gleichzeitig etwas beängstigend.

„Was ist los, Serenity?", fragte Aaron.

Ich versuchte, mich auf das Gefühl zu besinnen, das mich veranlasst hatte, sie zu mir zu rufen. „Das Anwesen der Drachenwandlerinnen. Ihr wart doch schon einmal dort, oder? Welche Farbe haben die Wände dort?"

Meine Gefährten blickten verwirrt drein. „Soweit ich mich erinnern kann, sind sie grün", antwortete Nate. „Zumindest die meisten. Warum fragst du?"

„Ich hatte vor ein paar Minuten so ein Gefühl", sagte ich. „So ähnlich wie bei den Visionen, die meine Mutter für mich hinterlassen hat – oder die, in der ich gesehen habe, wie sie starb. Ich habe eine Tür gesehen, und ich glaube, sie befindet sich im Anwesen der Drachenwandlerinnen. Es fühlte sich wie Zuhause an. Und die Farbe passt."

„Eine Tür", wiederholte West und ließ mir Raum, um fortzufahren.

„Ich hatte das Gefühl, dass ich sie öffnen sollte. Jetzt, wo … Jetzt, wo ich mit euch allen verbunden bin. Als wäre dahinter etwas, das ich brauche, etwas, das für die Drachenwandlerin bestimmt ist. Was, wenn es etwas ist, das uns im Kampf gegen die Vampire helfen könnte?"

Die Jungs tauschten einen Blick aus. „Dieses Anwesen birgt Geheimnisse, die nur die Drachenwandlerinnen kennen", sagte Aaron. „Als ich es mit meinem Alpha-Mentor besucht habe, durften wir einen kompletten Bereich des Hauses nicht betreten. Die Aufzeichnungen, die wir über die Linie der Drachenwandlerinnen haben, waren schon immer dürftig."

„Was schlägst du vor, Prinzessin?", fragte Marco. „Zeit für einen kleinen Ausflug?"

Ich nickte. „Ich muss herausfinden, was dort ist. Ihr …"

„Wir kommen mit", verkündete West entschlossen. „Meine Leutnants können sich hier um alles kümmern und notfalls das Kommando über die Abwehrmaßnahmen übernehmen. Die Vampire warten möglicherweise nur darauf, dass wir dich allein lassen. Hier steht ein Jet. Wir können bis zum frühen Nachmittag auf deinem Anwesen sein."

Das war alles, was ich hören musste. Ich stieß einen Atemzug aus. „Dann auf zu diesem Jet."

11

Ren

Mit einem zufriedenen Seufzer ließ sich Kylie auf ihrem Sitz im Privatjet nieder. „An diese Art von Luxus könnte ich mich glatt gewöhnen. Ich werde nie wieder Holzklasse fliegen."

Ich lachte. „Ich glaube, die meiste Zeit werden wir mit dem Auto unterwegs sein. Aber die Autos der Gestaltwandler, in denen ich bisher gesessen habe, waren auch ganz nett. Die Jets sind für Notfälle."

„Überaus bequeme Notfälle", erklärte meine beste Freundin und sank tiefer in das glatte Leder. „Ich habe keine Ahnung, worüber diese Vampire sich beschweren. Gestaltwandler wissen, wie man es macht."

Ich würde Kylie auf keinen Fall noch einmal zurücklassen, besonders dann nicht, wenn ein weiterer Vampirangriff bevorstand. Außerdem hätte sie das nicht zugelassen. Kaum hatte ich ihr gesagt, dass ich beschlossen hatte, zum Anwesen der Drachenwandlerinnen zu fliegen, hatte sie sich schon ihren Koffer geschnappt, den sie aus New York mitgebracht hatte, und verkündet, sie sei bereit.

Es würde mich nicht wundern, wenn sie sogar die Flugbegleiter davon überzeugt hätte, ihren Flammenwerfer im Frachtraum zu verstauen. Doch Aaron hatte ein Auge auf alles gehabt, und wenn er darauf vertraute, dass wir nicht in die Luft fliegen würden, musste ich mir wohl keine Sorgen machen.

„Es hat eindeutig Vorteile, mit Gestaltwandlern befreundet zu sein, was?", fragte Felix mit einem leichten Grinsen. West hatte ein paar seiner Leute mitgebracht, um mir zu helfen, mein ehemaliges Zuhause nach all den Jahren, in denen es leergestanden hatte in Ordnung zu bringen. Der Fuchswandler hatte sich auf einem der Sitze gegenüber von uns niedergelassen. Zuerst hatte ich angenommen, dass seine Platzwahl zufällig gewesen war, doch als ich sah, wie seine Augen funkelten, als er Kylie beobachtete, war ich mir da nicht mehr so sicher.

„Oh, ich kann mir viele Gründe vorstellen, die dafürsprechen, hierzubleiben", sagte Kylie und erwiderte sein Grinsen. Sie zählte sie an ihren Fingern ab. „Jede Menge Feste. Superbequeme Gästezimmer. Die Möglichkeit, Zeit mit meiner besten Freundin zu verbringen. Und natürlich gibt es hier auch einiges fürs Auge."

Hatte meine beste Freundin gerade ... mit den Wimpern geklimpert, als sie Felix angesehen hatte? Und war er *rot geworden*? Die Wangen des Fuchswandlers hatten sich definitiv leicht rot gefärbt. Er strich sein gelbbraunes Haar zurück und gab sich lässig. „Klingt, als wärst du genau da, wo du hingehörst."

„Oh, ganz bestimmt."

„Wir haben deutlich mehr Spaß, wenn die Vampire gerade nicht versuchen, uns zu massakrieren. Du solltest zum Anwesen zurückkommen, wenn wir sie vernichtet haben."

„Und dann zeigst du mir, wie man Spaß hat?", fragte Kylie und ihr Grinsen wurde breiter. Sie flirtete mit ihm. Dieses kokette Lächeln kannte ich nur allzu gut.

„Felix, komm mal kurz her", rief West aus dem vorderen Teil des Flugzeugs. Der Fuchswandler schnitt eine entschuldigende Grimasse und machte sich eilig auf den Weg, um nachzusehen, was sein Alpha wollte. Ich folgte ihm automatisch und hob meinen Blick, um dem von West zu begegnen. Die Miene meines Gefährten, die eben noch ernst gewesen war, wurde ein wenig weicher, als er mir ein kurzes Lächeln schenkte, was mein Herz flattern ließ.

„Hmm", sagte Kylie und wackelte mit den Augenbrauen. „Geht es nur mir so, oder strahlst du heute irgendwie mehr als sonst? Gibt es da ein Geheimnis, das du mir verraten willst?"

Jetzt wurde ich rot. Ich zog den Kopf ein, als die Hitze in meine Wangen strömte. Allerdings konnte ich nicht verhindern, dass sich ein Grinsen auf meinem Gesicht ausbreitete.

Eine Menge Dinge in unserem Leben waren im Moment beschissen. Doch kein Blutsauger der Welt konnte mir die Freude nehmen, alle meine Gefährten um mich zu haben. Zu wissen, dass wir alle füreinander da waren.

„Später", sagte ich. „Wenn wir etwas mehr Privatsphäre haben." Wests Sippe hatte den Stimmungsumschwung zweifellos bereits bemerkt. Es war schwer zu sagen, ob sie jetzt noch freundlicher zu mir waren, da sie von Anfang an unglaublich zuvorkommend gewesen waren. Doch ich bemerkte, dass ihre Augen irgendwie auf eine andere Art funkelten, als wir auf dem Weg nach draußen durch das Herrenhaus gingen.

Ich vermutete, dass in neun Monaten eine ganze Menge neuer Hundewandlerkinder auf die Welt kommen würden, Vampire hin oder her. Das bedeutete allerdings nicht, dass ich über mich und West sprechen wollte, wenn sie mich mit ihren scharfen Gestaltwandler-Ohren hören konnten.

„Oooh. Ich wusste es!", flüsterte Kylie. „Du glühst regelrecht, Ren. Und das ist keine Anspielung auf deine Drachengestalt."

Das Flattern kehrte zurück in meine Brust. Es fühlte sich an, als würden Flammen darin flackern. „So fühlt es sich auch an", gab ich zu.

„War auch Zeit. Endlich Schluss mit diesem Hin und Her. Nur noch Liebe, Liebe, Liebe."

Ihre alberne Singsangstimme entlockte mir erneut ein Lachen. Deshalb liebte ich *sie*. Für ein paar Minuten konnte ich bei unserer Unterhaltung all den anderen

Mist vergessen, mit dem wir uns herumschlagen mussten.

Zumindest so lange, bis Marco sich auf den Sitz setzte, auf dem zuvor Felix gesessen hatte, und sein Handy in die Tasche steckte. Sein Mund war zu seinem üblichen schiefen Grinsen verzogen, doch seine Augen waren trüb. Nate, der einen Platz weiter saß, drehte sich um, um zu sehen, was der Jaguarwandler zu sagen hatte.

„Ein paar meiner Leute sind den Vampiren gefolgt, die gestern Abend mein Anwesen gestürmt haben", berichtete er. Er hatte mit einem seiner Leutnants in Florida gesprochen. „Wie es scheint haben sie sich in einer kleineren Stadt verschanzt, die näher an unserem Gebiet liegt als ihr üblicher Aufenthaltsort. Schnellerer Zugang für ihren nächsten Angriff."

„Können deine Leute sie zuerst angreifen?", fragte ich. „Das Tageslicht zu unserem Vorteil nutzen?"

Marco schüttelte den Kopf. „Das Gebäude, das sie eingenommen haben, ist zu sicher. Jeder Winkel ist versiegelt, die Türen werden bewacht, ebenso wie die Garage, in der ihre Fahrzeuge stehen. Entweder haben die Vampire Glück gehabt, oder sie haben die Möglichkeit, die Gestaltwandler-Siedlungen zu übernehmen, lange genug geplant, um das Gebäude gezielt abzusichern."

Aaron kam zu uns und lehnte sich an die Rückenlehne von Marcos Sitz. „Meine Sippe hat etwas Ähnliches in der Nähe des Anwesens der Vogelwandler beobachtet. Die Vampire sind auf einen langen Kampf vorbereitet. Und sie wissen, dass die Anwesen der Schlüssel zum Sieg sind."

Mein Herz raste. „Also dürfen wir nicht zulassen, dass sie eine dieser Mauern durchbrechen. Wir brauchen so viel Feuerholz, wie wir heranschaffen können, und jeden kampffähigen Gestaltwandler, der bereit ist, gegen alle vorzugehen, die es bis zu den Mauern schaffen ... Können wir kugelsichere Westen für die Wachen besorgen? Sicherheitsausrüstung? Vielleicht dürfen wir selbst keine Waffen benutzen, aber es gibt doch kein Gesetz, das besagt, dass wir uns nicht vor ihnen schützen dürfen, oder?"

Nate runzelte die Stirn. „Das funktioniert nur, wenn wir in unserer menschlichen Gestalt bleiben. Es kann jedoch nicht schaden, die Ausrüstung zur Hand zu haben."

Kylie wurde hellhörig. „Der Bruder eines Bekannten arbeitet in einem Lager für Sicherheitsbedarf. Er kann uns bestimmt was besorgen."

Erleichtert schüttelte ich den Kopf. „Natürlich kennst du jemanden."

Sie wackelte mit den Fingern. „Ich bin das am besten vernetzte Mädchen in New York City. Das könnt ihr mir glauben!"

All diese Strategien waren jedoch nur Hinhaltetaktiken. „Wenigstens können die Vampire uns nicht wirklich belagern. Wir haben immer die Möglichkeit, uns zu zerstreuen, wenn die Situation zu schlimm wird, und zwar tagsüber, wenn sie nicht wissen, wohin wir gehen."

„Ich glaube nicht, dass wir die Moral lange aufrechterhalten können, wenn wir die Anwesen aufgeben", gab Aaron zu bedenken. „Außerdem kann ich mir nicht vorstellen, dass die Vampire auch nur ein einziges Gebäude stehen lassen, wenn wir ihnen freien Zugang gewähren. Aber ja, falls es so weit kommen sollte ..."

„Und was dann?", fragte Marco. „Wir verstecken uns in der Wildnis, so als wären wir wirklich wilde Tiere? So könnten wir zwar überleben, ein richtiges Leben wäre das allerdings nicht. Wir sind nicht nur Tiere. Wir müssen Wurzeln schlagen, wir brauchen unsere Gemeinschaft. Und unsere Annehmlichkeiten." Er fuhr mit der Hand über die gepolsterte Armlehne seines Sitzes.

„Du hast recht. Ich hätte das nicht vorschlagen sollen." Es wäre nicht die Art von Sieg, die sich eine Drachenwandlerin zum Ziel setzen sollte. Ich fuhr mir mit den Fingern durch die Haare und verzog den Mund. „Sie verlassen sich auf diese Lastwagen. Ich hätte ein paar von denen abfackeln sollen, mit denen sie letzte Nacht zum Anwesen gefahren sind."

„Ren." Nate griff über den Gang hinweg nach meiner Hand. Er drückte sie sanft, seine warmen braunen Augen suchten die meinen. „Du hast letzte Nacht viel getan. So viel mehr, als jeder von uns anderen allein geschafft hätte. Du darfst dir deswegen keine Vorwürfe machen. Es waren zu viele, und die Vampire sind schlau."

„Wir werden einen Weg finden, sie zu besiegen", versicherte Marco. „Sie haben es jetzt mit einer vollwertigen Drachenwandlerin und ihren vier Gefährten zu tun." Seine Lippen kräuselten sich zu etwas, das wie ein echtes Lächeln aussah. „Du schaffst das, Prinzessin. Und wir halten dir den Rücken frei."

„Wir müssen meiner Sippe die Gelegenheit geben, das Haus in Ordnung zu bringen", sagte West, als wir die Landebahn betraten. „Ein paar Leute aus der nächstgelegenen Hundewandler-Siedlung sind vor etwa einer Stunde gekommen, um anzufangen, doch es gibt viel zu tun."

Die Helfer, die mit uns im Flugzeug mitgekommen waren, eilten bereits den Weg entlang. Von hier aus war nur ein Bruchteil vom Dach des Hauses zu sehen. Riesige Eichen und Silberahorne ragten zwischen dem Gebäude und unserem Landeplatz auf.

„Wie lange ist es her, dass jemand hier war?", fragte ich. Überall, wohin ich blickte, erkannte ich etwas wieder: die weitläufige Landebahn, das Rascheln der Bäume, die zerklüfteten Gipfel der Berge im Norden, die in sanfte grüne Hügel übergingen, die den Rest des Anwesens umgaben. Meine Nerven lagen blank, obwohl ich erst vor einer Minute aus dem Flugzeug gestiegen war.

Ich sog den Atem ein. In der Brise lag der zarte blumige Duft von Klee. Auch der war mir vertraut.

„Wir haben im Laufe der Jahre abwechselnd Leute für allgemeine Instandhaltungsarbeiten hergeschickt", antwortete Aaron. „Wir wollten nicht, dass das Haus verfällt." Er legte seine Hand auf meinen Rücken. „Wir haben darauf vertraut, dass du zurückkommen würdest. Allerdings wird es sich noch nicht sonderlich heimisch anfühlen. Sie müssen die Möbel aufdecken, Küchenvorräte auffüllen, putzen, und so weiter."

Ich schritt auf die Bäume zu. Das Zischen des Windes, das durch die Blätter fuhr, jagte mir einen Schauer über den Rücken. Es rief nach meinen Flügeln.

Hier hatte ich zum ersten Mal erfahren, dass ich eine Drachin war. Hier hatte ich zum ersten Mal eine Drachin fliegen sehen. Meine Mutter, bronzefarben schillernd am Himmel. Ein Kloß bildete sich in meinem Hals.

„Das ist nicht wichtig, um sich wie zu Hause zu fühlen", entgegnete ich. „Es fühlt sich jetzt schon so an. Es *ist* mein Zuhause".

Ich schritt den Weg entlang, den die anderen Gestaltwandler gegangen waren. Meine Gefährten folgten dicht hinter mir. Ich spürte jeden Einzelnen von ihnen an meiner Seite: ruhig, eifrig, stolz und wachsam. Und sie alle waren wegen mir hier und vertrauten darauf, dass es richtig war, hierhergekommen zu sein.

Ich sollte ihnen besser beweisen, dass dieses Vertrauen gerechtfertigt war.

Als wir aus der dünnen Baumreihe hervortraten und auf die Ebene mit dem hohen Gras vor dem Haus kamen, blieb mir die Luft im Hals stecken. Kylie kam neben mir zum Stehen.

„Heilige Scheiße, Ren. Das nenne ich mal ein Haus."

Es sah nicht einmal wie ein Haus aus. Es war eine

Burg, mit Zwillingstürmen zu beiden Seiten des breiten Torbogens, einer Brüstungsmauer dazwischen, und die Steine, aus denen es gebaut war, waren strahlend weiß gestrichen. Um die Tür- und Fensterrahmen herum befanden sich rote und goldene Verzierungen.

Die Stimme meiner Mutter sickerte durch meine Erinnerung, heiter und fröhlich. *Eine mittelalterliche Festung. Um uns Drachinnen zu schützen, anstatt die Königsfamilie darin vor Drachen zu bewahren. Unsere Vorfahrin, die dieses Anwesen erbauen ließ, hatte einen guten Sinn für Humor.*

Durch diese Felder bin ich mit meinen Schwestern gelaufen. Wir duckten uns im Gras, um uns zu verstecken, und sprangen dann auf, um uns gegenseitig mit einem gespielten Knurren zu erschrecken. Auch unsere Väter spielten mit, schlichen in ihren Tiergestalten durch die wogenden Grashalme und warteten darauf, sich auf uns zu stürzen. Nur mein Bärenwandler-Vater war zu groß, um sich wirklich verstecken zu können. Wir kletterten auf seinen Rücken und ließen ihn hinter den anderen herstapfen.

Mein Blick wanderte zu dem dichten Wald hinter dem Haus. Dort mischten sich Kiefern und Zedern mit Eichen und Ahornbäumen. Die Schatten zwischen ihren Stämmen waren dunkel.

Jedoch nicht so dunkel wie in jener Nacht, als wir geflohen waren. Die Luft war scharf in meinen Lungen, die Äste peitschten gegen meine Arme, die Kieselsteine knirschten unter meinen Füßen. Die Hand meiner Mutter umklammerte meine Finger.

Ruckartig wandte ich meinen Blick ab. Mein Herz klopfte wie wild.

„Ren?", fragte West und musterte mich. Wie viel hatte er gesehen? Es war mir nicht in den Sinn gekommen, dass ich vor diesen wachsamen grünen Augen kaum etwas verbergen konnte, jetzt, wo er nicht mehr versuchte, sich einzureden, dass ihn das alles nicht interessierte.

Ich holte noch einmal tief Luft und ließ den Kleeduft und die Sommerwärme auf mich wirken. Konzentriere dich auf die Gegenwart. Konzentriere dich auf die glücklichen Zeiten davor. Auf alles, nur nicht auf diese eine Nacht.

„Alles in Ordnung", sagte ich. „Komm schon, lass uns reingehen."

Die Eingangshalle war schön. Die Eingangshalle war *wunderschön*. Jetzt sah ich die blassen, moosgrünen Wände aus meiner Vision klar und deutlich vor mir. Von der Decke baumelte eine Kristallkugel. Ich wusste, dass sie leuchtete, wenn es draußen dunkel wurde. Die Schwingtüren führten in weite, luftdurchflutete Räume mit großen Fenstern, die tagsüber Sonnenlicht hereinließen.

Meine Füße trugen mich wie von selbst weiter ins Haus. Und vielleicht war das mein Fehler. Mich mental nicht darauf vorzubereiten. Mich nicht auf das erste Anzeichen von Schrecken gefasst zu machen, um mich zurückziehen zu können.

Vielleicht gab es aber auch keine Möglichkeit, es zu vermeiden.

Meine Ballerinas quietschten auf dem polierten Boden, und mein Magen verkrampfte sich. Wie das Quietschen der Füße meiner Schwestern, als wir hierhergerannt waren – wie das erstickte Quietschen, das aus Veritys Kehle gekommen war, als sich die Zähne des Abtrünnigen darin versenkt hatten.

Ich wirbelte herum und versuchte, die Erinnerungen abzuschütteln, doch mein Blick blieb an einem Fleck an der Wand hängen. Es war ein vollkommen gleichmäßiger grüner Fleck. Obwohl offenbar jemand versucht hatte, die Wand zu säubern und darüberzustreichen, konnte ich deutlich erkennen, wo der Blutfleck gewesen war, gleich hinter der Tür. Dort war es auf den Dielenboden getropft, wo mein Wolfsvater zusammengesackt war.

Meine Lunge verkrampfte sich. Ich beschleunigte mein Tempo, während ich den Flur entlanglief. „Ren!", rief Kylie. Wie meine Mutter, in meiner Erinnerung. *Schneller. Sie dürfen uns nicht kriegen. Oh, bitte, Ren, bleib bei mir.*

Ein Schluchzen hatte ihre Kehle zugeschnürt. Hinter uns war ein Stöhnen zu hören gewesen. Einer der Abtrünnigen war mit seinem Gewehr in den Flur getreten. Alles stürzte auf mich ein, schneller und schneller: das Klicken, als er nachlud. Sein spöttisches Kichern, das von den Wänden widerhallte. Eine weitere Blutlache. Blutige Fingerabdrücke auf der Fußleiste.

Ich wirbelte erneut herum – und prallte gegen eine breite, feste Brust. Nates Arme legten sich um mich.

„Ren", murmelte er und senkte den Kopf. „Ich bin hier. Wir sind hier. All das ist jetzt vorbei."

Ich vergrub mein Gesicht in seinem Hemd, doch mein Herz raste nach wie vor. Weitere Erinnerungen sprudelten in meinem Kopf hoch und platzten auf. Mir schwirrte der Kopf. Ich konnte nicht denken. Ich konnte nicht atmen.

„Bringen wir sie in ihr Zimmer", meldete sich West irgendwo hinter mir zu Wort. „Dort hat kein Kampf stattgefunden."

„Hey." Aarons Stimme war trotz des leichten Krächzens wie immer bedächtig. „Komm schon, Serenity. Du brauchst nur ein wenig Zeit, um dich einzugewöhnen. Du hattest recht. Dies ist immer noch dein Zuhause. Halte daran fest."

War es das? Wie konnte es mein Zuhause sein, wenn die Abtrünnigen es mit dem Blut meiner Familie besudelt hatten?

12

Marco

Ich klopfte leise an Rens Tür, um sie nicht zu wecken, falls sie eingeschlafen war. Als wir sie vor etwas mehr als einer Stunde ins Hauptschlafzimmer gebracht hatten, hatte sie gezittert und war leichenblass gewesen. Es hatte an mir gezerrt, zu sehen, wie betroffen sie von der Vergangenheit dieses Hauses war. Doch als sie uns befohlen hatte, sie alleine zu lassen, damit sie ihre Gedanken sortieren konnte, hatte sie keinen Raum für Diskussionen gelassen.

Ich hoffte, dass ihre schrecklichen Erinnerungen an den Angriff hier verblassen würden, anstatt sie tiefer in sie hineinzuziehen.

„Herein", sagte meine Gefährtin, ohne zu fragen, wer es war. Wahrscheinlich war sie durch unsere Verbindung in der Lage, meine Anwesenheit zu spüren, so wie ich auch sie spüren konnte. Nachdem sie nun auch die

Gefährtenbindung mit West vollzogen hatte, schien dieses Band noch stärker geworden zu sein. Gut zu wissen, dass der Wolfsjunge kein völlig hoffnungsloser Fall war.

Rens Stimme klang relativ ruhig. Als ich die Tür öffnete und hineinschlüpfte, saß sie auf ihrem Bett. Ihr Rücken war aufrecht, doch ihr Gesicht wirkte blasser als sonst und bildete einen starken Kontrast zu ihrem dunkelbraunen Haar. Das Licht in ihren bernsteinfarbenen Augen hatte nicht ganz das Feuer, das ich gerne gesehen hätte.

Sie lächelte mich halbherzig an. Ich kannte sie inzwischen gut genug, um zu wissen, was sie fühlte. Es war ihr peinlich, dass sie zusammengebrochen war. Als ob irgendjemand von uns, sie verurteilen würde, weil sie ihre Erinnerungen übermannt hatten.

Ich schlenderte zum Bett hinüber, als ob nichts passiert wäre, setzte mich ans Fußende und nahm ihre Hand. „Wie geht es meiner Flammenprinzessin?"

Sie rückte näher an mich heran. „Ich fühle mich nicht besonders königlich", murmelte sie. „Ich werde nicht schaffen, was auch immer ich hier tun soll, wenn ich nicht mal durch den Flur gehen kann, ohne in Erinnerungen zu versinken."

„Sie werden verblassen", sagte ich und strich mit dem Daumen über ihren Handrücken. „Du bist das erste Mal hier. Da ist es ganz normal, dass sie dich hart getroffen haben. Ich bezweifle nicht, dass du in kürzester Zeit wieder zu deinem üblichen königlichen Selbst zurückfinden wirst."

Bei dieser Bemerkung schenkte sie mir ein etwas breiteres Lächeln, doch ihr Blick war nach wie vor ein wenig müde.

„Bedrückt dich noch etwas anderes, Prinzessin?", fragte ich.

Sie lehnte ihren Kopf an meine Schulter. Mein ganzer Körper glühte augenblicklich, vor Verlangen und Zuneigung. Vor einer Woche hätte sie vielleicht noch gezögert, mir so nahe zu kommen. Die Tatsache, dass sie nun in jeder Hinsicht meine Gefährtin war, fühlte sich fast wie ein Wunder an.

Ich freute mich schon sehr darauf, dieses Wunder immer wieder zu erleben.

Im Moment vermutete ich, dass sie eher Verständnis als Verlangen brauchte. Ich legte meinen Arm um ihre Taille, und sie seufzte.

„Die Art und Weise, wie die Erinnerungen mich getroffen haben, wie sehr sie mich erschüttert haben ... Ich mache mir Sorgen um die Gestaltwandler auf den anderen Anwesen, die sich auf uns verlassen", gestand sie. „Ich dachte, ich würde hier Antworten finden. Was, wenn die Vergangenheit meinen Verstand zu sehr vernebelt hat, um zu erkennen, was ich als Nächstes tun soll?"

„Bei der Größe des Anwesens gibt es allerdings eine ganze Menge Türen", sagte ich. „Ich hoffe, dass wir es schaffen, die richtige zu finden."

„Die Vampire könnten in ein paar Stunden wieder angreifen. Wir haben nicht viel Zeit."

Ich zog sie näher an mich heran. „Unsere Sippe hat

sie schon einmal abgewehrt. Die Strategie, die du dir ausgedacht hast, ist effektiv – und sie hat letzte Nacht überall dort, wo keine Drachenwandlerin war, hervorragend funktioniert."

Sie rieb sich den Mund und runzelte die Stirn. „Es wird nicht ausreichen, wenn die Vampire uns weiter angreifen. Es gibt Möglichkeiten, an normalem Feuer vorbeizukommen, es zu löschen ... Ich wünschte, ich könnte überall gleichzeitig sein. Sie alle in Brand stecken. Die Sache einfach *beenden*."

Ach, meine geliebte Gefährtin. Ich beugte meinen Kopf, um ihre Schläfe zu küssen. „Die Reise hierher war lange und hart, oder? Du hättest ein friedlicheres Willkommen verdient."

„Vielleicht habe ich das nicht. Es war nichts Friedliches daran, wie ich gegangen bin." Ihr Lachen klang ein wenig erstickt. Sie verschränkte ihre Finger mit meinen und blickte auf unsere Hände hinab. Ihre Stimme wurde leiser. „Für einen kurzen Moment hat es sich so gut angefühlt. Nun, da meine Bindung mit euch allen vollzogen ist. Als ob alles genau so wäre, wie es sein sollte. Doch jetzt muss ich immer daran denken, wie leicht ich das alles verlieren könnte."

Hier waren die letzten vier Alphas gefallen. Hier hatte ihre Mutter ihre Gefährten und Ren ihre Väter verloren.

Rens andere Hand wanderte zu ihrem Bauch und ich fragte mich, ob ihr diese Bewegung überhaupt bewusst war. Wie viel von ihrer Angst war das Echo des kleinen Mädchens, das sie gewesen war – und wie viel die Verbindung zu der Drachenwandlerin, die vor ihr geherrscht hatte und ihre Kinder und Gefährten verloren hatte? Die *alles* geopfert hatte, um Ren zu retten.

Etwas von beidem, dachte ich. Alles ist miteinander verbunden. Vielleicht brauchte meine Gefährtin doch mehr als nur Zuneigung. Sie musste jedes bisschen ihrer Kraft spüren – die Kraft, die sie in sich trug, und die Kraft, die wir zwischen uns erzeugten.

Ich zerrte sie auf die Beine. An der Wand gegenüber von ihren Schränken stand ein bodenlanger Spiegel, dessen Glas in seinem verschnörkelten Goldrahmen glänzte. Ich führte sie zu ihm. Sie hob eine Augenbraue.

„Willst du mich mit meiner Sturmfrisur ablenken?"

Ich schmunzelte. „Nein. Sieh dich an."

Ich stellte mich hinter sie, als sie in den Spiegel blickte, und legte meine Hände auf ihre Taille. Ihr Haar war eigentlich gar nicht so zerzaust und fiel in lockeren Wellen bis zur Mitte ihres Rückens. Das schlichte Kleid, das sie sich ausgesucht hatte, schmiegte sich sanft an ihre Kurven und sie sah darin nicht weniger attraktiv aus als in einem Seidenkleid.

„Diese Frau, die du da siehst, ist nicht nur eine Prinzessin", sagte ich und sah ihr im Spiegel über ihre Schulter hinweg in die Augen. „Sie ist eine Königin. Eine Königin, die jeden Mist ertragen hat, den man ihr an den Kopf geworfen hat, und sich darüber erhoben hat."

„Ja?", fragte sie.

„Oh, ja. Sieh dir diese Augen an. Ich habe das Feuer darin geliebt, seit ich dich zum ersten Mal gesehen habe. Das war alles, was ich brauchte, um zu wissen, dass du es mit allem aufnehmen kannst, was die Welt dir vor die

Füße wirft." Ich strich ihr Haar zur Seite, um ihre Wange zu küssen. „Und dieser sture Mund. Du lässt nie jemanden vom Haken – es sei denn, er verdient eine zweite Chance. Denn eine Königin weiß, wann sie gnädig sein muss."

Ich strich mit dem Daumen über ihre weichen Lippen. Rens Augen blitzten. Sie öffnete ihre Lippen, sodass ihre Zähne gegen meinen Daumen stießen. Und einfach so war ich hart.

Als Nächstes ließ ich meine Finger über ihre Arme, bis hinunter zur empfindlichen Haut an den Innenseiten ihrer Armbeuge gleiten. „Jeder kann die Stärke in dir sehen. Du schreckst nie vor einer Herausforderung zurück. Immer bereit, dein Volk zu verteidigen."

Meine Hände glitten unter ihre Arme und ihren Oberkörper hinauf, um die Unterseiten ihrer Brüste zu erkunden. Rens Atem ging stoßweise, ihre Augenlider senkten sich. „Und ich habe noch gar nicht erwähnt, wie verdammt schön du bist. Ich könnte dich tagelang nur ansehen und mich immer noch an deinem Anblick erfreuen."

„Nur zu", erwiderte sie, und ihre Stimme wurde rauer. Die Farbe kehrte in ihre Wangen zurück, ein wohliger rosiger Schimmer. Ich küsste mich an ihrem Hals entlang bis zu ihrer Schulter. Meine Hände wanderten nach oben, um ihre Brüste vollständig zu umschließen. Sie lehnte sich gegen mich, während ich die Spitzen streichelte. Ihre Brustwarzen drückten sich steif gegen den Stoff ihres Kleides und Hitze breitete sich zwischen uns aus.

„Wir wissen beide, wie viel Leidenschaft in diesem schönen Körper steckt", flüsterte ich ihr ins Ohr. „Sieh in den Spiegel. Schau dir an, was für eine Wahnsinnsfrau du bist."

Ren

Ich zitterte vor Lust, als Marco fortfuhr, meine Brüste zu liebkosen. Jedes Mal, wenn er über meine Brustwarzen strich, jagte ein neues Beben elektrischer Glückseligkeit durch meinen Körper. Und es im Spiegel zu beobachten – die aufsteigende Röte in meinen Wangen und meinem Hals, seine schlanken Finger, die durch das Kleid hindurch über meine Kurven glitten – erregte mich noch mehr.

Ich sah, wie er seinen Kopf eine Sekunde senkte, bevor sein Mund mein Ohrläppchen fand. Er knabberte leicht daran, was mir ein Keuchen entlockte. Als sein Blick wieder dem meinen begegnete, waren seine Augen trüb und dunkel vor Leidenschaft.

Marcos Hand wanderte an meiner Seite hinunter zum Saum meines Kleides, knapp über meine Oberschenkel. Instinktiv drückte ich mich an ihn, mein Hintern streifte seinen bereits steifen Schwanz. Ich erschauderte noch stärker – da klopfte es an der Tür.

Aarons Stimme ertönte. „Serenity?"

Mein Verstand war vor Verlangen so vernebelt, dass mir automatisch eine Antwort über die Lippen kam. „Komm rein."

Marco sah mich im Spiegel mit einer hochgezogenen Augenbraue an. Oh. Äh ... Aber Aaron war meiner Aufforderung bereits gefolgt.

Er stand an der Schwelle zum Schlafzimmer und die Tür fiel hinter ihm zu. Mit seinen hellen Augen betrachtete er den Anblick, der sich ihm bot: Marco und ich standen zusammen vor dem Spiegel, meine Wangen waren rosig und meine Nippel drückten sich durch den Stoff meines Kleides, eine Hand des Alphas lag noch immer auf meiner Brust. Ich konnte fast spüren, wie sich Aarons Herzschlag beschleunigte und wie ihm bei unserem Anblick heiß wurde.

„Wenn ich störe ...", sagte der Adlerwandler. Sein Tonfall war sanft, doch in seine Augen war ein interessiertes Funkeln getreten.

Marco bewegte sich ein wenig zur Seite und küsste die andere Seite meines Halses, wie um Aaron zu verstehen zu geben, dass er kein Problem damit hatte, zu teilen. Mein Herz raste noch schneller. Natürlich spielte es keine Rolle, ob ein anderer Gefährte uns sah. Er könnte sich zu uns gesellen.

„Überhaupt nicht", erwiderte ich etwas atemlos. „Zumindest nicht, wenn du bleiben willst."

Der begierige Laut, der seiner Kehle entwich, schien diese Frage zu beantworten. Im Nu hatte Aaron den Raum durchquert und legte seinen Arm um meine Taille.

Ich drehte meinen Kopf, um ihn zu küssen. Während

der Vogel-Alpha meine Lippen küsste, ließ Marco seine Zunge meinen Hals hinaufgleiten. Hitze durchflutete mich von beiden Seiten. Aaron strich mit seinem Daumen über die eine Brust, während Marco die andere liebkoste. Mein Höschen, das vorhin bereits feucht gewesen war, war mittlerweile sicherlich völlig durchnässt.

Ich umklammerte die Hemden der beiden mit meinen Fingern. Nein, das war nicht das, was ich fühlen wollte. Ich zupfte an ihren Hemden. Aaron lächelte an meinem Mund. Er gab mir einen letzten Kuss und neigte seinen Kopf, um ihn zu vertiefen. Dann zog er sich gerade so weit zurück, dass er sich sein dünnes Polohemd über den Kopf ziehen konnte.

Marco tat es ihm gleich und öffnete die ersten beiden Knöpfe seines Leinenhemds, bevor er es auszog, wobei sein struppiges schwarzes Haar noch mehr zerzaust wurde. Ich blickte zu ihm hinüber, weil ich ihn neben mir sehen wollte, und nicht nur im Spiegel. Meine Finger fuhren über die verblassenden Narben auf seiner gebräunten Haut, wo ihn der Tigerwandler, der ihn herausgefordert hatte, verwundet hatte. Ich küsste eine Narbe an seiner Schulter, eine andere an seinem Kinn und bewegte meinen Mund dann auf seine Lippen zu.

Marco küsste mich hart und hungrig. Seine Augen funkelten, als er sich zurückzog. Dann griffen seine Finger begierig nach dem Saum meines Kleides. Aaron ergriff die andere Seite, und gemeinsam zogen sie mir den Baumwollstoff über den Kopf.

Der Vogel-Alpha beugte sich sofort vor, um meinen

nackten Nippel in seinen Mund zu nehmen. Seine ruhige Hand streichelte meinen Po. Marco küsste währenddessen wieder meine Lippen und seine Hand glitt zwischen uns. Ich zitterte, als seine Finger zwischen meine Beine bis zu meinem Lustknoten wanderten. Lust flammte in mir auf. Ich stöhnte an seinem Mund.

Marcos Daumen strich über meinen Kitzler und entlockte mir ein weiteres Wimmern. Dann zog er mir mein Höschen aus und ließ seine Finger über meine heiße, feuchte Öffnung gleiten. Meine Hüften wölbten sich ihm wie von selbst entgegen. Ja. Ja, *bitte*. Mit einem entschlossenen Ruck griff ich nach dem Saum seiner Hose. Er gluckste und lehnte sich zurück, damit ich sie ihm ausziehen konnte.

Aaron nutzte die Gelegenheit und wanderte mit seinen Lippen meinen Körper hinunter, bis er zwischen meinen Beinen angelangt war. Ich keuchte, als er seinen Mund auf mein Innerstes presste. Seine Zähne streiften über meine empfindliche Perle, und ein lauter Schrei entwich meiner Kehle. Ich wand mich unter seiner Berührung und wollte mehr.

Wieder presste Marco seinen Körper von hinten an meinen. Seine Hände glitten über meine Hüften. Seine harte Länge rieb über meinen Po und zwischen meinen Beinen. Ich stellte meine Füße auseinander, um ihm besseren Zugang zu verschaffen, und beugte mich nach vorne, um mich am Rahmen des Spiegels festzuhalten.

Aaron küsste meine Bauchdecke, während der Jaguarwandler mit der Spitze seines Schwanzes an meine Öffnung stieß. Ich wimmerte, als Marco mit seiner

harten Länge in mich eindrang. „Verdammt, Prinzessin",
murmelte er und seine Finger umklammerten meine
Hüften. „Du bist das Beste, was ich je gefühlt habe."

Er zog sich zurück und drang noch tiefer ein, was
meine Nervenenden in einem weiteren Rausch der
Glückseligkeit erzittern ließ. Aaron senkte seinen Kopf
und liebkoste meinen Kitzler. Mein Körper bewegte sich
bei jedem von Marcos Stößen, sodass mein Schamhügel
an Aarons Mund gepresst wurde. Er bewegte sich im
Gleichklang mit uns, hielt sich an meinem Oberschenkel
fest, und ließ seine Zunge über meinen Lustkonten
wirbeln, bis ich vor Lust regelrecht zitterte.

„Sieh in den Spiegel", raunte Marco und beugte sich
über mich, während er seinen Winkel anpasste. Ich
stöhnte auf und bewegte meine Hüften schneller, um
mich an sein Tempo anzupassen, während ich dem
Gipfel der Glückseligkeit hinterherjagte.

Als ich aufsah, blickte mir mein Spiegelbild entgegen,
gerötet und wild. Ich hatte meine Augen noch nie so
leuchten sehen. Emotionen und Macht funkelten darin.
Ein Mann stöhnte an meiner Schulter, während sich
seine Hüfte ruckartig an meiner bewegte und ein anderer
Mann mein Geschlecht vernaschte. Aarons goldener
Kopf bewegte sich eifrig weiter, als er den Reißverschluss
seiner Jeans öffnete, um seinen Schwanz im Takt unseres
Liebesspiels zu streicheln.

Er knabberte an meinem Kitzler, und Marco stieß
fester zu. Ekstase durchflutete mich. Mit einem
gellenden Schrei zerbarst ich zwischen den beiden und
ließ meine Hand sinken, um Aarons Schulter zu

umklammern. Meine Haut prickelte unter Marcos Atem, während sich mein Innerstes fest um seinen Schwanz herum zusammenzog. Er ergoss sich in mir. Gleichzeitig stöhnte Aaron auf und fuhr ein letztes Mal mit seiner Zunge über mein Lustzentrum, als er in seiner Hand kam.

Ich verharrte zwischen meinen Gefährten, während der Lustschauer abebbte und meine Beine zitterten. Aaron drückte einen zärtlichen Kuss auf die Innenseite meines Oberschenkels. Marco brummte zufrieden, als er in mir weich wurde, und kraulte meine Schulter.

Ich betrachtete die wilde, gesättigte Frau im Spiegel – eine Frau, die ihre vier Gefährten beansprucht hatte. Eine Frau, die Abtrünnige und Feen besiegt hatte. Ja, das war ich jetzt. Die Tragödien, die Jahre zurücklagen, spielten keine Rolle mehr, nicht wenn es darum ging, meine Rolle zu erfüllen.

Ich war nicht mehr das kleine Mädchen. Ich war eine Frau. Ich war die Drachenwandlerin. Und ich *würde* alle Geheimnisse meines Anwesens lüften.

13

Ren

Einige von Wests Sippe hatten sich in den Küchen bereits an die Arbeit gemacht, was auch gut so war. Keiner von uns hatte irgendetwas gegessen, das an ein Mittagessen erinnerte, nur ein paar Snacks im Flugzeug. Ich fühlte mich viel geerdeter als beim ersten Betreten des Hauses und schlenderte in den Essbereich, wo ein Teller mit belegten Brötchen bereitstand. Ich schnappte mir eins und schlang es im Gehen herunter.

Meine Erinnerungen waren noch nicht ganz verblasst. Ab und zu zuckten meine Augen zu einer Tür, durch die ein Abtrünniger gegangen war, oder zu einer Stelle, an der ich einen gequälten Schrei gehört hatte. Doch meine Gedanken schweiften nicht mehr in die Vergangenheit ab, wie sie es noch vor kurzem getan hatten. Ich konzentrierte mich auf den festen Boden unter meinen Füßen und die berauschende Wärme der Verbindung zwischen meinen Gefährten und mir. Sie schien nach dem Intermezzo mit Marco und Aaron noch stärker geworden zu sein.

Die Kraft in diesem Körper und die Stärke dieser Bindungen hielten mich in der Gegenwart. Ich hatte hier noch so viel zu tun. Auch wenn ein Sieg gegen die Vampire das, was in der Vergangenheit geschehen war, nicht ungeschehen machen würde, hoffte ich, dass dieser Sieg uns in eine deutlich bessere Zukunft führen würde.

Die Zimmer im Ostflügel waren mir alle vertraut. Dort hatte ich die meiste Zeit verbracht, als wir noch hier gewohnt hatten – wenn ich nicht gerade draußen herumgestreunt war. Als ich die Westseite des Hauses betrat, lief mir ein Schauer über den Rücken.

Mom hatte mich ein paar Mal hierher mitgenommen, um mir etwas zu zeigen, woran sie arbeitete. Meistens hatten wir uns jedoch davon ferngehalten. Als herrschende Drachenwandlerin war das ihr Bereich gewesen.

Ich schluckte den Rest des Sandwiches hinunter und schritt weiter den Flur entlang. Jetzt war *ich* die herrschende Drachenwandlerin.

Ich hatte nicht erwartet, Schritte zu hören, die auf mich zukamen. Kylie eilte um eine Biegung und ihr Gesicht hellte sich auf, als sie mich sah. „Ren!" Mit einem leicht schuldbewussten Gesichtsausdruck faltete sie die Hände vor sich. „Ich weiß, dass du das Anwesen auf eigene Faust erkundest, doch ich konnte nicht anders, als neugierig zu sein ... Ich habe eine Tür gefunden, die genauso aussieht wie die, die du beschrieben hast. Willst du dich selbst auf die Suche machen, oder kann ich sie dir zeigen?"

Ich vertraute darauf, dass Kylie bereits das gesamte Anwesen ausgekundschaftet hatte.

„Ist schon gut", erwiderte ich grinsend. „Führ mich hin."

Was auch immer ich dort finden würde, ich wusste nicht, ob es gut war, mich dem allein zu stellen. Ich würde lieber meine Gefährten an meiner Seite haben. Als Kylie mich den Gang hinunterwinkte, aus dem sie gekommen war, konzentrierte ich mich auf das warme Pulsieren der Verbindung in mir. Ich wusste ungefähr, wo jeder meiner Alphas war. Und als ich das Gefühl unserer Verbindung testete, erkannte ich, dass ich ihnen eine mentale Botschaft übermitteln konnte. *Kommt her.*

Das war praktisch. Den Trick musste ich mir merken. Nate hatte mir gesagt, dass ich irgendwann in der Lage sein würde, zu spüren, wenn er oder die anderen Schmerzen hatten, sogar über eine große Entfernung hinweg. Dass ich in der Lage war, sie zu mir zu rufen, ging wohl ebenfalls mit dieser gesteigerten Wahrnehmung einher.

Der Flur, den Kylie ausgekundschaftet hatte, führte in den hinteren Bereich des Anwesens. Sie blieb vor der Tür stehen. Und es war tatsächlich die Tür. Sie waren alle in dem gleichen Moosgrün gestrichen, doch auf dieser hier befand sich ein Kreis aus Vertiefungen etwas über Augenhöhe. Und keine Klinke, kein Knauf. Genau wie in meiner Vision wusste ich, dass ich sie problemlos öffnen konnte.

Schwere Schritte ertönten im Flur. Meine vier Gefährten kamen geschlossen auf mich zu. Sie mussten sich auf dem Weg hierher begegnet sein.

„Ist sie das?", fragte Aaron und begutachtete die Tür, als sie zu mir stießen.

Ich nickte. „Ich habe noch nicht versucht, sie zu öffnen."

„Worauf wartest du, Flamme?", wollte West wissen. Sein Ton war eher neckisch als schroff. „Deswegen sind wir doch hergekommen."

Nate kam näher und machte Anstalten, seine Hilfe anzubieten, ich spürte jedoch bis in die Knochen, dass diese Tür von mir geöffnet werden musste. Ich holte tief Luft und machte einen Schritt auf die Tür zu. Als hätte die Tür sie gerufen, hoben sich meine Hände und blieben auf beiden Seiten der Vertiefungen liegen.

Ein Energieschauer lief mir über die Arme. Ein brennendes Gefühl kroch meine Kehle hinauf, als würde sich in meiner menschlichen Gestalt ein Drachenfeuer aufbauen. Ich hielt inne, bevor ich in einem stetigen Strom gegen den Kreis ausatmete.

Über meine Lippen kam kein Feuer, nur ein Luftzug, doch die Tür klickte und schwang auf.

Auf der anderen Seite führte eine gerade, schmale Treppe in einen Kellerraum. Vor meinen Augen kroch ein schwaches Licht in den Raum hinunter. Ich hatte nicht gewusst, dass es hier überhaupt einen Keller gab. Ich starrte eine Sekunde lang auf die Stufen, meine Haut kribbelte erwartungsvoll.

„Du schaffst das, Prinzessin", sagte Marco.

Ich schaffte es tatsächlich. Ich stieg die Treppe hinunter, eine Stufe nach der anderen, meine Finger fuhren an der glatten Wand entlang. Das kribbelnde Gefühl wurde stärker, und plötzlich überkam mich eine eindeutige Gewissheit.

Was auch immer mich da unten erwartete, es war nur für mich bestimmt.

„Ich glaube nicht, dass ihr mitkommen könnt", sagte ich zu den Jungs und Kylie hinter mir.

„Nein", stimmte Marco zu. „Das können wir nicht, selbst wenn wir es versuchen würden. Dieser Ort will uns nicht."

„So etwas habe ich noch nie gefühlt", murmelte Aaron mit ehrfürchtiger Neugierde.

„Ruf uns einfach, wenn du uns brauchst", meinte Kylie.

Ich ging weiter, hinunter in den Raum. Die Tür schloss sich hinter mir. Der Luftdruck verdichtete sich, als wolle er mich umarmen. Meine Füße berührten den gefliesten Boden, und als ich einatmete, strömte ein kühler, pudriger Geruch in meine Lungen.

Ich war hier.

Und wo genau war *hier*? Langsam drehte ich mich im Kreis und nahm den ganzen Raum in Augenschein.

Der Raum war von Regalen gesäumt, in denen sich mehrere schimmernde Platten befanden. Ich trat näher heran. Es waren Kristalltafeln, wie die, die Mom mir in dem verlassenen U-Bahn-Tunnel hinterlassen hatte, der uns nach Sunridge und zu den Flammen der Wahrheit, meiner neuen feurigen Kraft geführt hatte.

Der Keller war voll davon und alle waren mit einem oder mehreren Symbolen versehen, von denen mir viele nichts sagten. Die einzigen anderen Gegenstände im Raum waren ein Sessel mit einer hohen gewölbten Rückenlehne und ein kleiner Beistelltisch aus Rosenholz.

Damit sah der Kellerraum aus wie eine Bibliothek, nur mit Kristallen statt Büchern. Andererseits hatte Mom es geschafft, mir in jenem ersten Kristall eine Botschaft zu hinterlassen. Die Wahrheitsflammen und eine Vision vom Mord an meiner Mutter waren in einem größeren Kristall enthalten gewesen. Wer weiß, was in diesen hier verborgen waren?

Da ich keine Ahnung hatte, wo ich anfangen sollte, griff ich wahllos nach einer Tafel. Eine kribbelnde Energie durchzuckte meine Handflächen. Die Gravur dieser Tafel zeigte etwas, das ein wenig wie ein Bär aussah, der auf seinen Hinterbeinen zwischen einem Pferd und einem Wiesel stand. Interessant.

Ich ließ mich in den Sessel sinken. Mein Instinkt sagte mir, dass ich die Kristalltafel an meine Brust drücken sollte. Eine seltsame Wärme strömte von der glatten Oberfläche an meine Haut. Dann begann eine klare, gleichmäßige Stimme in meinem Kopf zu sprechen.

„Drachenwandlerin Matilde, 2. Mai 1876. Hier dokumentiere ich die Geschichte eines Konflikts in der ungleichen Sippe, der gelöst werden konnte."

Als mir die Worte der längst verstorbenen Drachenwandlerin in den Sinn kamen, formte sich vor meinen Augen eine Vision, ähnlich wie der Blick, den ich auf den Tod meiner Mutter erhascht hatte. Bei dieser Vision hatte ich jedoch den Eindruck, dass es sich eher um ein Symbol als um ein tatsächliches Ereignis handelte. Eine hochgewachsene Frau mit glattem schwarzem Haar stand neben einem stämmigen Mann in einem Hof, den ich als den Hof auf dem Anwesen der gemischten Sippe wiedererkannte. Neben den beiden tummelten sich mehrere Gestaltwandler in ihren jeweiligen Tiergestalten.

„Seit fünf Jahren beobachten meine Alphas und ich eine wachsende Feindseligkeit zwischen den fleischfressenden und den pflanzenfressenden Mitgliedern der gemischten Sippe. Auf beiden Seiten werden Schuldzuweisungen erhoben. Nach einigen Gefechten gab es zahlreiche Verletzte und vier Tote. Wie es scheint, ist der Hauptstreitpunkt, dass ...“

Ich zog den Kristall von meiner Brust weg und legte ihn auf den Beistelltisch, um die Vision und die Stimme zu unterbrechen. Mit ein paar langsamen Atemzügen kehrte ich in die Gegenwart zurück. Mein Blick glitt wieder über die Regale.

Das waren also Geschichten? Aufzeichnungen, die von den Drachenwandlerinnen vor mir in den Kristallen festgehalten worden waren – Berichte, von denen sie hofften, dass sie den nachfolgenden Drachenwandlerinnen nützlich sein würden?

Ich hatte nichts von einem Konflikt in der

gemischten Sippe mitbekommen, während ich dort gewesen war, und auch Nate hatte nichts Derartiges erwähnt. Diese Aufzeichnung könnte später nützlich sein, doch im Moment half sie mir nicht weiter.

Ich stand auf, schob die Tafel zurück in ihr Regal und ließ meinen Blick über die anderen schweifen. Es waren Hunderte. Welche davon würde mir etwas zeigen, das ich gegen die Vampire einsetzen konnte?

Um das herauszufinden, musste ich so viele der Aufzeichnungen durchgehen, bis ich die richtige gefunden hatte.

Die Tafeln klirrten leise, als ich einige auf dem Regal in Kopfhöhe durchblätterte und die darauf eingravierten Bilder betrachtete, die Aufschluss über den Inhalt gaben. Wie sah wohl die Zeichnung eines Vampirs aus? Ein Strichmännchen mit kleinen Dreiecken, die aus seinem Mund ragten?

Ich war definitiv keine Künstlerin. Gott, würde ich die Prüfungen, die ich in den letzten Wochen durchlaufen hatte, auch auf einer dieser Kristalltafeln eingravieren, wenn der ganze Ärger vorbei war?

Ich schob diesen Gedanken beiseite und beugte mich vor, um das nächste Regal zu durchsuchen. Meine Hand verharrte auf einer Tafel mit ein paar skizzenhaften, menschenähnlichen Figuren auf der linken Seite und einem Wolf, Löwen und Adler auf der rechten Seite. Die ersten Figuren könnten vielleicht Vampire sein?

Einen Versuch war es wert. Ich nahm sie in die Hand und machte es mir wieder auf dem Sessel bequem.

Die Stimme, die durch meinen Kopf hallte, als ich die

Tafel in der Hand hielt, war heiser und schroff. „Drachenwandlerin Geraldine, 14. November 1937. Ich berichte über den aktuellen Stand der Interaktionen zwischen Gestaltwandlern und Menschen. Ich beobachte, wie sich dieses Problem verschlimmert, seit ich ein kleines Mädchen war. Die Menschen vermehren sich und immer mehr von ihnen strömen von jenseits des Ozeans herbei. Ihre Städte werden immer größer. Sie schlagen neue Wurzeln, wo immer sie wollen. Manchmal weitaus näher an unseren Territorien als uns recht ist."

Das Bild, das vor meinen Augen auftauchte, zeigte eine Gruppe von Gestaltwandlern, die dabei zusahen, wie Häuser auf den Hügeln ihres Dorfes errichtet wurden. Dann ging es über in eine Szene, in der dieselben Gestaltwandler Autos mit Kisten aus ihren Häusern beluden und anschließend eine kurvenreiche Straße entlangfuhren, tiefer in die Wildnis hinein.

„Wir haben das Land rund um unsere Anwesen jahrhundertelang bewahrt, diejenigen, die anderswo leben wollen, sind durch die Anzahl und Verteilung der menschlichen Gemeinschaften in ihren Möglichkeiten jedoch zunehmend eingeschränkt. Ich werde nun einige der Strategien erläutern, die wir angewandt haben, um die Ausbreitung ..."

Ich legte die Tafel beiseite und schüttelte kurz den Kopf, um ihn zu klären. Auf die Informationen, die meine Vorgängerin festgehalten hatte, wollte ich auf jeden Fall zu einem späteren Zeitpunkt zurückkommen – allerdings nicht jetzt. Im Moment waren die Vampire unser Problem, nicht die Menschen.

Ein paar der Regale waren leer, vermutlich, um Platz für die zukünftige Dokumentation zu lassen. Ich legte die Tafel mit dem Bericht über die menschliche Besiedelung der Gestaltwandler-Gebiete auf eines davon, damit ich es leicht wiederfinden konnte, wenn ich Zeit hatte, mich wirklich damit zu beschäftigen.

In einem verschlossenen Schrank fand ich stapelweise leere Kristalltafeln, die wohl für mich oder eine spätere Drachenwandlerin gedacht waren. Hoffentlich gab es hier irgendwo eine Gebrauchsanweisung. Ich fuhr fort, die Unterlagen zu durchstöbern.

Auf halbem Weg durch die nächste Reihe fiel mir eine Gravur ins Auge, die ich sofort wiedererkannte. Ich zog die Tafel heraus.

Bei genauerer Betrachtung war das Bild nicht genau dasselbe wie das aus meiner Erinnerung. Es zeigte Drachinnen und menschenähnliche Gestalten, die etwas zu groß und schlank waren, um wirklich menschlich zu sein. Die Feen. Ich hatte vergleichbare Gravuren auf dem Sockel in den Berghöhlen gesehen, wo ich die Wahrheitsflamme gefunden hatte, die aus Feen- und Gestaltwandlermagie geschaffen worden war.

Auch auf dem Bild auf der Tafel standen die Drachenwandlerinnen und die Feen zusammen. Eines der Feenwesen hatte die Hand auf die Schulter der Drachin neben ihm gelegt. Zwei andere standen mit einander zugeneigten Köpfen da, zwischen ihnen war etwas, das aussah wie eine Flamme.

Es sah nicht so aus, als wären darin Informationen

über Vampire enthalten, doch vielleicht würden mir die Beziehungen zu der anderen vorherrschenden paranormalen Gemeinschaft einen Einblick geben. Und ich konnte nicht leugnen, dass ich neugierig war, wie wir und diese spindeldürren, schimmernden Wesen jemals miteinander ausgekommen waren.

Ich nahm wieder auf dem Sessel Platz und drückte die Tafel an meine Brust.

„Drachenwandlerin Charlotte, 1842. Diese Aufzeichnung betrifft ein gemeinsames Projekt, das ich mit unseren Feen-Kollegen in Angriff genommen habe. Hier werde ich den aktuellen Stand unseres Bündnisses darlegen."

Ein Bündnis, hm? Das bestand offensichtlich schon seit langer Zeit nicht mehr.

Ich schaffte es, mich nicht zu verkrampfen, als sich die Vision dieser Tafel vor meinen Augen entfaltete. Große, schlanke, schimmernde Feen schwebten durch einen offenen Wald inmitten eines Wolfsrudels. Eine smaragdgrüne Drachin flog über mir im Himmel.

Die Feen flohen nicht vor den Gestaltwandlern und jagten sie auch nicht. Aus ihrem Lächeln und der Art und Weise, wie sie sich zwischen den Gruppen der anderen bewegten, konnte ich erkennen, dass sie ... den Wald *gern* teilten. Ein Bild, das ich nie erwartet hätte.

Allerdings war das einzige Mal, dass ich mehr als eine Fee auf einmal gesehen hatte, die Vision gewesen, in der ein Haufen von ihnen meine Mutter mithilfe ihrer Zauberkraft getötet hatte.

„Ich nehme an, es macht Sinn, dass wir

Gestaltwandler und die Feen einander besser verstehen können als einer von uns die Vampire", fuhr die sanfte Stimme der ehemaligen Drachenwandlerin fort. „Im Gegensatz zu ihnen fühlen wir uns dem Leben näher als dem Tod. Auch wenn einige von uns nachtaktiv sind, genießen die meisten Gestaltwandler die Sonne, die die Feen anbeten. Und mein Drachenfeuer hat so viel mit der Magie der Feen gemeinsam, dass sie mir versichern, wir könnten die beiden Kräfte miteinander vereinen. Ich bin begeistert von dieser Möglichkeit."

Das Bild wirbelte und zeigte die smaragdfarbene Drachin, die Feuer spuckte, das auf eine Feenfrau gerichtet war, die das Feuer mit ihrer bläulichen Magie umhüllte. Mir stockte der Atem. Ich schob die Tafel von mir weg, um mich zu orientieren.

Blau und Rot vermischten sich. Um das Violett meiner Wahrheitsflamme zu erzeugen? Hatte diese Drachenwandlerin die Macht geschaffen, über die ich fast zwei Jahrhunderte später gestolpert war?

Wenn wir es geschafft hatten, *diese* Macht gemeinsam mit den Feen zu erschaffen, wozu könnten wir dann noch fähig sein, wenn wir unsere Kräfte miteinander vereinten?

Sobald ich diesen Gedanken zu Ende gedacht hatte, schnürte sich meine Kehle zu. Vielleicht waren die Drachenwandlerinnen in der fernen Vergangenheit in der Lage gewesen, mit den Feen zusammenzuarbeiten, doch seitdem hatte sich viel verändert. Wie hatte es dazu kommen können, dass die Feenkönigin wegschaute, während ihr Volk meine Mutter abgeschlachtet hatte?

Wie zum Teufel sollten wir ihnen jemals wieder vertrauen?

Ich wusste nicht, was schiefgelaufen war, konnte allerdings keine dieser Fragen beantworten, ohne mehr zu wissen. Nach einem tiefen Atemzug drückte ich mir die Tafel erneut an die Brust, um zu sehen, was mir meine Vorfahrin noch mitteilen konnte.

14

Mein Name drang wie aus weiter Ferne zu mir durch, vielleicht über einen Ozean hinweg. Zuerst hörte ich ihn fast nicht. Dann nahm ich ihn deutlicher wahr.

„Ren! Prinzessin, wenn du nicht bald etwas sagst, werde ich die Sirenen einschalten müssen."

Ich riss die Tafel, die ich umklammert hatte, von meiner Brust weg. Mein Kopf drehte sich. Mein Magen verkrampfte sich und ich spürte ein Loch in meinem Bauch.

Wie lange war ich schon hier unten im Kellerarchiv? Ich rieb mir die Stirn, als ob das die Nebelschwaden in meinem Gehirn vertreiben würde, bis ich schließlich die Kraft fand, Marco zu antworten. „Ich bin hier! Entschuldigung. Ich war einfach ... völlig vertieft."

Sein gedämpftes Glucksen drang die Treppe hinunter. „Du solltest dir vielleicht überlegen, ob du dich nicht eine Weile ausruhen willst. Außerdem ist es an der Zeit, dass du etwas isst. Und obwohl *ich* vollstes Vertrauen in deine Fähigkeit habe, laufen einige deiner Gefährten so unruhig hin und her, dass die Teppiche langsam Löcher bekommen."

Ich war also schon länger hier unten, als ich dachte. Das Zwicken in meinem Magen erinnerte mich daran, dass ich wirklich etwas zu Abend essen sollte.

Schwerfällig erhob ich mich aus dem Sessel. Die Muskeln in meinem Rücken schmerzten vom langen Sitzen. Davon und von dem Blick in die Vergangenheit.

Doch ich hatte immer noch nicht gefunden, wonach ich suchte. Weder den Grund, warum wir mit den Feen im Clinch lagen. Noch einen Grund zu glauben, dass wir jemals wieder auf sie zählen könnten. Ich biss mir auf die Lippe und kaute nachdenklich darauf herum, während ich die Treppe ins Erdgeschoss hinaufstieg.

Marco war von der Tür zurückgetreten, um mich durchzulassen. „Da ist ja meine Drachenwandlerin", sagte er heiter. „Hast du etwas Nützliches herausgefunden?"

„Ich bin mir nicht sicher", antwortete ich. Der Aufstieg hatte mich schwindlig gemacht. Dieser Bauch brauchte so schnell wie möglich Nahrung. „Es wäre wohl besser, wenn ich mit euch allen gemeinsam darüber reden würde."

„Ich kann mich noch ein wenig in Geduld üben."

Er hielt inne und musterte mich eingehend. Wahrscheinlich sah ich genauso durcheinander aus, wie ich mich fühlte. Dann entspannten sich die Gesichtszüge des Katzen-Alphas etwas. Er umfasste mein Gesicht und hauchte mir einen Schmatzer auf die Mitte meiner Stirn. „Wenn du noch nicht so weit bist, wirst du es bald sein, Prinzessin. Dessen bin ich mir sicher."

Das war gut. Jemand sollte sich nämlich sicher sein, und ich war es definitiv nicht.

Der herzhafte Geruch von frisch gegrillten Steaks stieg mir in die Nase. Als wir im Speisesaal ankamen, lief mir das Wasser im Mund zusammen.

„Seht mal, wen der Kater dabei hat", verkündete Marco grinsend und die anderen Alphas, die um den Tisch herumstanden, schauten auf.

Kylie war auch da. Sie stürmte als Erste auf mich zu. „Also, was ist das große Geheimnis? Kannst du uns überhaupt sagen, was da unten ist? Was hast du den ganzen Nachmittag gemacht?"

Alle Augen waren auf mich gerichtet. Sie warteten darauf, zu hören, dass sich dieser Ausflug gelohnt hatte. Mein Magen verkrampfte sich. „Es ist ... irgendwie schwer zu erklären."

Marco legte seine Hände auf meine Schulter. „Ich glaube, unsere Flammenprinzessin hat ein Loch im Bauch. Wo ist das Essen?"

Wie aufs Stichwort kamen ein paar Gestaltwandler mit Tellern aus der Küche. Nate gab ihnen ein Zeichen, mir den ersten Teller zu reichen. Ich ließ mich auf einen Stuhl fallen und griff nach dem bereitliegenden Besteck.

Nach ein paar Bissen war mein Kopf wieder ein wenig klarer. Ich nahm einen Schluck Wasser aus dem Glas, das mir jemand gebracht hatte, und sah mich am

Tisch um. Meine Alphas und Kylie waren alle am Essen, der Rest der Sippe hatte uns etwas Privatsphäre gelassen.

Doch ihre Aufmerksamkeit war immer noch auf mich gerichtet. Sobald meine Hände zum Stillstand kamen, blickte West auf und sah mich fragend an. Aaron hob den Kopf, und auch seine Augen funkelten vor neugieriger Erwartung. Er schien es gar nicht erwarten zu können, zu erfahren, welche Drachenwandlerinnen-Geheimnisse ich entdeckt hatte.

Nichts in diesem Archiv schien streng geheim zu sein. Ich hatte das Gefühl, dass keiner außer den Drachenwandlerinnen dort hinuntergehen und die Tafeln direkt anfassen sollte, aber ich hatte nicht den Eindruck, dass das, was ich erfahren hatte, niemandem verraten werden durfte.

Der schwierige Teil war, herauszufinden, wie ich all diese Informationen ohne das hilfreiche Gemurmel einer Stimme in meinem Ohr und ohne mentale Bilder zur Veranschaulichung erklären sollte.

„Ich habe nichts Genaues über die Vampire erfahren", begann ich langsam. „Es ist im Grunde ein Archivraum. Meine Vorgängerinnen haben dort Berichte für nachfolgende Drachenwandlerinnen aufbewahrt. In den meisten Aufzeichnungen ging es allerdings um die Feen."

Wests Augen verengten sich. „Was haben sie damit zu tun? Glaubst du, dass sie den Vampiren helfen?"

„Nein, ganz und gar nicht", entgegnete ich und winkte mit der Hand, als könnte diese Geste jeden falschen Eindruck zerstreuen, den ich vermittelt hatte.

„Wie es scheint, würden die Feen auf keinen Fall gemeinsame Sache mit den Vampiren machen. Sie sind grundverschieden. Aber ich schätze, das wisst ihr bereits.“

Ich rieb mir das Gesicht. Ich musste noch so viel paranormales Grundwissen aufholen, doch über eine Sache schienen auch meine Gefährten nicht viel zu wissen. „Mich interessiert mehr, inwiefern sie mit den Gestaltwandlern zusammengearbeitet haben.“

„War in den Aufzeichnungen mehr über diese Allianz zu finden?“ Aaron beugte sich vor. „Ich weiß nicht, warum unsere eigenen Geschichtsbücher so zurückhaltend sind, was dieses Thema betrifft.“

„Ich habe den Eindruck, dass die Anführer der Feen lieber mit den Drachenwandlerinnen zu tun hatten“, sagte ich. „Sie haben davon gesprochen, dass sie sich mit uns am engsten verbunden fühlen, weil es bei ihnen um Licht und Energie geht und das irgendwie dasselbe ist wie unser Feuer. Daher denke ich, dass sie auch damals nicht viel mit den anderen Gestaltwandlern zu tun hatten.“

„Was wahrscheinlich auch besser war“, murmelte West.

Ich zögerte. Ich wusste besser als vielleicht jeder andere hier, wie heikel dieses Thema für ihn war. „Sie waren damals gute Verbündete, zumindest in mancher Hinsicht“, gab ich zu. „Wir haben es ihnen und einer früheren Drachenwandlerin zu verdanken, dass ich die Wahrheit aus unseren Feinden herausholen konnte. Sie haben diese Macht geschaffen, damit wir sie bei Bedarf nutzen können ... Sie haben Jahre gebraucht, um sie zu perfektionieren. Die Feen hatten nichts davon, außer dem Wissen, dass sie uns eine neue Kraft gegeben haben.“

„Das und eine praktische Methode, um die Gestaltwandler auf den Berg zu locken, wo sie uns angreifen konnten“, meinte Marco.

Ich warf ihm einen bösen Blick zu. „Das war offensichtlich nicht der ursprüngliche Plan.“

„Was war denn der Plan?“, fragte Nate mit seinem tiefen Bariton. „Warum dachten sie, dass jemand diese Kraft brauchen würde? Warum haben sie sie nicht der damals herrschenden Drachenwandlerin verliehen?“

„Ich schätze, diese Drachenwandlerin hat sie nicht gebraucht. Ich habe den Eindruck, dass es eine Art Ass im Ärmel sein sollte. Als sie sahen, wie schnell sich die Welt zu verändern begann, wie viel Land die Menschen hier für sich beansprucht haben ... Sie konnten ja nicht ahnen, dass unsere eigenen Leute für einen Teil des Chaos verantwortlich sein würden.“ Ich schnitt eine Grimasse. „Aber das ist nicht der Punkt.“

„Irgendetwas an diesem Bündnis scheint deine Aufmerksamkeit geweckt zu haben“, stellte Aaron fest und fixierte mich. „Warum hast du dich auf diesen Teil unserer Geschichte konzentriert?“

„Teilweise bin ich nur zufällig darüber gestolpert. Und danach ... Ich werde das Gefühl nicht los, dass alles irgendwie zusammenhängt. Die Beziehungen zwischen den verschiedenen paranormalen Gemeinschaften. Die Art und Weise, wie wir aneinandergeraten sind. Mir ist noch nicht ganz klar, was es ist, doch ich habe das Gefühl, dass wir bei den vergangenen Ereignissen etwas *Wichtiges* übersehen." Ich hielt inne und seufzte. „Außerdem bin ich nicht auf viele Aufzeichnungen über Vampire gestoßen. Es scheint so, als ob wir uns meistens aus dem Weg gegangen wären."

„Das dürfte stimmen", sagte Marco. „Wenn sie sich nur weiterhin fernhalten würden."

„Wenn man etwas über die Feen in Erfahrung bringen kann, dann, dass sie hinterhältige Bastarde sind", warf West ein. „Vielleicht haben sie früher so getan, als würden sie sich mit uns verbünden, aber alles, was sie seitdem getan haben ..." Er machte eine ausladende Armbewegung, die mich an seine melierte Narbe denken ließ. „Geh deinen eigenen Weg, Flamme. Ich kann mir allerdings nicht vorstellen, dass die Feen, mit denen wir es jetzt zu tun haben, uns eine Hilfe sein werden."

Seine angewiderte Miene spiegelte auch meine Gefühle in Bezug auf die Feen wider. Sie hatten uns beiden unsere Mütter genommen. Ich schluckte schwer und griff über den Tisch, um seine Hand zu berühren.

Noch vor ein oder zwei Tagen hätte ich erwartet, dass er den Arm wegschieben würde. Komisch, wie sehr ein einziges Gespräch – und, äh, andere Aktivitäten im Anschluss an dieses Gespräch – alles verändern konnten. Er drehte seine Hand so, dass ich meine Finger mit seinen verschlingen konnte.

„Ich weiß", erwiderte ich. „Glaub mir, ich traue ihnen auch nicht." Doch selbst als ich diese Worte aussprach, durchströmte mich ein intensives Unbehagen. Die Art und Weise, wie die ehemalige Drachenwandlerin über die Feen gesprochen hatte, warmherzig, beinahe bewundernd ...

Hatte sie sich wirklich so in ihnen getäuscht, oder steckte mehr hinter den Feen, als ich in meinen eigenen Erfahrungen hatte erkennen können?

„Was machen wir jetzt?", fragte Kylie.

Ich runzelte die Stirn. „Ich weiß es nicht." Mein Blick glitt zum Fenster. Draußen war es mittlerweile dunkel geworden. „Hat sich jemand von einem der Anwesen oder aus den Siedlungen gemeldet?"

Nate schüttelte den Kopf. „Ich habe meiner Sippe die Anweisung erteilt, mich zu kontaktieren, sobald es etwas Neues gibt. Ich habe mein Handy griffbereit."

„So wie wir alle", sagte Marco. „Und sobald wir etwas hören, erfährst du es als Erste, Ren."

Würden die Vampire uns heute Nacht wirklich in Ruhe lassen? Es fiel mir schwer, das zu glauben. Das Gefühl, hierherkommen zu müssen, war so stark gewesen. Jetzt musste ich nur herausfinden, *warum*.

Ich drückte kurz Wests Hand, bevor ich sie losließ und nach meiner Gabel griff. „Ich schätze, der beste Plan, den ich habe, ist, noch etwas zu essen und dann zurück in den Archivraum zu gehen. Da unten muss irgendetwas Aufschlussreiches zu finden sein."

Das sanfte Schimmern der Kristalle begann in meinen Augen zu brennen. Ich lehnte mich zurück und berührte das schwache Licht. Das Essen hatte mir für ein paar Stunden neue Energie gegeben, doch ich spürte, wie ich wieder schwächer wurde. Die letzten Tafeln, nach denen ich mehr aus Verzweiflung gegriffen hatte, als aus der Überzeugung, darin etwas zu finden, hatten mir keine wirklich aufschlussreichen Hinweise geliefert.

Es musste noch mehr Aufzeichnungen über die Feen geben. Wenn eine so tiefe Kluft zwischen uns entstanden war, dass wir fast zu Feinden wurden, musste das doch eine Drachenwandlerin festgehalten haben. Es gab sogar Tafeln über die verdammten Wachstumsmuster der Ernte, um Himmels willen.

Ich hatte mich gerade aufgerichtet, um meine Schultern zu lockern, als mein Blick an einer schimmernden Ecke hängen blieb, die zwischen zwei Regalen hervorlugte. Ich kniete mich daneben, schob meine Hand hinein und zerrte daran. Eine, dann noch eine und eine dritte Tafel purzelten heraus. Sie mussten durch einen Spalt in den teilweise geöffneten Seiten der Regale gerutscht und dort eingeklemmt worden sein.

Mit einem mulmigen Gefühl im Bauch begann ich meine neuen Funde zu inspizieren. Auf einer Tafel waren eine Fee und eine Drachin zu beiden Seiten einer gezackten Linie zu sehen. Man musste keine Psychoanalytiker sein, um zu erahnen, was das bedeutete.

Ich schob die beiden anderen Tafeln auf ein Regal und ließ mich in den Sessel sinken. Es war an der Zeit, herauszufinden, was zwischen uns und den Feen schiefgelaufen war.

„Drachenwandlerin Mirabel", sagte eine müde Stimme. „1908. Mit traurigem Herzen vermelde ich das Ende unserer freundschaftlichen Beziehungen zu den Feen. Es war ein Versehen unsererseits, das gebe ich zu, doch sie haben sich als völlig unwillig erwiesen, auf die Stimme der Vernunft zu hören."

Bilder formten sich und gingen vor meinen Augen ineinander über. Ich sah Menschen, die sich in der Nähe eines der Gestaltwandler-Dörfer niederließen. Einer von ihnen tötete einen Rebhuhnwandler, der seine Flügel ausgebreitet hatte. Die Gestaltwandler packten ihre Sachen zusammen und zogen tiefer in die nahe gelegene Wildnis. „Feen-Territorium", sagte Mirabel. „Doch sie haben dieses Gebiet mit uns geteilt. Und mein Volk wusste nicht, wohin es sonst gehen sollte."

Dann nahm die Szene vor mir einen unglücklichen Verlauf. Die Gestaltwandler schoben die, mit ihren Habseligkeiten beladenen, Karren durch das spärlich bewaldete Gebiet. Als sie einem Wagen einen etwas zu kräftigen Stoß versetzten, rollte er einen Hügel hinunter und direkt in eine kleine Gruppe von Feen hinein, die sich dort unten gerade entspannt hatte. Kreischend stoben die Feenwesen auseinander. Einer von ihnen sprang jedoch nicht rechtzeitig auf. Das Rad eines Karrens knallte direkt gegen sein Bein.

Ich zuckte zusammen. Der Feen-Junge krabbelte davon, sein verwundetes Bein hinter sich her schleifend, das Gesicht vor Schmerz verzerrt. Einer seiner Freunde stieß einen Schrei aus und schleuderte einen Magiestrahl auf den Karren. Zischend zersprang er in zwei Teile, und die Hälfte der Ladung zerbarst in einem gleißenden Blitz.

Wertvolle Habseligkeiten, alles, was die Gestaltwandler aus ihrer Heimat mitgebracht hatten. Aus den Reihen der Gestaltwandler ertönten ebenfalls Schreie. Einer von ihnen stürzte sich auf die Fee, die den Zauber angewendet hatte, und stieß sie mit einem Klauenhieb zu Boden. Dann verblasste das Bild.

„Natürlich wurde ich gerufen, um den Konflikt zu lösen", fuhr die Drachenwandlerin fort. „Ich wandte mich an die Feenkönigin, um die Situation friedlich zu lösen. Doch sie war nicht glücklich darüber, nur mich zu sehen. Sie verlangte, dass ihr die verantwortlichen Gestaltwandler vorgeführt wurden, um sie zu verurteilen. Als ob sie meinem Urteil nicht trauen würde. Ich konnte meine Sippe dieser möglichen Rache nicht aussetzen und sie fasste meine Weigerung als schreckliche Beleidigung auf. Sie wollte nichts von einer Entschädigung für die Verluste *meiner* Sippe hören."

Die Feenkönigin in der Vision drehte sich auf dem Absatz um, eine Wolke aus Magie wirbelte zwischen ihr und Mirabel auf. Die Drachenwandlerin schritt in die andere Richtung davon.

„Seitdem ist unser Verhältnis erkaltet", erklang ihre Stimme in meinem Geist. „Sie haben uns aus Gebieten vertrieben, die wir einst geteilt haben. Sie verweigern Gestaltwandlern, die in Not geraten sind, ihre Hilfe. So wie sie sich jetzt verhalten, frage ich mich, ob sie nur auf einen Moment wie diesen gewartet haben, um sich von uns abzuwenden. Meine Mutter sagte, sie hätten einmal versucht, ihr Feuer zu stehlen. Vielleicht haben sie erkannt, dass wir das niemals zulassen werden und wir ihnen nicht länger von Nutzen sind. In diesem Fall ist es besser, dass wir sie los sind."

Ihre Stimme verstummte. Ich kehrte in den Archivraum zurück, die Tafel fest umklammert. Mein Herz klopfte wie wild.

Hatte die Feindseligkeit zwischen unseren Völkern so begonnen? Mit einem einfachen Unfall und einer spontanen Vergeltungsaktion? Ich vermutete jedoch, dass sich die Spannungen schon seit einiger Zeit aufgebaut hatten, wenn die frühere Drachenwandlerin den Verdacht gehegt hatte, dass die Feen ... ihr Feuer stehlen wollten? Was zur Hölle sollte das überhaupt bedeuten?

Und wie hatte das schließlich zu einem handfesten Mord führen können?

15

Ich wusste nicht, wie spät es war, aber der Mond zeichnete sich deutlich gegen den schwarzen Himmel vor meinem Fenster ab. Ich stieg aus dem Bett und überprüfte noch einmal das Handy auf meinem Nachttisch, als ob ich es verpasst hätte, wenn jemand angerufen oder eine Nachricht geschickt hätte. Keine Benachrichtigung.

Ich schnitt eine Grimasse und ging ins Bad. Bei schnellen Bewegungen knabberten noch immer leichte Schmerzen an meinen Muskeln. Ich konnte so tun, als wäre ich völlig genesen, doch im Inneren waren die Löcher, die die Kugeln hinterlassen hatten, noch nicht ganz verheilt.

Mein Körper sollte sich mit der Heilung besser beeilen. Es lagen weitere Kämpfe vor uns.

Nach dem kurzen Ausflug konnte ich nicht mehr

schlafen. Mein Kopf war benommen, doch der Rest von mir war in höchster Alarmbereitschaft. Jeden Moment konnte der Anruf kommen, der die Katastrophe ankündigte. Ren könnte mich jeden Moment brauchen.

Trotzdem legte ich mich wieder ins Bett und vergrub mein Gesicht in den Kissen. Als erschöpfter Zombie würde ich niemandem von Nutzen sein.

Die Decke hüllte mich in Wärme ein. Die Grillen zirpten vor dem Fenster. Der Schmerz in meinen Muskeln verblasste. Dennoch gelang es mir nicht, einzuschlafen.

Die Tür zu meinem Zimmer öffnete sich mit einem leisen Knarren und einem flüsternden Luftzug. Sanfte Schritte tappten über den Boden. Ich nahm den vertrauten Geruch meiner Gefährtin wahr, noch bevor sie das Schlafzimmer durchquert hatte. Als ich die Augen aufschlug, schenkte sie mir ein zartes Lächeln. Ich rutschte auf dem Bett zur Seite, um ihr Platz zu machen.

Sofort schlüpfte sie zu mir unter die Decke und legte ihren Arm um mich. Ich schlief nur in Boxershorts. Das Gefühl ihrer nackten Haut auf der meinen versetzte meine Nerven auf eine weitaus angenehmere Weise in Alarmbereitschaft.

„Bist du mit deiner Recherche fertig?", fragte ich.

„Vorerst." Ren schmiegte ihren Kopf unter mein Kinn und drückte mir einen Kuss auf die Schulter. „Die anderen schlafen schon. Ich wollte mit jemandem kuscheln. Und ich dachte, du fühlst dich vielleicht ein bisschen vernachlässigt."

Ich schnaubte. „Du hast mir bestimmt viel

Aufmerksamkeit geschenkt, während ich außer Gefecht war. Es ist nicht deine Schuld, dass ich nicht bei Bewusstsein war, um es zu genießen."

Sie gab ein Brummen von sich und rückte näher an mich heran. Ich würde mich sicherlich nicht über ihre Zuwendung beschweren.

„Wie fühlst du dich?", fragte sie. „Hast du noch Schmerzen?"

Ich wollte nicht, dass sie sich Sorgen um mich machte, doch ich würde sie nicht anlügen. „Ein wenig. Wenn man so schwer verletzt ist, dauert es eine Weile, bis der Körper heilt. Aber es wird nicht mehr lange dauern." Ich strich mit einer Hand über ihr Haar. „Dir hängt der gestrige Angriff sicherlich auch noch nach."

Sie zuckte mit den Schultern. „So schlimm ist es nicht. Ich habe den Großteil des Tages in einem Sessel sitzend verbracht. Ich hatte genug Ruhe." Sie neigte ihren Kopf zurück und sah mir in die Augen. „*Du* hingegen solltest dich wirklich etwas ausruhen. Du bist vor weniger als einem Tag aus dem Koma erwacht. Ich hoffe, ich habe dich nicht geweckt."

„Nein, ich habe mich ganz gut allein wachgehalten", erwiderte ich mit einem halbherzigen Lächeln.

Sie runzelte die Stirn. „Machst du dir Sorgen um deine Sippe?"

„Ja, das tue ich meistens. Es ist schwer, das nicht zu tun. Aber ich glaube, mit dir an meiner Seite wird es mir leichter fallen, diese Gedanken zu verdrängen."

„Hmm." Sie fuhr mit ihrer Hand meinen Nacken hinauf und drückte meinen Kopf nach unten. Ich begegnete ihren Lippen mit einem langen, sanften Kuss. Mein Körper reagierte sofort, Hitze durchflutete mich, mein Schwanz schwoll an. Als sich unsere Münder voneinander lösten, war ich schmerzhaft hart, was mich jedoch nicht im Geringsten störte.

„Weißt du", sagte Ren verschmitzt, „ich erinnere mich daran, wie ich vor nicht allzu langer Zeit vor lauter Sorgen ziemlich verspannt war. Damals hast du äußerst erfolgreich dafür gesorgt, dass ich mich entspanne."

Ein erwartungsvolles Schaudern durchfuhr mich. „Allerdings."

Ich machte Anstalten, mich über sie zu beugen, doch sie hielt mich zurück. „Nein", flüsterte sie und ließ ihre Finger über meine Brust und meinen Unterleib bis zum Bund meiner Boxershorts gleiten. „Ich habe an unser erstes Mal im Van gedacht ... Ich will nicht, dass du dir etwas verletzt, was noch nicht ganz verheilt ist. Entspann dich einfach und lass dich verwöhnen."

Lieber Gott, als sie das so sagte und mich so schüchtern durch ihre Wimpern ansah, musste ich mich zusammenreißen, nicht schon allein deswegen zu kommen.

Ren zog mich an sich, um mich erneut zu küssen, diesmal noch leidenschaftlicher, während ihre Hand in meine Boxershorts wanderte. Ich stöhnte auf, als ihre Hand meine Erektion umfasste. Sie streichelte mich erst sanft, dann etwas fester. Ihr Daumen strich über die Spitze meines Schwanzes. Lust schoss durch meine Nervenbahnen.

Ich küsste sie fester, doch das war nicht genug. Selbst

wenn sie mich ihre Zärtlichkeiten nicht mit der Leidenschaft erwidern ließ, die ich ihr zeigen wollte, konnte ich zumindest diese Form der Glückseligkeit mit ihr teilen. Ich griff unter ihr Kleid und schob meine Hand zwischen ihre Beine.

Ren wimmerte. Unsere Küsse wurden immer heftiger, bis wir beide zu keuchen begannen. Ich rieb meinen Handballen an ihrem Kitzler, bevor meine Finger in sie eintauchten. Sie verrieb meine Lusttropfen auf meiner Länge und pumpte mich schneller.

Ich schwebte jetzt vor Vergnügen. Fühlte es sich so an, wenn sie sich in ihre prächtige Drachengestalt verwandelte und in den Himmel stieg?

Der Druck, der sich in meinen Hoden aufbaute, war eine unglaubliche Folter, allerdings wollte ich mich zuerst um sie kümmern. Ich krümmte meine Finger in ihrem engen, heißen Kanal. Sie keuchte. Mein Daumen drückte auf den empfindlichsten Punkt in ihrem Inneren, und ihr Geschlecht zog sich um mich herum zusammen. Sie erzitterte mit einem stockenden Laut der Ekstase, doch ihr Griff lockerte sich nicht. Nach zwei weiteren Stößen ergoss ich mich über sie.

Wir ließen uns tiefer in die Matratze sinken, unsere Atemzüge kehrten wieder zu einem gleichmäßigeren Rhythmus zurück. Ren küsste mich erneut. So perfekt, so süß. Und genau richtig. Als sie sich wieder an mich schmiegte, wich endlich die letzte Anspannung aus meinem Körper, und ich schlief ein.

Ren

Als ich neben Nate aufwachte, protestierten meine Augenlider, zu schwer, um sie zu heben. Meine müden Augen blinzelten in das dunkle Zimmer. Draußen vor dem Fenster war es noch Nacht.

Doch ein unruhiges Zittern hatte meinen Körper im Griff. Mein Herz pochte schneller.

Irgendetwas stimmte nicht. Meine Gefährten waren aufgebracht.

Obwohl ich versuchte, unter der Decke hervorzuschlüpfen, ohne Nate zu wecken, rührte er sich sofort, als ich mich bewegte. „Ren?", murmelte er.

„Ich will nur sichergehen, dass alles in Ordnung ist", sagte ich. „Du kannst hierbleiben."

Wohl kaum. Der Bärenwandler war bereits dabei aufzustehen, um zu mir zu kommen. Er schnappte sich einen Morgenmantel von einem Haken an seiner Garderobe. Dass mein Kleid zerknittert war, war mir in diesem Moment vollkommen egal. Jeder in diesem Haus hatte mich schon in viel schlimmerem Zustand gesehen.

Als wir den Flur betraten, sahen wir West auf uns zukommen. Er blieb stehen und betrachtete uns mit einem amüsierten Zucken um die Mundwinkel. Ansonsten war sein Blick grimmig. Mein Magen verkrampfte sich.

„Ich wollte euch beide gerade holen", sagte er, „was kein Problem sein dürfte, so wie es aussieht."

Er drehte sich um, ging den Weg zurück, den er gekommen war, und gab uns ein Zeichen, ihm zu folgen. Ich schloss zu ihm auf. „Was ist los?", fragte ich. „Haben die Vampire wieder angegriffen?"

„Natürlich haben sie das", knurrte er. Seine Stimme war genauso grimmig wie sein Gesicht. „Sie haben mit verschiedenen Taktiken experimentiert, um das Feuer zu bekämpfen. Hauptsächlich mit Wassertanks und Schläuchen, um es zu löschen. In der Nähe der Siedlungen haben unsere Sippen das Holz mit Benzin übergossen, damit es nicht so schnell herunterbrennt. Ein paar Dörfer wurden allerdings nicht evakuiert und waren nicht gut genug vorbereitet."

Mir rutschte das Herz in die Hose. „Hat es jemand hinausgeschafft?"

Er schüttelte den Kopf, sein Kiefer war verkrampft. Hinter mir fluchte Nate. „Keiner meiner Leutnants hat sich bei mir gemeldet."

„Vielleicht sind sie noch damit beschäftigt, die Vampire abzuwehren", gab ich zu bedenken. Und egal, was da draußen los war, weder er noch wir anderen konnten im Moment etwas dagegen tun. Selbst, wenn wir uns auf den Weg zu einem der Dörfer machen würden, wäre es helllichter Tag, bis wir ankämen und die Vampire wären bereits verschwunden.

„Das ist noch nicht alles", sagte West, als wir in den privaten Gemeinschaftsraum gingen, zu dem nur wir fünf Zutritt hatten. „Ich habe ein paar meiner Leute den einzigen Highway überwachen lassen, der zu diesem Anwesen führt. Vor kurzem ist ein nach

Vampiren stinkender Lieferwagen vorbeigefahren, der in unsere Richtung unterwegs war. Wahrscheinlich haben sie vor, genauso tief in unser Gebiet einzudringen wie die Abtrünnigen und uns dann zu überrumpeln. Bei dem Tempo, mit dem sie unterwegs waren, sollten sie in der nächsten halben Stunde hier sein.“

Mein Puls stotterte. „Wir haben keine Schutzvorrichtungen.“ Das Anwesen der Drachenwandlerinnen war von einer Steinmauer umgeben, doch das allein würde die Vampire nicht aufhalten. Wir hatten nicht genug Gestaltwandler mitgebracht, um es vollständig zu verteidigen. Wir hatten kein Holz ausgelegt, um ein Feuer zu entzünden, da wir davon ausgegangen waren, dass die Vampire sich nicht so weit vorwagen würden. „Woher wissen sie überhaupt, dass wir hier sind? Wir sind mitten am Tag aufgebrochen.“

„Vielleicht wissen sie es nicht“, gab Aaron zu bedenken. Er stand am Ende des Esstisches und betrachtete eine Karte, die er dort ausgebreitet hatte. „Vielleicht wollen sie das Anwesen einfach nur verwüsten und dadurch ihre Macht demonstrieren, um uns einen Dämpfer zu versetzen. Es sieht nicht so aus, als ob viele von ihnen auf dem Weg hierher sind.“

Marco verschränkte die Arme. „Oder einer der letzten Abtrünnigen, die sich mit den Blutsaugern eingelassen haben, hat beschlossen, Spion zu spielen. Vielleicht haben sie außerhalb der Mauern des Hundeanwesens etwas mitbekommen, weil die Gestaltwandler dort über unsere Reise gesprochen haben, oder sie haben es aufgrund der Flugrichtung des Jets erraten."

Bei dem Gedanken an diese Verräter knirschte ich mit den Zähnen. Was hatten die Vampire ihnen angeboten, um sie davon zu überzeugen, dass es eine gute Idee war, sich mit Kreaturen zu verbünden, die den Rest von uns ausrotten wollten? Oder dachten sie, die Vampire würden sich damit zufriedengeben, meine Alphas und mich auszuschalten und den Rest der Gestaltwandler-Gemeinschaft in Ruhe lassen? War ihnen denn nicht *klar*, was diese Monster da taten?

Doch Timothys Bericht zufolge dachten sie ohnehin nicht viel. Sechzehn Jahre waren eine lange Zeit, um so viel Wut in sich zu tragen. Ich wette, einige der Verlierer des Kampfes auf Marcos Anwesen hatten sich in die Wildnis zurückgezogen, um weit weg von uns in Frieden zu leben. Diejenigen, die zu den Vampiren geflohen waren, waren viel zu weit gegangen, als dass man vernünftig mit ihnen reden könnte.

„Also, wie lautet der Plan?", fragte ich.

Aaron tippte auf die Karte. Ich stellte mich neben ihn. „Nur eine der Straßen, die zum Anwesen führen, ist für schwere Fahrzeuge geeignet", erwiderte er. „Hier, zwischen zwei der niedrigeren Hügel. Wir wissen also, woher sie kommen werden."

Den Linien auf dem Papier nach schien alles ganz klar zu sein. „Dann gehe ich da raus und verbrenne sie zu Asche."

Marcos Lippen kräuselten sich. „Klingt gut."

West hingegen runzelte die Stirn. „Du bist müde,

Ren. Wie lange warst du in diesem Archivraum?" Als ich die Lippen zusammenpresste, da ich ihm die ehrliche Antwort nicht verraten wollte, warf er mir einen finsteren Blick zu. „Das habe ich mir gedacht. Mir gefällt der Gedanke nicht, dass du allein da rausgehst. Was ist, wenn es mehr von ihnen gibt, als wir dachten? Wenn sie auf dich schießen, bist du vielleicht zu weit vom Anwesen entfernt, um es zurückzuschaffen."

„Wir haben ein paar Fahrzeuge in der Garage", räumte Nate ein.

Ich konnte die Antwort auf diese Andeutung in Aarons Augen lesen. „Keines davon ist kugelsicher, oder?", gab ich zu bedenken. „Ihr seid da draußen viel verwundbarer als ich. Und sie würden euch nur allzu gerne umbringen." Meine Hände ballten sich zu Fäusten. „Hört zu, ich drehe einfach eine Runde und halte Ausschau. Wenn ich sehe, dass sie anhalten und sich bereit machen, um mit den Waffen anzugreifen, grille ich sie, bevor sie die Chance dazu haben. Ansonsten warte ich hier auf sie. Einverstanden? Wir können nicht *nichts* tun."

West sah nicht glücklich aus, doch er widersprach nicht. Aaron nickte. „Das klingt nach dem Besten, was wir aus dieser Situation machen können."

„Ich sollte lieber losfliegen, bevor es zu spät ist, sie aufzuhalten."

Gemeinsam folgten wir den Gängen zum Haupteingang. Ich warf einen Blick in Richtung des Gästeflügels, doch ich wollte Kylie deswegen nicht aufwecken. Ich hatte das Gefühl, dass es noch viele Kämpfe geben würde, bei denen sie mitmischen konnte.

Auf der Treppe vor dem Haus zog ich mich aus und verwandelte mich so geschmeidig, als hätte ich mein ganzes Leben lang nichts anderes getan. Ich stieß mich kräftig mit meinen krallenbewehrten Hinterfüßen ab und stieg in die Lüfte.

Ich hielt mein Wort. Während sich die Alphas und einige der Wachen, die West mitgebracht hatte, im Hof versammelten, flog ich mit gleichmäßigen Schlägen meiner Drachenflügel über das Anwesen. Es juckte mich, Feuer in meiner Kehle zu entfachen. Ich musste an die Bemerkung der früheren Drachenwandlerin denken, die gesagt hat, dass die Feen versucht hatten, die Flammen ihrer Mutter zu stehlen.

Doch ich hatte keine Zeit, weiter darüber nachzudenken. In der Ferne zwischen den sanften Hügeln bemerkte ich eine Bewegung.

Die Vampire hatten ihre Scheinwerfer ausgeschaltet, da sie nachts gut sehen konnten und uns nicht warnen wollten. Allerdings was der Mond so hell, dass ich dank meiner scharfen Drachenaugen den Umriss des Fahrzeugs ausmachen konnte, das die Straße entlang auf uns zukam.

Das Licht reichte wohl auch aus, damit die Vampire mich am Sternenhimmel erkennen konnten. Der Lastwagen hatte erst etwa ein Viertel der Strecke zwischen den Hügeln und dem Anwesen zurückgelegt, als er langsamer wurde.

Ich spannte mich an, meine Muskeln verkrampften

sich. Mit ein paar weiten Flügelschlägen schwebte ich näher heran. Sobald die Vampire anhielten oder Anstalten machten, auszusteigen, musste ich abtauchen. Ich musste sie verbrennen, bevor sie ihre Waffen auf mich richten konnten.

Doch der Wagen hielt nicht an. Stattdessen machte er eine Kehrtwendung. Dann gaben die Vampire Gas und der Lieferwagen schoss in die Richtung, aus der er gekommen war.

Ich raste hinterher und der Wind fegte über meine Schuppen. Das Jucken in meiner Kehle verstärkte sich zu einem wütenden Brennen. Das Echo von Schüssen hallte durch meinen Hinterkopf und vor meinem geistigen Auge tauchte Nate auf, wie er neulich Nacht zusammengebrochen war.

Die Vampire gewannen an Vorsprung. Sie waren schon fast am Pass zwischen den Hügeln. Nein, ich konnte sie nicht entkommen lassen. Kräftig schlug ich mit meinen Flügeln und meine Reißzähne knirschten vor Frust.

Ein Prickeln durchbrach meine Wut. Ein Ziehen. Ich versuchte, es abzuschütteln, doch es durchdrang mein ganzes Bewusstsein. Plötzlich wurde mir die Bedeutung klar.

Meine Gefährten riefen mich nach Hause.

Meine Muskeln zuckten widerwillig bei dem Gedanken an Rückzug. Ich konnte weiterfliegen, das spürte ich.

Aber darum ging es nicht, oder? Ich hatte es ihnen versprochen. Und das letzte Mal, als ich mich zu einem

Rachefeldzug hinreißen ließ, hatte ich fast einen ganzen Wald niedergebrannt. Sobald der Lastwagen außer Sichtweite in den Pass einbog, könnten die Vampire anhalten und sich mit ihren Waffen auf mich vorbereiten.

Vielleicht war genau das ihr Plan – dass ich sie weiterverfolgte.

Plötzlich flammte ein intensives Bedürfnis in meiner Brust auf. Ich wollte sie nicht einfach davonkommen lassen. Ich wollte sie alle zu Asche verbrennen. Doch ich zwang mich, in der Luft umzudrehen.

Als ich über das Anwesen, das ich mit meiner Rolle geerbt hatte, hinwegflog und auf dem grasbewachsenen Hof landete, stieg mir erneut der Geruch von Klee in die Nase. Sobald meine Füße den Boden berührten, verwandelte ich mich in meine menschliche Gestalt. Das Gras drückte weich und kühl gegen meine zarte Haut. Dann legte sich ein Arm um meine Schultern und zog mich in eine enge, nach Kiefern duftende Umarmung.

West. Der letzte Rest meiner Wut verflog, als ich mein Gesicht an seiner Schulter vergrub. Er war noch nie direkt nach einer Verwandlung zu mir gekommen. Doch jetzt war alles anders.

Alles war anders.

Ohne den Arm von meinen Schultern zu nehmen, half er mir auf. Obwohl ich seine Hilfe nicht brauchte, um aufzustehen, genoss ich es, seine Nähe zu spüren. Außerdem konnte ich aus der Nähe die leichte Schamesröte sehen, die über seinen Hals gekrochen war.

Meine anderen Gefährten hatten sich um uns

versammelt. „Die Vampire sind weg", erklärte ich. „Sie haben mich gesehen und sind abgehauen. Vorerst."

Die letzten Worte kamen mir mit einer unheilvollen Schwere über die Lippen. Wir alle wussten, dass sie morgen zurückkommen würden, in größerer Zahl oder mit einem besser ausgearbeiteten Plan.

„Dann bereiten wir uns auf sie vor", sagte Nate, wobei mir der sorgenvolle Unterton in seiner Stimme nicht entging. Es ging nicht nur um dieses Anwesen, sondern um eine Vielzahl von Sippen im ganzen Land, die wir schützen mussten.

Es war zu viel für eine Drachin allein, das musste ich zugeben. Vielleicht war es sogar zu viel für mich und meine Alphas und alle, die uns zur Seite standen.

Falls es eine Möglichkeit gab, Kräfte jenseits unserer Art zu mobilisieren, musste ich das herausfinden.

Ich holte tief Luft und hob mein Kinn. „Sobald es hell ist, werde ich mit den Feen sprechen."

16

„Ich weiß nicht so recht, Flamme", meinte West, als wir uns einen Weg durch das Gestrüpp des dichten Waldes bahnten. Zweige knackten unter unseren Füßen. Meine Alphas und ich waren in den Wäldern auf der anderen Seite eines der Hügel, in der Nähe des Anwesens der Drachenwandlerinnen unterwegs zu einem Feengebiet. Vereinzelt drangen Sonnenstrahlen durch die Wolkendecke und brachten die Sommerhitze mit sich, selbst so früh am Morgen.

„Gibt es noch einen anderen Grund als die etwa hundert Beschwerden, die du bereits vorgebracht hast?", fragte ich den Wolfswandler.

West sah mich mit zusammengekniffenen Augen an. Als er einen kühlen Tautropfen wegwischte, der auf meine Wange getropft war, entspannte sich seine Miene jedoch etwas. „Du hattest noch nicht viel mit den Feen zu tun. Ich habe bisher kein Anzeichen dafür gesehen, dass sie uns gegenüber auch nur im Entferntesten freundlich gestimmt sind. Selbst der Geschichtsfanatiker da hinten hat noch nie etwas von herzlichen Beziehungen zwischen unseren Gemeinschaften gehört." Er deutete mit dem Daumen in Aarons Richtung.

Das hörte sich in etwa so an wie seine früheren Einwände. „Okay, allerdings *weiß* ich, dass sie in der Vergangenheit mit den Drachenwandlerinnen zusammengearbeitet haben. Ihr habt doch die Gravur auf dem Sockel am Berg gesehen. Außerdem hat eine Drachenwandlerin vor fast zweihundert Jahren darüber gesprochen, wie großartig die Feen sind."

„Zweihundert Jahre sind eine lange Zeit", bemerkte Marco.

„Ich weiß", erwiderte ich. „Und offensichtlich ist das Verhältnis ziemlich – sehr – abgekühlt. Dennoch ..." Ich berührte Wests Arm, in der Hoffnung, ihn dadurch etwas zu beruhigen. „Wir brauchen Verbündete. Die Vampire sind stark. Vor langer Zeit haben die Feen uns unterstützt. Ich sage nicht, dass wir sie von ihren Fehlern freisprechen sollen, aber ich will herausfinden, ob ich irgendetwas tun kann, um diesen Streit zu kitten – zumindest so weit, dass sie uns helfen, die Blutsauger zurückzudrängen."

„Du willst immer das Gute in allen sehen, oder?", entgegnete er mit einem grimmigen Blick.

Ich hob die Augenbrauen. „Eine Eigenschaft, für die besonders *du* dankbar sein solltest."

Nate hustete, um ein Lachen zu tarnen. West warf

dem Bärenwandler einen bösen Blick zu, der jedoch eher spielerisch als bedrohlich war. Er stieß mich mit dem Ellbogen an. „Verstehe. Und ich denke, die Feen hassen die Vampire wahrscheinlich mindestens genauso sehr wie uns. Möglicherweise sogar mehr. Wenn es mehr ist, können wir vielleicht damit arbeiten. Ich will nur nicht, dass sie in die Nähe meiner Sippe kommen."

„Das werde ich im Hinterkopf behalten."

„Du bist wirklich eine Streberin, Flammenprinzessin", neckte Marco. „Es ist gerade mal ein paar Wochen her, dass wir dich gefunden und dir gesagt haben, dass du die Sippen vereinen sollst – Überraschung! Und jetzt schmiedest du schon Pläne, wie du ganze paranormale Gemeinschaften vereinen könntest."

Ich lächelte. „Nun, ich glaube, ich bin noch nicht ganz *fertig* mit der Vereinigung der Sippen. Und ich weiß nicht, ob es mir gelingen wird, überhaupt etwas bei den Feen auszurichten. Wir müssen einfach abwarten."

„In einem Punkt muss ich West recht geben", sagte Aaron. „Nämlich, dass es in ihrem eigenen Interesse sein könnte. Es ist durchaus möglich, dass die Vampire beschließen, die Feen auszurotten, wenn sie mit uns fertig sind."

„Nur in dieser einen Sache?", grummelte West und legte den Kopf schief.

Aaron gluckste. „Was den Rest angeht, werden wir sehen. Ich bezweifle, dass Rens Vorgängerinnen Ereignisse festgehalten haben, die nie stattgefunden haben. Allerdings stimme ich zu, dass die Feen zu meinen Lebzeiten kaum Anzeichen von Freundlichkeit gezeigt haben."

Nun, das war dieser Tage nichts Neues. Das Unmögliche auf sich nehmen: die Geschichte von Serenity Drake. Von wem würde ich in der Verfilmung gern gespielt werden?

Nate hielt inne und berührte eine Markierung an einem der Baumstämme. „Wir nähern uns dem Gebiet des hiesigen Anführers der Feen. Vielleicht sollten wir die negativen Kommentare von hier an für uns behalten?"

„Guter Plan", stimmte ich zu und warf West einen strengen Blick zu.

Er hob die Hände. „Ich werde deiner Friedensmission nicht im Weg stehen, Flamme! Allerdings verspreche ich nicht, dass ich nicht ‚Ich hab's dir ja gesagt' sagen werde, wenn das hier schief geht."

Ich verdrehte die Augen. „Solange du es sagst, während du deine Hände für etwas Nützliches einsetzt, macht mir das nichts aus."

Sein Blick wurde sofort heißer. „Abgemacht."

Na also, es war mir tatsächlich gelungen, ihm ein Grinsen zu entlocken. Vielleicht würde dieser Gedanke, seine gute Laune zumindest so lange aufrechterhalten, bis diese Mission beendet war.

Im Gegensatz zu damals, als wir uns mit der Feenkönigin getroffen hatten, erwarteten die Feen uns heute nicht. Ein paar Schritte weiter, auf dem holprigen Pfad am Rande ihres Territoriums blieb ich stehen und lehnte mich an einen Baum, um zu warten. Das Letzte, was ich wollte, war, dieses spontane Treffen falsch anzugehen, indem ich mich zu weit in ihr Revier vorwagte. Sie sollten sehen, dass ich ihnen den nötigen Respekt entgegenbrachte. Ich wollte nur, dass sie bemerkten, dass ich hier war.

Schon nach ein paar Minuten trat eine schlanke, hochgewachsene Gestalt zwischen den Bäumen hervor. Ihr gesamter Körper schimmerte in einem Glanz, durch den schwer festzustellen war, ob sie überhaupt Kleidung trug – oder wenn nicht, wie menschlich ihr Körper war.

„Gestaltwandler", sagte sie und senkte leicht den Kopf. „Drachenwandlerin und Alphas. Das ist unser Gebiet."

Ich richtete mich auf. „Ich weiß. Ich möchte mit dem Herrscher dieses Gebiets sprechen."

Die Augen der Feenfrau funkelten intensiver, wie eine Silbermünze im Sonnenlicht. „Über was?"

Ich erinnerte mich an Aarons Rat. „Eine große Bedrohung, die unsere beiden Völker betreffen könnte."

Die Frau schürzte die Lippen, nickte jedoch. „Ich werde nachsehen, ob er bereit ist, euch zu empfangen. Wartet hier."

In ihren letzten Worten lag ein leicht vorwurfsvoller Unterton, als ob sie dachte, wir würden bei der erstbesten Gelegenheit in das Revier der Feen eindringen. „In Ordnung", erwiderte ich und lehnte mich gegen den Baum.

„Oh, ja", flüsterte West, nachdem sie im Wald verschwunden war. „Was für eine unglaublich herzliche Begrüßung."

Ich streckte ihm die Zunge heraus und hoffte

inständig, dass uns kein Feenwesen mehr beobachtete. „Ich hatte noch keine Gelegenheit, meine Argumente vorzubringen.“

Er seufzte. „Nun, wenn jemand sie überzeugen kann, dann du.“

Das war der größte Vertrauensbeweis, den ich je von ihm bekommen hatte.

„Die Feen haben also in jedem Gebiet einen anderen Anführer?“, fragte ich Aaron, da ich davon ausging, dass der Adler-Alpha am meisten über dieses Thema wusste. „Ich nehme an, dass es im Gegensatz zu den Gestaltwandlern keine verschiedenen Arten von Feen gibt.“

Er nickte. „Die Feen haben ein einzigartiges Gleichgewicht mit der Natur. Sie kommen neben einer Pflanze oder einer natürlichen Quelle zur Welt. Sie sprießen sozusagen in Kolonien, in der Nähe von Bäumen und anderen Pflanzen aus dem Boden und sind fortan mit diesen verbunden.“

Ein erschreckender Gedanke kam mir in den Sinn. „Was passiert, wenn sie gezwungen sind, den Ort zu verlassen, an den sie gebunden sind? Zum Beispiel, wenn Menschen dieses Gebiet bebauen?“

„Ich bin mir nicht sicher“, meinte Aaron. „Es wird spekuliert, dass sie nach einer gewissen Zeit verkümmern, wenn sie dazu gezwungen sind, ihren Ort zu verlassen. Berichten zufolge sterben Feen sogar, wenn das Objekt, an das sie gebunden sind, zerstört wird. Die Bindung ist sehr stark.“

Das bedeutete, dass das Vordringen der Menschen

die Feen noch mehr beeinträchtigte als uns. Gestaltwandler konnten sich frei bewegen, solange es ausreichend unbesiedeltes Land gab. Die Feen hatten diesen Luxus nicht.

Ein leises Flüstern wurde von der Brise an mich herangetragen und die Haare in meinem Nacken sträubten sich. Ich richtete mich vollständig auf. Eine Sekunde später erschien ein schimmernder Feenmann in der Mitte der Lichtung.

Er war nicht so beeindruckend wie die Feenkönigin, mit der ich mich in der Nähe von Aarons Anwesen getroffen hatte. Allerdings war das wohl auch zu erwarten. Er hatte nur die lokale Führung inne. Trotzdem leuchtete der Feenmann heller als die ihm untergebene Fee, die ihn zu uns geführt hatte. Er stand mit hoch erhobenem Kopf und gestrafften Schultern da. Wie alle Feenwesen war er extrem schlank und hochgewachsen. Er war sogar größer als die meisten Feen, die ich bisher gesehen hatte, sein knochiges Kinn war fast auf gleicher Höhe mit Nates Stirn. Allerdings wettete ich, dass der Bärenwandler hundert Pfund mehr Muskelmasse hatte.

„Mein Name ist Cerimon", stellte er sich vor. „Ich herrsche über diesen Teil des Waldes. Was habt Ihr hier zu suchen, Drachenwandlerin und Alphas?"

Er machte sich nicht die Mühe, uns ein Zeichen des Respekts zu erweisen, doch auch die Feenkönigin hatte sich nicht einmal leicht vor uns verbeugt. Eigentlich war es mir ohnehin egal. Dann konnte ich wenigstens gleich zur Sache kommen.

„Ich weiß nicht, inwieweit ihr wisst, was außerhalb dieses Teils des Waldes vor sich geht", begann ich. „Wir Gestaltwandler sind von den Vampiren angegriffen worden. Sie haben bereits mehrere unserer Leute in verschiedenen Dörfern abgeschlachtet. Einer meiner Gefährten wäre bei einem Angriff fast gestorben. Sie benutzen Waffen der schlimmsten Sorte und scheinen entschlossen zu sein, uns zu vernichten."

Cerimon legte seinen Kopf leicht schief. Ich konnte nicht sagen, ob das eine Bestätigung dafür war, dass er von diesem Vorfall gehört hatte, oder dafür, dass er mir zuhörte. „Und was geht uns das an?"

Ich widerstand dem Drang, eine Grimasse zu schneiden. „Ich habe erfahren, dass die Drachenwandlerinnen und die Feen einst Verbündete waren." Ich fasste mir an den Hals. „Ich verfüge über die Macht, die meine und eure Art gemeinsam geschaffen haben. Mir ist bewusst, dass unser Verhältnis im letzten Jahrhundert etwas ... angespannt war, dennoch hatte ich gehofft, dass wir über eine Zusammenarbeit im Kampf gegen unsere Feinde sprechen könnten."

„*Eure* Feinde, wie es scheint", sagte der Feen-Anführer.

„Vermutlich auch bald eure Feinde, wenn ihr tatenlos zuseht", bemerkte Aaron gleichmütig.

„Glaubt ihr wirklich, ihr könntet euch verteidigen, wenn die Blutsauger sich in den Kopf setzen, als Nächstes das Feenvolk auszurotten?", fragte Marco.

Ich bedeutete meinen Gefährten, sich zurückzuhalten. Cerimon runzelte die Stirn.

„Könnte man so sagen", sagte er. „Außerdem hatten wir in den letzten Jahren mehr Probleme mit eurer Art als mit den Vampiren." Sein Blick fiel auf Nate. „Was ist mit dem Teil eurer Sippe, der sich am Rande unseres Territoriums in New Mexico niedergelassen und einen unserer Bäume für Brennholz gefällt hat?"

Ein Schauer lief mir über den Rücken. Nate breitete seine Hände aus. „Die Feen in diesem Gebiet hatten sich meiner Sippe überhaupt nicht gezeigt. Sie wussten nicht, dass der Baum etwas Besonderes war."

„Er war gekennzeichnet", schnauzte Cerimon. „Ein Leben wurde ausgelöscht."

„Und wir haben alles getan, was wir konnten, um es wiedergutzumachen."

Wie sollte man die vorzeitige Beendigung eines Lebens wiedergutgemacht? Mein Magen verkrampfte sich schmerzhaft. Der Blick des Feen-Anführers richtete sich auf Marco. „Und Eure Katzenwandler. Ich kann gar nicht mehr zählen, wie oft ich gehört habe, dass ihr Äste abknickt und Büsche zertrampelt, während ihr umherstreift, ohne Rücksicht darauf, wessen Land ihr betretet."

„Glaubt mir", sagte Marco trocken. „Ich weiß genau, wie nervtötend meine Sippe sein kann. Ich würde sie an einer kürzeren Leine halten, allerdings lassen sich Katzen nicht anleinen. Ich tue, was ich kann. Außerdem haben wir euch eine Entschädigung angeboten. Ich versichere Euch, dass es nur Unachtsamkeit war, keine Böswilligkeit. Sie wollten den Feenwesen keinen Schaden zufügen."

„Und Ihr." Cerimons Aufmerksamkeit richtete sich auf West. „Euer Volk hat ein ganzes Waldstück in Besitz genommen, das uns gehörte, nicht weit von eurem Anwesen entfernt, und uns angegriffen, als die dortigen Feen versuchten, es zurückzuerobern."

Wests Lippen zogen sich zurück und entblößten seine Zähne. Oh, oh. „Die Feen dort wollten es ‚zurückerobern‘, indem sie jeden Gestaltwandler, den sie sahen, mit ihrer Magie in die Luft gejagt haben", knurrte er. „Außerdem war das, nachdem ihr es verlassen hattet. Hätten die Feen in Ruhe mit mir gesprochen, hätte ich dafür gesorgt, dass das neue Dorf verlegt wird. Stattdessen habt ihr acht meiner Leute getötet."

„Und was meint ihr, wie viele von uns wir durch eure ‚Fehler‘ und eure ‚Unachtsamkeit‘ verloren haben?", erwiderte der Feen-Anführer und drehte sich wieder zu mir um. „Ich weiß, dass Ihr in Eurer Position neu seid. Ich werde Euch nicht für das tadeln, was geschehen ist, bevor Ihr die Kontrolle übernommen habt. Ich habe jedoch allen Grund zu der Annahme, dass man Gestaltwandlern nicht mehr trauen kann."

„Es tut mir leid", sagte ich und ich meinte es ernst. Ich hatte keine Ahnung, was in den Situationen, von denen er gesprochen hatte, passiert war ... doch ich konnte mir vorstellen, dass die Feen ein schlechtes Bild von uns hatten. Meine Alphas vertrauten darauf, dass ihre Sippen gute Absichten hatten und dass die Feen die Schuld tragen mussten. Wie konnte ich es den Feen da übelnehmen, dass sie dasselbe annahmen? Ich begann zu ahnen, dass die Wahrheit irgendwo in der Mitte lag, wenn wir uns einen dieser Vorfälle genauer ansehen würden.

„Ich kann mich nur auf unsere gemeinsame Vergangenheit berufen", fuhr ich fort. „Wir sind aneinandergeraten, wir haben gekämpft, doch gleichzeitig schätzen wir die gleichen Dinge, nicht wahr? Das Leben, das Herumstreifen in der Natur, Land, wo wir fernab der Menschen wir selbst sein können. Soweit ich weiß, ist den Vampiren all das egal. Sie wollen wahrscheinlich mehr Städte und mehr Menschen, damit sie mehr Opfer haben, von denen sie sich ernähren können."

Cerimons Kiefer zuckte. Seine Augen hatten sich getrübt. Nein, er mochte die Vampire auch nicht besonders.

Ich spürte einen kurzen Anflug von Hoffnung. Dann drehte sich der Feen-Anführer auf dem Absatz um und kehrte mir den Rücken zu.

„Typisch Gestaltwandler", sagte er über seine Schulter, als er sich von uns entfernte. „Sie bitten und nehmen, doch wann geben sie uns mal etwas? Wenn ihr wollt, dass wir mit euch zusammenarbeiten, kann ich euch eines mit Sicherheit sagen. Es wird mehr als nur ein Gespräch nötig sein, damit wir euch vertrauen."

17

„Dickköpfige Bastarde", murmelte West, als wir über den Flur zum Hauptspeisesaal meines Anwesens gingen. Obwohl es noch etwas zu früh für das Mittagessen war, war ich mehr als bereit, zu essen, was auch immer der Koch zubereitet hatte, da wir im Morgengrauen gefrühstückt hatten. Selbst wenn mein Magen im Moment hauptsächlich aus Knoten zu bestehen schien.

„Wir haben so viel gemeinsame Geschichte", sagte ich. Ich brauchte nicht zu fragen, um zu wissen, dass er noch immer über die Feen schimpfte. „Offensichtlich war die jüngste Geschichte nicht besonders gut. Ich verstehe, warum sie uns nicht trauen."

„Er hat so getan, als würden wir Amok laufen und ihnen bewusst Schaden zufügen. Natürlich hat er nicht erwähnt, wie oft *sie* in unsere Gebiete vorgedrungen sind, oder ohne wirkliche Provokation um sich geschlagen haben. Was ist mit dem Angriff auf die Ländereien in der Nähe meines Anwesens? Sie haben ein paar verärgerte Kommentare abgegeben und sind dann weniger als einen Tag später wutentbrannt auf uns losgegangen, weil wir nicht gemerkt haben, dass sie es sich anders überlegt haben.“

„Hey.“ Ich hielt ihn zurück, als die anderen Alphas vor uns in den Speisesaal gingen. „Du weißt doch, dass ich nicht finde, dass deine Sippe – *unsere* Sippe – verdient hat, was dort geschehen ist, oder? Ich sage nicht, dass die Feen immer im Recht waren. Sie hätten meine Mutter auf jeden Fall in Ruhe lassen sollen. Aber natürlich stehen sie in den Geschichten, die in ihrem Volk weitergegeben werden, immer als Opfer da. Im Moment ist alles ein einziges Durcheinander. Wenn wir es entwirren, können wir vielleicht einen Weg finden, beide stärker daraus hervorzugehen.“

Wests Mund verzog sich. Sein Ärger zeigte sich in jedem Zentimeter seines Körpers, von dem wütenden Funkeln in seinen Augen bis zur Anspannung in seinen Gliedern. Doch als ich seinen Blick festhielt, senkten sich seine Schultern. Er schluckte hörbar und beugte sich dicht an mich heran, wobei seine Wange meine berührte.

„Du weißt, dass meine Äußerungen nicht gegen dich gerichtet sind, oder?“, fragte er, und seine kehlige Stimme wurde plötzlich sanft. „Ich traue den Feen nicht, aber ich vertraue dir.“

„Ich weiß“, antwortete ich. „Und das ist gut so. Denn das ist alles, was ich brauche.“

Ich berührte seine Wange, und er drehte seinen Kopf,

um mich zu küssen. Nur kurz, allerdings mit so viel Verlangen, dass ich mir wünschte, wir hätten keine Gäste, die darauf warteten, gemeinsam mit uns zu Mittag zu essen. Mein Gefährte schmeckte köstlicher als jedes Festmahl, das da drin serviert werden könnte.

West gab einen frustrierten Laut von sich, als würde er dasselbe denken. „Ich hätte nicht gedacht, dass ich dich noch mehr begehren könnte, als ich es bereits tat", murmelte er. „Doch jetzt, wo ich dich haben kann ... Du hast keine Ahnung, wie gerne ich dich in mein Bett tragen und dich mindestens einen ganzen Tag lang dortbehalten würde."

Ein begieriger Schauer durchzuckte mich. „Das klingt nach einem ausgezeichneten Plan für später", erwiderte ich.

Er grinste. „Das hoffe ich doch sehr."

Die anderen Alphas waren bereits dabei, ihre Teller mit dem Essen zu beladen, das sich in den Schüsseln und auf den Platten auf der langen Tafel befand. Der Duft verriet mir, dass es unter anderem gefüllte Eier und Rübensalat gab. Kylie saß neben dem Stuhl, der für mich reserviert war, am Tisch, wo auch der Rest der Sippe saß. Es überraschte mich nicht, dass Felix gegenüber von ihr Platz genommen hatte.

„Willst du das wirklich alles essen?", fragte sie mit großen Augen, als ich mich setzte. Felix' Teller war mit einem riesigen Berg Essen beladen.

Der Fuchswandler wedelte mit seiner Gabel und leckte sich über die Lippen. „Na klar. Ich muss bei Kräften bleiben." Er spannte seinen kräftigen Bizeps an.

Kylie kicherte – ihr kokettes Kichern, nicht ihr abweisendes. Dann stützte sie ihr Kinn auf ihre gefalteten Hände und sah ihn unter gesenkten Augenlidern an. „Nun, ich kann nicht bestreiten, wie wichtig das ist."

Ich hob eine Augenbraue, als ich nach den Eiern griff. „Ihr zwei versteht euch ja mittlerweile blendend."

„Felix hat sehr deutlich gemacht, dass es ihm leidtut, dass er an meiner Großartigkeit gezweifelt hat", sagte Kylie und lächelte. „Und es hat sich herausgestellt, dass er schon einmal hier war, um das Haus zu warten, also weiß er, wie man hier *Spaß* haben kann."

„Ich hoffe, es macht Euch nichts aus, dass ich Eurer Freundin eine kleine Führung gegeben habe, Drachenwandlerin", sagte Felix zu mir. „Ich muss zugeben, dass ich süchtig danach werde, Zeit mit ihr zu verbringen." Er zwinkerte Kylie zu.

„Besser, als wenn ihr euch gegenseitig an die Gurgel geht", entgegnete ich. Es war offensichtlich, dass die beiden scharf aufeinander waren. Es war gut, dass Kylie sich amüsierte, anstatt sich über Missionen Gedanken zu machen, bei denen ich es nicht für klug hielt, sie mitzunehmen. Seltsam, dass sie sich ausgerechnet mit dem Kerl amüsierte, der bei ihrer Ankunft an ihr gezweifelt hatte.

Kylies Handy piepte zweimal hintereinander. Sie fischte es aus ihrer Tasche, um die Nachrichten zu lesen, und legte die Stirn in Falten. Nachdem sie ein paar Antworten getippt und anschließend noch einmal durchgelesen hatte, schaute sie zu mir und den Alphas hinüber.

„Du kennst doch den Bruder von meinem Bekannten, der für eine Sicherheitsausrüstungsfirma arbeitet? Die haben heute früh einen Auftrag für eine Reihe von gepanzerten Lastwagen erhalten. An verschiedenen Orten im ganzen Land und auch in den Städten, in denen laut deiner Aussage die Vampire stark vertreten sind. Sie sollen heute Abend geliefert werden. Das scheint kein Zufall zu sein, meinst du nicht auch?"

Meine Schultern spannten sich an. „Allerdings. Ein gepanzerter Lastwagen könnte durch Feuer fahren, oder?"

„Möglicherweise sogar unsere Tore durchbrechen", meinte Nate und seine Miene verfinsterte sich.

„Was ist mit deinem Drachenfeuer?", fragte Kylie. „Ich habe gesehen, wie du Dinge schmelzen kannst. Du könntest sie doch trotzdem vernichten, oder?"

„Nur dort, wo ich bin. Wenn sie uns überall angreifen …" Ich legte meine Gabel ab und ein intensiver Schauer durchzuckte meinen Körper, sodass ich nicht glaubte, noch einen weiteren Bissen runterzubekommen.

Ich könnte eventuell ein Anwesen schützen, aber die anderen … Wir können nicht alle evakuieren. Was sollten wir den anderen sagen? Dass sie einfach fliehen und sich verstecken sollten?

„Uns wird schon etwas einfallen", sagte Felix, wobei er nicht mich, sondern Kylie ansah. Er konnte die Sorge – nicht nur um uns Gestaltwandler, sondern auch um sie –, die in seinen Augen aufleuchtete, nicht verbergen.

„Wir haben uns noch nie von den Blutsaugern unterkriegen lassen."

Kylie schenkte ihm ein freundliches Lächeln und griff über den Tisch, um seine Hände zu umfassen. Ich beobachtete die beiden, und langsam breitete sich eine Wärme in mir aus, die das Frösteln vertrieb. Es war erstaunlich, wie diese beiden, die bei ihrer ersten Begegnung noch böse Blicke ausgetauscht hatten, jetzt im jeweils anderen Trost fanden.

So war es manchmal. West und ich hatten noch vor wenigen Minuten miteinander gekuschelt. Dabei hatten wir ebenfalls keinen guten Start gehabt. Und jetzt war der Gedanke daran, ihn zu verlieren, geradezu körperlich schmerzhaft. All die Schroffheit und die Kritik hatten nachgelassen, als er gesehen hatte, wer ich war und wer ich sein konnte.

So viele Ängste und Verletzungen ließen sich vermeiden, wenn man nur die Chance ergriff, jemanden kennen zu lernen.

Dieser Gedanke setzte sich mit einer unerwarteten Stärke in meinem Kopf fest. Die Rettung unserer Sippe lag nicht allein an mir und den Alphas. Ich hatte unserer anderen Option nicht alles gegeben. Ich *musste* es versuchen, bevor alles verloren war. Wir konnten nicht verstehen, wie die Feen uns sahen – und sie konnten nicht verstehen, warum wir sie fürchteten oder warum ich bereit war, ihnen wieder zu vertrauen. Doch wenn sie uns wirklich kennen würden, wenn ich ihnen zeigen könnte, wer wir waren …

Ich schob meinen Stuhl zurück. Alle blickten auf. „Ren?", fragte Nate.

Ich winkte ab. „Mir ist gerade etwas eingefallen. Keine Sorge, ich werde das Anwesen nicht verlassen. Ich bin bald zurück, denke ich."

Ich eilte vom Speisesaal zum hinteren Ende des Gebäudes, bis zur Tür des Archivs. Das Licht leuchtete, als ich die Treppe hinunterstieg. Die beiden wichtigsten Kristalltafeln, die ich mir angehört hatte, lagen auf dem Tisch, wo ich sie zurückgelassen hatte: die, in der beschrieben wurde, wie die Drachenwandlerinnen und die Feen zusammengearbeitet hatten, und die, die aus unserer Perspektive erklärte, wie unsere Beziehung in die Brüche gegangen war.

Eine verzerrte Perspektive, das war mir bewusst. Mirabel hatte so überzeugt geklungen, dass die Feen im Unrecht waren. Doch sie war in der Annahme zum Treffen mit der Feenkönigin gegangen, dass ihr Verdacht berechtigt war. Womöglich wollte sie es gar nicht anders. Wenn ich den heutigen Feen zeigen könnte, dass unsere Geschichte ...

Ich konnte sie nicht hierherbringen. Das war mir klar. Wenn der Raum nicht einmal meine Alphas hereinließ, kam das bei Nicht-Gestaltwandlern gar nicht erst in Frage. Doch vielleicht ... vielleicht könnte ich den Feen diesen Beweis bringen.

Ich könnte geben, anstatt etwas zu fordern oder zu nehmen.

Meine Arme zitterten, als ich die Treppe wieder hinaufging, die Tafeln an meine Brust gepresst. Einen

Moment lang dachte ich, der Raum würde mich daran hindern, sie mitzunehmen. Doch ich trat ungehindert in die dünne Luft des Flurs.

Soweit ich wusste, würden die Elfen sowieso nichts damit anfangen können. Es waren wertvolle historische Aufzeichnungen. Wenn es falsch war, sie aus dem Raum zu nehmen, wenn sie irgendwie verloren gingen …

Ich blickte den Flur entlang. Vor meinem geistigen Auge sah ich mich selbst als kleines Mädchen durch dieses Haus toben. Niemals hätte ich gedacht, dass jemand mir oder meiner Familie etwas antun würde. Ich hatte mir nie Gedanken darüber gemacht, wer die Straße entlangkommen könnte.

Das wollte ich auch für meine Kinder. Sie hatten es verdient, ohne Angst aufzuwachsen. Wenn das nötig war, um die Bedrohung, der wir ausgesetzt waren, ein für alle Mal zu beenden, dann würde ich dieses Risiko eingehen. Für sie und all die anderen Gestaltwandlerkinder, die noch nicht geboren waren.

Ich trug die Tafeln den Flur entlang zum Speisesaal. An der Tür räusperte ich mich. Meine Gefährten, Kylie und die versammelte Sippe unterbrachen ihre angespannten Gespräche und sahen zu mir herüber.

„Mit der hiesigen Feen-Gemeinschaft zu sprechen war nicht genug", erklärte ich. „Ich muss mit der Königin reden. Und zwar jetzt, bevor die Vampire eine weitere Gelegenheit zum Angriff haben. Der Jet ist noch hier. Können wir zu deinem Anwesen fliegen, Aaron?"

Der Vogel-Alpha stand auf. „Kein Problem", antwortete er. „Bist du sicher? Wir können dein Anwesen so gut wie möglich abriegeln, doch die Vampire, die es letzte Nacht ausgekundschaftet haben, kommen vermutlich zurück."

Trotz des flauen Gefühls, das sich in meiner Magengegend breitmachte, nickte ich. „Wenn sie Schaden anrichten, müssen wir das Anwesen einfach wieder aufbauen, wenn wir mit ihnen fertig sind. Falls sie mit Verstärkung zurückkommen, ist es wahrscheinlich sowieso besser, wenn wir nicht hier sind. Wir sind nicht genug, um den Ort wirklich zu verteidigen."

Aarons Blick ruhte auf den Tafeln in meinen Armen, doch er fragte nicht nach. West, der neben ihm saß, stand auf und machte eine Geste in Richtung seiner Leute.

„Ihr habt die Drachenwandlerin gehört. Lasst uns aufbrechen!"

Die Sonne stand noch hoch über den Bäumen, als das Anwesen der Vogelwandler in Sicht kam. Vom Jet aus betrachtete ich das Gebäude, das sich unter uns erstreckte, und presste mein Gesicht fast an die Scheibe.

Bei unserer letzten Verhandlung mit der Feenkönigin hatte es länger als eine Stunde gedauert, bis wir den von ihr gewählten Treffpunkt auf neutralem Boden zwischen ihrem und Aarons Revier erreicht hatten. Aaron hatte einen seiner Artgenossen angerufen und ihm aufgetragen, sofort Kontakt zu ihr aufzunehmen, als wir unsere Zelte auf dem Anwesen der Drachenwandlerinnen abgebrochen hatten. Ich wusste nicht einmal, ob sie einem Treffen mit mir zustimmen würde.

Bei unserer letzten Begegnung hatte ich die Wahrheitsflamme, zu deren Entstehung ihr Volk beigetragen hatte, auf sie hinabprasseln lassen und sie gezwungen, weitaus mehr zuzugeben, als sie gewollt hatte. Obwohl es Dinge waren, die wir verdienten zu wissen, konnte ich mir nicht vorstellen, dass sie im Moment sonderlich gut auf mich oder meine Alphas zu sprechen war.

„Wir haben Zeit", beruhigte mich Aaron, der hinter mir saß. „Die Sonne wird erst in ein paar Stunden untergehen."

„Keine Ahnung, wie lange wir noch auf sie warten müssen", sagte ich.

Kaum hatten die Worte meinen Mund verlassen, fiel mir auf, wie falsch sie waren. *Wir*. Das fühlte sich nicht richtig an.

Eine schwere Gewissheit legte sich über mich. Ich blickte auf die Tafeln hinunter, die kristallinen Erinnerungen, die nur für mich bestimmt waren. Mit Gravuren von Feen und Drachinnen. Die Feen hatten nur mit den Drachenwandlerinnen zu tun gehabt, als sie das Bündnis mit unserer Art geschlossen hatten. Sie hatten meine Mutter als ihre größte Bedrohung angesehen … obwohl Frauen, wie sie einst ihre größten Verbündeten gewesen waren.

Das Flugzeug landete unsanft und die Rollen

klapperten über die Landebahn. Sobald es mit einem Ruck zum Stehen kam, erhob ich mich aus meinem Sitz. „Ein Wagen sollte bereits auf uns warten, um uns den größten Teil des Weges dorthin zu bringen“, erklärte Aaron, als wir alle die Treppe hinuntereilten. „Wir können ...“

„Warte.“ Ich hob meine Hand, um ihn und die anderen Alphas zurückzuhalten. Kylie sah mich neugierig an, doch ich signalisierte ihr, dass sie mit dem Rest der Sippe weitergehen sollte. Meine Gefährten versammelten sich um mich herum.

„Was ist los, Prinzessin?“, fragte Marco.

Ich holte tief Luft. „Ich glaube, ich muss allein gehen. Nur die Feenkönigin und ich. Wenn sie Verstärkung mitbringt, dann von mir aus. Sie muss sehen, dass ich ihr vertraue. Sie muss wissen, wie sehr ich will, dass es funktioniert.“

West sträubte sich, wie ich es geahnt hatte. „Nein. Flamme, es ist zu gefährlich. Beim letzten Mal hat sie versucht, dich *umzubringen*.“

„Nicht sie“, erinnerte ich ihn. „Eine andere Fee, die ohne ihr Wissen gehandelt hat. Etwas nicht zu verhindern ist etwas anderes, als einen Befehl zu erteilen. Außerdem hat sie geschworen, so etwas nicht mehr zuzulassen.“

„Ich vertraue auf dein Urteilsvermögen, Ren“, sagte Nate. „Mir gefällt die Sache jedoch auch nicht. Wir könnten mit zum Treffpunkt kommen und dann ein paar Meter entfernt auf dich warten.“

Ich schüttelte den Kopf. „Das würde wie eine leere

Geste aussehen. Aaron, einer deiner Leute muss mich hinfahren, den Rest des Weges lege ich allein zurück. Ich werde in meiner Drachengestalt von der Straße aus fliegen – auf diese Weise können sie mir keine Falle stellen. Wenn dieser Versuch gelingen soll, dann geht es nicht anders.“

Sogar Marco runzelte die Stirn. Wests Miene war finster. Ich konnte es kaum ertragen, zu sehen, wie besorgt sie waren. Ich spürte es an den Fäden unserer Gefährtenbindung. Doch meine Gewissheit war stärker.

„Ich habe seit unserem ersten Treffen einen weiten Weg zurückgelegt“, fügte ich hinzu. „Ich komme schon klar. Ihr *wisst*, dass ich das kann.“

West stieß einen scharfen Pfiff aus. „Natürlich kannst du das. Es ist nur ...“ Suchend begegnete er meinem Blick. In seinen Augen lagen so viel Sorge und Zuneigung, dass mir das Herz wehtat. „Sei vorsichtig mit den Feen. Und komm so schnell wie möglich zurück.“

Wenn sogar West zustimmte, gab es nicht viel, was die anderen Alphas sagen konnten. Meine Hand verkrampfte sich um die Riemen der Tasche, in der sich die Tafeln befanden. „Das werde ich. Versprochen. Also, wo ist der Wagen?“

18

Ich legte meine Hände auf das sonnengewärmte
Geländer des Balkons und blickte auf den Hof hinunter.
Dort tummelten sich im Moment wieder ebenso viele
meiner Artgenossen wie damals, als ich vor ein paar
Wochen mit Serenity angekommen war. Nur dass die
Stimmung auf dem Anwesen jetzt eher angespannt als
ausgelassen war.

Jeder wusste, dass die Vampire heute Abend zu einer
weiteren Schlacht zurückkehren würden. Auf die Asche
des Schutzrings von letzter Nacht war noch mehr
Brennholz aufgeschichtet worden. Meine Wachen
schritten vorsichtig an den Mauern entlang und zogen
am Himmel ihre Bahnen, um vor Sonnenuntergang die
Umgebung zu überwachen.

Wir hatten bisher niemandem von den gepanzerten

Lastwagen erzählt. Ich wollte keine Panik verbreiten, bevor ich die Ergebnisse von Serenitys letztem verzweifelten Plan erfuhr.

Ich hörte Schritte hinter mir. Meine Schwester kam auf das Geländer zu und stützte sich mit den Ellbogen darauf ab, während sie ihren Blick über die Menge schweifen ließ.

„Wir haben uns in den vergangenen zwei Nächten gut geschlagen. Noch haben sie nicht gewonnen."

„Nein", pflichtete ich ihr bei. „Doch es war knapp. Wenn sie es schaffen, sich einen weiteren Vorteil zu verschaffen ..."

Alices Mundwinkel verzogen sich. „Jeder, der körperlich dazu in der Lage ist, ist bereit, die Mauern zu verteidigen. Die Späher entlang aller Straßen werden uns alarmieren, sobald die Blutsauger auftauchen. Wir haben zusätzliche Benzintanks, jeder hat ein Feuerzeug dabei ..." Sie hielt inne. „Leider weiß ich nicht, wie lange wir so weitermachen können. Vor allem, wenn die Vampire den Einsatz erhöhen."

„Nun, dann können wir nur hoffen, dass wir es schaffen, ebenfalls den Einsatz zu erhöhen."

„Ja." Sie blickte in die Richtung, in die Serenity verschwunden war. „Glaubst du wirklich, dass die Feen uns helfen werden?"

Diese Frage hatte ich mir in den letzten Tagen selbst oft gestellt. „Ich denke, Serenity wird tun, was sie kann, um sie zu überzeugen. Vielleicht gelingt es ihr, den Schaden, der zwischen uns entstanden ist, wiedergutzumachen ... Sie hat Informationen, die keiner von uns je zuvor hatte, abgesehen von den früheren Drachenwandlerinnen – und sie sieht das Problem aus einer neuen Perspektive und ohne die jahrzehntelangen Vorurteile, die sich mittlerweile angesammelt haben.“

„Es gibt Vorurteile und ein gesundes Urteilsvermögen“, sagte Alice. „Ich denke, die wichtigere Frage ist, ob wir den Feen wirklich *vertrauen* können, falls sie uns ihre Hilfe anbieten.“

Auch über dieses Thema hatte ich mir bereits Gedanken gemacht. Ich rieb mir den Mund. „Ich weiß es nicht. Serenity hat sich bisher als gute Menschenkennerin erwiesen.“

„Trotzdem hat sie noch viel zu lernen.“

„Ja. Das hat sie.“

Mehr brauchte ich nicht zu sagen. Ich wusste, dass meine Schwester um mein Gefühlschaos Bescheid wusste. Serenity war gerade auf dem Weg, um der Feenkönigin gegenüberzutreten, dem stärksten dieser flatterhaften, aber mächtigen Wesen, und zwar ganz allein. Unsere Drachenwandlerin war mächtig und ihre Macht wuchs mit jedem Tag, doch wenn die Königin einen Weg fand, ihr Versprechen zu brechen, das sie uns gegeben hatte, dann war ich mir nicht sicher, ob ich meine Gefährtin jemals wiedersehen würde.

„Sollen wir uns auf sie vorbereiten?“, fragte Alice vorsichtig. „Die Feen, meine ich.“

„Wie denn?“

„Komm mit.“

Ich folgte ihr durch das Haus und in die schummrige

Garage dahinter. Darin stand ein Lastwagen mit mehreren Benzintanks. Ein starker chemischer Geruch ging von ihnen aus. Alice nickte in seine Richtung und verschränkte die Arme vor der Brust.

„Wir haben mehr als genug", sagte sie. „Wir könnten einige unserer Leute damit losschicken, falls wir finden, dass sie anderswo nützlicher sein könnten."

Prüfend musterte ich ihr Gesicht. „Wo denn?"

„Die Feen sind auf ihren heimischen Boden angewiesen, um zu überleben, richtig? Auf ihre auserwählten Pflanzen oder so. Wir könnten ein Team in der Nähe des Territoriums der Königin bereithalten, falls es so aussieht, als würde sich die Situation zum Schlechten wenden. Bereit, den ganzen Wald niederzubrennen. Als Druckmittel."

Ich hatte schon vermutet, dass sie darauf hinauswollte. Meine Brust zog sich zusammen. War es das, worauf wir reduziert werden wollten? Auf die Bereitschaft, ein Volk zu vernichten, von dem wir hofften, es würde unser Verbündeter werden, bevor wir überhaupt versucht hatten, mit ihnen zusammenzuarbeiten?

Wäre es dumm von mir, nein zu sagen und meine eigene Sippe verwundbarer zu machen?

„Seit wann bist du so eine Pessimistin?", fragte ich, um die eigentliche Frage nicht beantworten zu müssen.

Alice schenkte mir ein schiefes Lächeln. „Seit mir klar geworden ist, dass wir uns auf keinen Fall gleichzeitig gegen eine Armee von Vampiren und ein Kontingent von Feen wehren können."

Offensichtlich. Ich betrachtete den Lastwagen und konzentrierte mich auf den Rhythmus meines Atems. Ich versuchte, einen sicheren Weg durch all die Ungewissheit um mich herum zu finden. Ich war doch derjenige, der immer dafür plädiert hatte, auf die Vernunft zu hören und nicht auf unsere tierischen Instinkte, oder? Und dieser Wunsch, sich gegen eine Bedrohung zu verteidigen, die noch gar nicht da war – das war nichts anderes als animalische Angst. Das spürte ich an einem scharfen Kribbeln in der Wirbelsäule.

Also hatte ich meine Antwort bereits.

„Nein", sagte ich, und mein Herz klopfte ein wenig heftiger, als ich das Wort aussprach. „Wir können kein neues Bündnis eingehen, wenn wir kurz davor sind, ihre Häuser niederzubrennen."

„Aaron", protestierte meine Schwester, doch ich unterbrach sie mit einem Kopfschütteln.

„Serenity hat ihre eigene Mutter durch die Hand der Feen sterben sehen", erklärte ich. „Sie ist trotzdem bereit, ihnen eine Chance zu geben. Wenn sie so großzügig sein kann, können wir das auch."

Ren

Die Lichtung, auf der ich mich letztes Mal mit der Feenkönigin getroffen hatte, sah von oben viel kleiner aus. Die winzigen rosafarbenen Blumen verschmolzen fast mit dem Grün des Grases.

Keine Spur von der Königin oder einem anderen Feenwesen. Meine Nase nahm keinen beunruhigenden Geruch auf, nur die frischen Düfte der Wildnis mit einer leichten blumig-süßen Note.

Ich fegte über die Bäume hinweg und die Blätter raschelten unter mir, bis ich mitten auf der Lichtung landete. Mit einem Schütteln schrumpfte mein Drachenkörper wieder zu meiner menschlichen Gestalt. Ich legte die Ledertasche, die ich mitgebracht hatte, neben mir auf den Boden und zog mir das Kleid über den Kopf, das ich eingepackt hatte. Die Kristalltafeln ließ ich in der Tasche. Falls ich mich noch einmal verwandeln musste, um mich aus dem Staub zu machen, wollte ich in der Lage sein, meine Fracht schnell mit meinen Drachenklauen zu greifen.

Es dauerte nur ein oder zwei Minuten, bis die große, spindeldürre Feenfrau mit ihrer Krone aus einer lebenden Ranke aus den Bäumen am anderen Ende des Feldes trat. Diesmal wurde sie nicht von einer Delegation begleitet.

Ich holte tief Luft und testete die Brise. Ein süßlicher Geruch lag in der Luft, mehr als nur von ihr allein stammen konnte. Ich vermutete, dass sie Gesellschaft mitgebracht hatte, sie aber im Wald zurückgelassen hatte, als sie gesehen hatte, dass ich allein war.

Nun, das war verständlich. Ich konnte ihr nicht verübeln, dass sie vorsichtig war. Die Tatsache, dass sie ohne Wachen an ihrer Seite hierherkam, um sich mit mir zu treffen, wo ich mich doch in Sekundenschnelle in eine Drachin verwandeln konnte, war an sich schon eine Geste des Vertrauens.

Ein paar Schritte von mir entfernt blieb sie stehen, die Schultern gestrafft und den Kopf hoch erhoben. Ich hatte diese Augen fast vergessen, groß und dunkel wie schwarze Diamanten auf ihrer blassen Haut. Die silberblonden Wellen ihres Haares schienen sie fast genauso zu kleiden wie ihr dünnes, aber elegantes Kleid.

Ich nahm an, dass ich deutlich weniger elegant aussah als bei unserem letzten Treffen. Mein Haar war vom Wind zerzaust und mein Kleid hatte ich nicht wegen des Aussehens gewählt, sondern weil ich es schnell an- und ausziehen konnte. Diesmal war ich jedoch nicht hier, um sie zu beeindrucken. Ich wollte nur, dass sie mir zuhörte.

„Danke, dass Ihr gekommen seid", begrüßte ich sie.

Die Königin quittierte meine Bemerkung mit einem langsamen Blinzeln. „Ich nehme an, Ihr würdet eine so dringende Bitte nicht ohne guten Grund stellen. Nur ein Narr verzichtet auf Informationen, die ihm nützlich sein könnten."

Okay, ihre Persönlichkeit war also nicht wärmer als beim letzten Mal, doch ich hatte nichts anderes erwartet.

„Wie Ihr wisst, haben die Vampire uns angegriffen", begann ich. „Sie haben verkündet, dass sie die Gestaltwandler komplett ausrotten wollen. Sie haben meine Artgenossen auf grausamste Weise ermordet, unschuldige Leute, die ihnen nichts getan haben."

Ihr Kiefer straffte sich. „Ich habe davon gehört."

Ich konnte ihren Gesichtsausdruck nicht deuten. „Ihr steht doch nicht auf ihrer Seite, oder? Mir ist bewusst, dass wir unsere Konflikte hatten, und ich weiß, dass Ihr bereit wart, wegzusehen, als Eure Leute gegen uns vorgegangen sind, aber Ihr seid doch nicht mit einem derartigen Gemetzel einverstanden, oder?"

Ihre zusammengepressten Lippen und das Flackern in ihren Augen waren nun nicht mehr zu übersehen. Es war Entsetzen. „Auf keinen Fall", erwiderte sie schroff. „Wir schützen unser Volk, wenn es nötig ist, doch sinnloses Töten ist abscheulich. Die Vampire sind widerwärtige Kreaturen. Wir sind nur bereit, mit ihnen Frieden zu schließen, wenn sie uns das Gleiche bieten."

Das war ein Schritt in die richtige Richtung. „Und glaubt Ihr wirklich, Ihr könnt euch darauf verlassen, dass sie euch in Ruhe lassen, wenn ihr zulasst, dass sie uns ausrotten, ohne einen Piep zu sagen? Wenn sie die Gestaltwandler erst einmal eliminiert haben, was soll sie dann davon abhalten, als Nächstes die Feen anzugreifen?"

„Darüber habe ich viel nachgedacht."

Hatte sie auch schon irgendwelche Schlüsse gezogen? Offensichtlich wollte sie mir dieses Gespräch nicht gerade leicht machen.

Ich bückte mich, um meine Tasche aufzuheben. „Ich denke, dass es für unsere beiden Völker das Beste wäre, wenn wir das gegenseitige Misstrauen zumindest lange genug begraben können, um diese Bedrohung abzuwehren. Doch ich bin nicht nur gekommen, um Euch um Hilfe zu bitten. Zuerst möchte ich Euch etwas anbieten. Ich möchte Euch zeigen, wie wir das Verhältnis zwischen den Gestaltwandlern und den Feen wahrgenommen haben."

Ich holte die Kristalle hervor. Die Augen der Königin weiteten sich.

„Meine Drachenwandlerinnen-Vorgängerinnen haben Teile unserer Geschichte auf diesen Tafeln festgehalten", erklärte ich. „Einiges davon bezieht sich auf die Feen. Damit wir aus unserer Vergangenheit lernen können. Und genau das habe ich versucht. Ich möchte keine Feindschaft mit Eurem Volk, wenn ich weiß, dass es anders sein könnte. Niemand außer den Drachenwandlerinnen hat so etwas je zuvor gesehen. Doch ich denke, Ihr verdient es, es zu sehen."

Ich reichte ihr die neuere Tafel. Sie blickte auf die Gravur hinab. „Was ist das?"

„Der Bericht einer Drachenwandlerin über die erste große Auseinandersetzung zwischen unseren Völkern", antwortete ich. „Könnt Ihr sie aktivieren?"

„Ich glaube schon ..." Sie strich mit ihren langen Fingern über das Bild und nickte. Dann schloss sie die Augen. Das Leuchten des Kristalls tauchte ihre schimmernde Haut in ein helles Licht.

Hatte ich auch so geleuchtet, als ich auf diese Aufzeichnungen zugegriffen hatte, oder lag das nur an ihrer Magie?

Sie schien den Inhalt schneller aufnehmen zu können als ich. Bereits nach ein paar Minuten flatterten ihre Augenlider auf. Eine violette Röte färbte ihre Wangen. Sie drückte mir die Tafel wieder in die Hand.

„So ist es nicht gewesen. Eure Drachenwandlerin hatte sich geweigert, die verantwortlichen Gestaltwandler vor unsere Königin zu bringen. Sie war nicht zu einem Kompromiss bereit. Und dieses Gerede darüber, dass wir ihr Feuer stehlen wollten – das ist vollkommener *Schwachsinn*!"

„Hey", sagte ich und hob meine Hände. „Ich fand nicht alles, was sie gesagt hat, völlig richtig. Ich wollte nur, dass Ihr wisst, was alle Drachenwandlerinnen vor mir gesehen haben. So haben sie dieses Ereignis erlebt. Es ist immer einfacher, dem anderen die Schuld zu geben, nicht wahr?"

Die Augen der Königin funkelten vor Wut. „Ich bin nicht hergekommen, um mir anzuhören ..."

„Moment. Bitte wartet. Das war noch nicht alles." Ich fischte die zweite Tafel aus der Tasche und reichte sie ihr. „Das ist die, die mich zu dem Entschluss geführt hat, Euch hierherzubestellen. Sie hat mich auf die Idee gebracht, dass wir es viel besser machen könnten."

Stirnrunzelnd griff sie nach der Tafel. Als sie den Kristall berührte, floss das Glühen erneut ihre Arme hinauf. Mit einem flauen Gefühl im Magen wartete ich darauf, dass der hoffnungsvollere Teil unserer Geschichte sie überflutete.

Als die Visionen zu Ende waren, ließ sie die Tafel etwas sanfter sinken, ohne sie jedoch loszulassen. Ein Schatten der Traurigkeit flackerte über ihr Gesicht. „Es ist schwer vorstellbar", meinte sie.

„Ich weiß. Aber so war es früher zwischen uns. Die Macht, die ich in mir trage, haben unsere beiden Völker gemeinsam erschaffen, zum Wohl aller. Denn die Feen dachten einst, dass das, was den Drachenwandlerinnen nützt, auch ihnen nützen würde. Dass wir uns gegenseitig unterstützen würden."

„Seither ist viel geschehen."

Ich schluckte schwer. „Ja. Ich habe einige der Beschwerden gehört, die einer der örtlichen Feen-Anführer vorgebracht hat. Mein Volk hat dem Euren Schaden zugefügt. Es ist schrecklich, dass das passiert ist, doch ich werde es nicht leugnen. Unfälle passieren, allerdings denke ich, dass es Wege geben muss, um sicherzustellen, dass sie weniger häufig passieren. Und um sicherzustellen, dass wir die Verantwortung übernehmen, sofern sie uns zufällt."

Die Königin starrte mich eine Weile lang an. Mein Eingeständnis schien sie zu überraschen. „Wir haben Eurem Volk auch Schaden zugefügt", gab sie leise zu. „Wir haben Groll wachsen lassen. Ich habe Grausamkeiten ungesühnt gelassen. Wir hätten es besser machen sollen." Sie atmete aus. „Leider ist es nicht so einfach, die Zeit zurückzudrehen. Das Unrecht, das wir getan haben, ist bereits geschehen. Das Vertrauen ist längst gebrochen."

„Ich weiß", stimmte ich zu. „Und ich bin bereit, über alles zu reden, was wir besprechen müssen. Ich erwarte nicht, dass wir einander sofort wieder vertrauen. Für den Anfang möchte ich nur, dass wir einander mehr zuhören. Und ich hoffe, dass Ihr uns dabei helft, uns gegen die Vampire zu verteidigen, damit wir in der Lage sein werden, das zu tun."

„Ihr verlangt, dass wir uns für Euer Volk in die Schusslinie werfen?"

„Nein!", sagte ich schnell. „Ich, ähm, dachte eigentlich, dass ihr uns helfen könntet, ohne, dass ihr euch dabei sonderlich anstrengen müsst. Was die früheren Drachenwandlerinnen über den Diebstahl unseres Feuers gesagt haben – die Art und Weise, wie wir in der Vergangenheit zusammengearbeitet und unsere Kräfte miteinander vereint haben … Gibt es eine Möglichkeit, wie ihr *mein* Feuer nutzen könnt?"

Sie zögerte. Dann legte sie den Kopf schief. „Ja. Wir können unsere Magie mit Eurem Geist verbinden. Die Kraft durch unsere eigene kanalisieren. So sind Eure Flammen der Wahrheit entstanden, mit der Kraft der damaligen Drachenwandlerin."

Das klang gut. „Wie lange könnt Ihr diese Kraft aufrechterhalten? Und aus welcher Entfernung?"

„So lange, wie Ihr sie aufrechterhaltet", erklärte die Königin. „Und für kurze Zeit auch länger, je nachdem, wie viel wir gesammelt haben. Einer meiner Leute müsste bei Euch sein, um sie anzunehmen. Dann kann er die Flammen an den Rest unserer Art weitergeben, wo immer sie auch sind."

Mein Herz setzte einen Schlag aus. „Das heißt, ich könnte an einem Ort sein und ein paar von euch anderswo, damit wir die Vampire alle gleichzeitig mit Drachenfeuer bekämpfen können?"

Ihre Augen verengten sich. „Ja. *Falls* wir einwilligen, Euch zu helfen. Falls ich zu dem Schluss gelange, dass es das Risiko wert ist."

Das war genau das, was wir brauchten. Wie konnte ich sie davon überzeugen, dass ich alles ernst meinte, was ich gesagt hatte?

Noch während mir die Frage durch den Kopf ging, kam eine Erinnerung hoch: meine violetten Flammen, die sich über die Feenfrau vor mir ergossen. Als ich sie gezwungen hatte, die Wahrheit zuzugeben. Mein Herz klopfte wieder, noch nervöser als vorher, doch ich zwang mich, zu sprechen.

„Wenn Ihr Euch mein normales Feuer ausleihen könnt, könntet Ihr auch meine Wahrheitsflammen benutzen, oder?"

Sie sah mich an. „Ja."

„Dann setzt sie bei mir ein, so wie ich es bei Euch getan habe." Meine Mundwinkel verzogen sich zu einem leichten Lächeln. „Das ist nur fair, oder?"

Zum zweiten Mal während dieser Begegnung starrte sie mich an, als würde sie nicht so recht glauben, was sie da hörte. Dann sammelte sie sich. „Ihr müsst Euch in Eure menschliche Gestalt verwandeln, damit ich Euch befragen kann."

„Natürlich. Seid Ihr bereit?"

Sie wich ein paar Schritte zurück. Ich zog mein Kleid aus, mein Puls raste jetzt. Ich gab ihr die Gelegenheit, mich alles Mögliche zu fragen, und ich würde ehrlich antworten müssen. Wer weiß, welche Schwachstellen ich hatte, die sie ausnutzen könnte?

Doch ich verlangte eine Menge von ihrem Volk. Also musste ich im Gegenzug etwas geben. Und das war das Beste, was ich anbieten konnte.

Ich war eine Drachenwandlerin, und ich würde keine Angst haben.

Ich verwandelte mich so schnell ich konnte. Wie immer kitzelten die Flammen meiner Zwillingsfeuer in meiner Drachenkehle. Ich ließ die violetten Flammen in meine Kehle fließen.

Anstatt sie auf die Königin hinabprasseln zu lassen wie letztes Mal, als sie versucht hatte, davonzulaufen, ließ ich sie sanft zu ihr hinuntergleiten. Sie hatte bereits die Hände gehoben, als wolle sie sie auffangen. Und genau das tat sie auch. Als der violette Schleier ihre Hände erreichte, schien sie ihn zwischen ihren Handflächen zu bündeln und aufzufangen.

Nach einem Moment nickte sie. Ich schloss den Mund und verwandelte mich zurück, um mich von ihr befragen zu lassen.

Der Schimmer, der die Königin umgab, flackerte heller. Sie richtete ihre Hände auf mich, und die violetten Flammen strömten aus ihren Fingern.

Sie schossen mit einem festen, prickelnden Druck von den Füßen bis zum Kopf über mich hinweg. Obwohl ich nicht bei lebendigem Leib verbrannt wurde, war es alles andere als angenehm. Das sollte ich im Hinterkopf behalten, wenn ich entschied, bei wem ich diese Flammen in Zukunft einsetzen würde.

Ich konnte mich nicht bewegen, konnte meinen Körper nicht dazu bringen, etwas anderes zu tun, als wie angewurzelt dazustehen und die Fragen zu beantworten, die sie mir stellte.

„Warum seid Ihr heute zu mir gekommen?",
fragte sie.

Mein Mund öffnete sich automatisch. Die Worte
sprudelten heraus, ohne dass ich sie kontrollieren konnte.
Das war auch gut so. Ich kämpfte nicht dagegen an.

„Weil ich Angst habe, dass die Vampire mein Volk
vernichten werden, und ich denke, dass die
Zusammenarbeit mit den Feen unsere beste Chance ist,
zu überleben. Und weil ich ein neues
freundschaftlicheres und vertrauensvolleres Bündnis
eingehen möchte, wenn das möglich ist."

„Was werdet Ihr tun, wenn wir uns Euch im Kampf
gegen die Vampire anschließen?"

„Ich werde euch meine Kräfte zur Verfügung stellen.
Und alles, was ihr sonst noch benötigt, um uns zu
helfen."

„Und nachdem der Kampf vorbei ist und wir die
Vampire besiegt haben?"

„Ich möchte, dass wir darüber reden, wie es
weitergehen könnte. Wie wir den Schaden
wiedergutmachen können, den wir uns in der
Vergangenheit gegenseitig zugefügt haben. Wie wir uns
gemeinsam an die Veränderungen in unserer Welt
anpassen können, anstatt uns zu bekämpfen."

Sie hielt inne. „Wollt Ihr Euch für den Tod Eurer
Mutter rächen?"

Meine Augen wurden heiß bei dem Gedanken an
Moms Tod, doch die Antwort kam sofort. „Nein."

„Warum nicht?"

„Weil die Fee, die sie ermordet hat, bereits bestraft wurde. Und ich verstehe, warum Ihr Euch von uns bedroht gefühlt und sie nicht vorher bestraft habt. Ich weiß auch, dass meine Sippe weggesehen hat, als ein Mitglied Eures Volkes durch unsere Unachtsamkeit gestorben ist. Ich möchte, dass wir das alles hinter uns lassen. Ich glaube, das hätte meine Mutter ebenfalls gewollt."

Der letzte Teil war mir gar nicht bewusst gewesen, doch es war die Wahrheit. Obwohl ich nicht viel Zeit mit meiner Mom verbracht hatte, hatte sie mich immer gelehrt, alle Seiten eines Problems zu sehen und mich daran erinnert, dass meine Perspektive nicht die Einzige war. Sie hatte mir beigebracht, dass es wichtig war, Wege zu finden, um aus jeder Situation etwas Gutes zu machen.

Die Königin ließ ihre Hände sinken. Die Flammen verpufften in der Luft. Ich stolperte vorwärts, bevor ich mein Gleichgewicht wiederfand. Meine Stirn war schweißbedeckt.

„Waren die Antworten zu Eurer Zufriedenheit?", fragte ich.

Ihr Blick war wieder unergründlich geworden. „Ich habe alles gefragt, was ich wollte."

„Und was Ihr eben getan habt, könntet Ihr auch mit meinem Drachenfeuer tun und es auf die Vampire richten."

„Ja, wie ich schon sagte." Sie rieb ihre Hände aneinander. „Noch habe ich Euch meine Unterstützung nicht zugesichert. Geht. Ich brauche Zeit, um darüber nachzudenken."

Mir wurde schwer ums Herz. „Wenn Ihr helfen wollt, muss es bald sein. Sie werden uns heute Abend wieder angreifen."

Sie sah mich mit einem harten Blick an. „Ich brauche Zeit", wiederholte sie. Dann drehte sie sich um und schritt davon.

19

Ren

Ich erkannte, dass sich die beiden Gestalten auf dem Flur des Anwesens der Vogelwandler stritten, noch bevor ich sie hören konnte. Die beiden Männer mittleren Alters standen einander mit aufgeblähter Brust und finsteren Mienen gegenüber.

Verflucht. Angesichts der drohenden Gefahr durch die Vampire war ein Streit das Letzte, was wir brauchten.

„Ich sagte doch, es ist nicht genug Platz", beharrte der Mann in der Tür zum Gästezimmer.

„Ihr seid nur zu viert da drin", knurrte der andere. „Euer Alpha hat gesagt, dass in jedes Zimmer zehn Personen passen."

„Warum suchst du dir nicht eins bei deiner eigenen Sippe?"

„Es gibt hier *keine* anderen Dachsverwandler. Meine Frau und ich sind die Einzigen."

Die beiden Gestaltwandler zuckten zusammen, als sie mich auf sie zukommen sahen. Der Kerl, der das Zimmer bereits zu bewohnen schien – ein Falkenwandler, wie ich seinem Geruch entnehmen konnte – sah aus, als würde er gleich seine Zunge verschlucken. Zu schade, dass ich ihn nicht dazu bringen konnte, das tatsächlich zu tun.

„Was ist hier das Problem?", fragte ich und stemmte meine Hände in die Hüften. „Ich denke, die Anweisungen, was die Zuteilung der Zimmer betrifft, waren ziemlich klar."

Der Falkenwandler zog den Kopf ein. „Verzeihung, Drachenwandlerin. Ich dachte nur ... In anderen Zimmern ist auch noch Platz ... Vielleicht wäre er besser bei Gestaltwandlern aufgehoben, die ihm ähnlicher sind."

Der Dachswandler stöhnte auf. „Das ist das erste Zimmer, das ich gefunden habe, in dem noch Platz ist, und ich bin es leid, zu fragen. Ich möchte nur, dass meine Frau und ich uns irgendwo ausruhen können. Wir sind den ganzen Tag gereist, um hierherzukommen. Und wir haben vor, die ganze Nacht zu helfen, *euer* Anwesen zu verteidigen."

„Okay", sagte ich. „Wir sind alle angespannt, weil wir uns Sorgen wegen heute Abend machen. Das verstehe ich. Dennoch sollten wir versuchen, es nicht aneinander auszulassen, okay?" Mein Blick ruhte auf dem Falkenwandler. „Wenn du der Meinung bist, dass du dieses Zimmer nicht mit jemandem teilen kannst, der kein Vogelwandler ist, ohne dass es zum Streit kommt, könnt ihr vier mit mir kommen, und ich werde euch Plätze in anderen Zimmern suchen. Es klingt so, als wäre dieser Herr schon lange genug auf den Beinen."

Der Falkenwandler blickte von mir zu dem Dachswandler, während er seine Optionen abwog. Seine Miene wurde ärgerlich. „Wir sind euch dankbar, wenn ihr uns im Kampf gegen die Vampire unterstützt", sagte er zu dem anderen Mann. „Komm rein und ruh dich aus."

Er klang nicht wirklich erfreut darüber, doch das Angebot war aufrichtig genug, dass ich einen Schritt zurücktrat. Der Dachswandler lächelte und wies auf eine Frau, die gerade in den Flur kam.

Weitere Gestaltwandler versammelten sich bereits um die Türen der Gästezimmer am Ende des Ganges. Das Anwesen war voll, und die Flüchtlinge aus den verschiedenen Gestaltwandler-Gemeinschaften strömten unaufhörlich herein. Alle hatten von den Dörfern gehört, die letzte Nacht angegriffen worden waren. Niemand wollte riskieren, das nächste Opfer dieses Gemetzels zu werden.

Wir hatten immer noch keine Nachricht von den Feen erhalten.

Nun, wenn sie nicht auftauchten, mussten wir eben selbst das Beste aus der Situation machen. Und das bedeutete, ein Gespräch zu führen, vor dem ich mich gefürchtet hatte.

Ich ging hinaus in die Gemeinschaftsräume. Aaron hielt Hof mit ein paar seiner Berater und einigen der Neuankömmlinge. Ich fing seinen Blick auf und neigte meinen Kopf in Richtung unseres privaten Flügels. Er nickte.

Während er sein Gespräch beendete, schlich ich mich in den Hof hinaus. Nate zeigte ein paar jungen Gestaltwandlern, wie man einen Vampir aus nächster Nähe am besten ausschaltete. Sie ahmten seine Schläge mit ihren Händen nach. Marco hielt einer Gruppe von Rotluchswandlern, die sich, wie ich annahm, mit den Vogelwandlern angelegt hatten, eine strenge Standpauke.

Und West ... Über unsere Verbindung nahm ich Kontakt zu ihm auf und spürte seine Anwesenheit in der Nähe der Mauer an der Seite des Anwesens. Auf mein sanftes Ziehen hin empfand ich ein bestätigendes Kitzeln. Er war auf dem Weg.

Marco hatte seine Standpauke inzwischen beendet und kam herübergeschlendert. Ich winkte Nate heran. „Ich muss mit euch reden."

Der Bärenwandler gab einem seiner jungen Schüler einen leichten Klaps auf die Schulter. „Übt weiter", wies er sie an, bevor er auf mich zuschritt.

„Was ist hier los?", fragte Kylie, die gerade mit Felix und ein paar anderen Gestaltwandlern Fackeln aus trockenen Aststücken und Benzin vorbereitet hatte.

„Ich glaube, wir müssen unseren Plan ein wenig ändern", sagte ich. „Komm ruhig mit." Ich würde es dir nachher sowieso erzählen.

Wir schlichen uns am Rande der überfüllten öffentlichen Bereiche zu dem Flur, von dem die Privaträume der Alphas abzweigten. Aaron wartete bereits in dem kleinen Aufenthaltsbereich. Einen Moment später kam West herein.

„Was ist los?", fragte er, und seine Augen suchten sofort die meinen.

„Eigentlich nichts", antwortete ich. „Doch es gibt etwas, das ich euch sagen muss, bevor es zu spät ist. Unabhängig davon, ob wir etwas von den Feen hören oder nicht – aber vor allem, wenn nicht – wäre es wohl das Beste, wenn ihr alle zu euren eigenen Anwesen geht."

Bei den letzten Worten schmerzte meine Kehle. Eigentlich schmerzte sogar mein ganzer Körper.

„Du willst, dass wir dich *allein* hierlassen?", fragte Nate so ungläubig, als hätte ich vorgeschlagen, er solle mit seinen Armen statt mit einem Jet zu seinem Anwesen zurückfliegen.

„Na ja, ich werde auch gehen", sagte ich und bemühte mich, möglichst ruhig zu klingen. „Ich denke, ich sollte auf dem Anwesen der Hundewandler sein. Es wurde am stärksten getroffen, und die Vampire aus New York und Chicago werden sich darauf konzentrieren. Wenn ich nur ein Anwesen schützen kann, scheint es das zu sein, das meinen Schutz am dringendsten benötigt. Und eure Sippen brauchen euch heute Abend noch mehr als ich. Ihr könnt ihnen Hoffnung geben."

Ich fing erst Nates und dann Marcos Blick auf. „Die meisten haben euch nicht mehr gesehen, seitdem dieser Krieg begonnen hat."

„Serenity", sagte Aaron leise und ich merkte, dass ich zitterte. Ich ballte meine Hände zu Fäusten und straffte die Schultern.

Seit sie mich gefunden hatten, war ich nie mehr als ein oder zwei Autostunden von meinen Gefährten entfernt gewesen. Als Aaron für weniger als einen Tag auf einer Aufklärungsmission gewesen war, wäre ich fast durchgedreht.

Doch ich hatte mein Feuer, ob sie nun alle bei mir waren oder nicht. Ich hatte das, was ich gesagt hatte, ernst gemeint. Ihre Sippen brauchten sie mehr als ich. Ich konnte nicht so egoistisch sein und sie von ihnen fernhalten. Dann hätten die Abtrünnigen wirklich recht mit ihrer Behauptung, dass ich die Alphas von ihren Pflichten gegenüber dem Rest ihres Volkes ablenken würde.

„Ich komme schon zurecht", versicherte ich ihnen. „Ich muss mich sowieso daran gewöhnen. Ihr werdet alle auf euren Anwesen und in den anderen Siedlungen zu tun haben, wenn das hier vorbei ist. Ihr müsst nicht rund um die Uhr bei mir sein."

„Nein", pflichtete Aaron mir bei. „Doch in Anbetracht der Umstände und da du lange von der Gestaltwandler-Gesellschaft getrennt warst, wären wir im Idealfall bei dir geblieben, bis du dich etwas besser eingelebt hättest."

Ich lachte. „Bevor wir uns um die Vampire gekümmert haben, kann ich mich wohl ohnehin nicht einleben, oder?"

„Nun, wo immer du hingehst, gehe ich auch hin", verkündete Kylie. „Falls es daran irgendwelche Zweifel gab."

Ich lächelte sie an. „Damit habe ich gerechnet."

„Bist du sicher, Ren?", fragte Marco. „Ich kann mir

vorstellen, dass meine Sippe denkt, dass sie keine große Verwendung für mich haben."

„Selbst wenn sie das denken, wissen wir beide ganz genau, wie viel du für sie tust", erwiderte ich.

Seine Mundwinkel bogen sich nach oben, doch er sah nach wie vor traurig aus. „Da kann ich nicht widersprechen, Prinzessin."

Nate ballte seine Hände zu Fäusten, bevor er sie wieder lockerte, als wüsste er nicht, was er mit ihnen tun sollte. „Mir gefällt das nicht", sagte er. „Dass nur einer von uns bei dir wäre, um dich zu beschützen. Nichts gegen dich West, oder dich, Ren. Ich weiß, dass du selbst auf dich aufpassen kannst. Aber wenn du wieder verletzt wirst ..."

„Dann wird West da sein, und seine Sippe natürlich", meinte ich und berührte den Arm des Bärenwandlers. Plötzlich hatte ich einen Kloß im Hals. „Ich möchte auch nicht von euch getrennt sein. Von keinem von euch. Doch meine Aufgabe ist es, dafür zu sorgen, dass alle Sippen haben, was sie brauchen, oder? Und ich kann nicht zulassen, dass meine eigenen Wünsche dem in die Quere kommen."

Er seufzte und senkte seinen Kopf. „Ich weiß."

„Gut. Dann sollten wir uns alle schnell auf den Weg machen, damit wir vor Einbruch der Dunkelheit ankommen."

Ich stellte mich auf die Zehenspitzen und drückte Nate einen schnellen, aber entschlossenen Kuss auf die Lippen. Marco fuhr mit seinen Fingern durch mein Haar, als er mich küsste. Dann drehte ich mich zu Aaron um, der mich sanft küsste, bevor er seine Stirn an meine legte.

„Wir werden bei dir sein, so oder so", sagte er. „Ein Teil von uns ist immer bei dir."

Das nervöse Kribbeln in mir beruhigte sich ein wenig. „Und ein Teil von mir wird bei euch sein."

Ich wollte nicht darüber nachdenken, dass es das letzte Mal sein könnte, dass ich einen von ihnen sah.

West hatte während des ganzen Gesprächs geschwiegen. Da ich mit ihm zusammen auf seinem Anwesen sein würde, hatte er vermutlich nicht viel zu sagen. Obwohl ich mir sicher war, dass er zu seiner eigenen Sippe zurückkehren wollte, sah er fast ein wenig gequält aus, als ich neben ihm zur Landebahn lief.

„Du hattest uns nicht einmal zwei Tage lang, seitdem alle Gefährtenbindungen vollzogen sind", sagte er.

Ich rang mir ein Lächeln ab. „Ach, ich weiß nicht. Ich glaube, ich hatte euch schon viel länger."

Seine Augen funkelten mich an. Sein Mund zuckte. „Na gut. Da hast du recht."

„Du solltest lieber den Rest deiner Sippe zusammentrommeln, die mit uns gekommen sind", wies ich ihn an. „Ich glaube, meine beste Freundin wäre enttäuscht, wenn wir einen gewissen Fuchswandler hier vergessen."

West gluckste und trottete in Richtung Innenhof. Die besagte beste Freundin hakte sich bei mir unter. „Du hast immer nur mein Bestes im Sinn."

Ich stieß Kylie mit meinem Ellbogen in die Seite. „Wenn du mich lässt."

Wests Untergebene schlossen zu uns auf, als wir das Feld erreichten, auf dem der Jet der Vogelwandler sowie der Flieger der Hundewandler, mit dem wir hergekommen waren, warteten. Ich war erst zwei Schritte auf Letzteren zugegangen, als ich ein schauriges Kribbeln spürte und sich die Härchen auf meinen Armen aufstellten.

Einen Augenblick später tauchte eine blasse, schlanke Gestalt aus dem Sonnenlicht vor mir auf.

„Verzeiht die unerwartete Störung, Drachenwandlerin, Alphas", sagte der Feenmann mit kühler Stimme. „Meine Königin wollte, dass ich euch so schnell wie möglich erreiche. Ich habe nur eine Frage, bevor ich euch ihre Antwort mitteile: Wenn wir euch jetzt helfen, schwört ihr dann, dass ihr uns in einer ähnlichen Zeit der Not zu Hilfe kommen werdet?"

Mein Herz setzte einen Schlag aus. „Ren", mahnte West neben mir.

Sicher, das Versprechen war sehr unkonkret, doch wie hätte ich Nein sagen können, wenn man bedachte, wie viel ich von ihnen verlangte? Ich erlaubte mir nicht, noch einmal über meine Antwort nachzudenken.

„Ja", antwortete ich. „Natürlich. Ich schwöre es."

Der Feenmann nickte leicht. „Dann werden wir euch im Kampf gegen die Vampire unterstützen."

Einfach so? Ich brauchte eine Sekunde, um wieder zu Atem zu kommen. „Danke. Richte auch deiner Königin meinen Dank aus. Was braucht ihr von uns, damit es klappt?"

„Sagt uns, wo wir sein sollen und wo Ihr sein

werdet", erwiderte er mit einem schwachen, schimmernden Lächeln. „Den Rest erledigen wir."

Der Himmel färbte sich von Rosa zu Violett, als die Sonne sich dem Horizont näherte. Die Sommerhitze kühlte in der Brise ab. Ich verlagerte mein Gewicht von einem Fuß auf den anderen und versuchte, meine Unruhe zu zügeln.

Neben mir legte West seine Hand auf meine Schulter. Gemeinsam beobachteten wir das Tor zu seinem Anwesen, mindestens zweihundert andere Gestaltwandler waren um uns herum versammelt und hatten sich entlang der Steinmauer verteilt.

West würde einen Anruf von einem der Späher auf der Straße erhalten, sobald sich die Vampire näherten. Sie würden nicht unmittelbar nach Sonnenuntergang auf uns losgehen, da sie erst von ihrem Versteck hierherkommen mussten. Doch wir wussten, dass sie Kräfte gesammelt hatten – und dass sie mit neuen, gepanzerten Lastwagen anrücken würden.

Unsere Reihen bestanden nicht nur aus mir, den Hundewandlern und Kylie. Mein Blick glitt zu einer der sanft leuchtenden Gestalten, die neben mir im Hof standen.

Ein Dutzend Feen hatte uns erwartet, als wir auf dem Anwesen der Hundewandler gelandet waren. Drei von ihnen waren jetzt in meinem Blickfeld. Die anderen neun hatten ihre Positionen entlang der Mauer eingenommen, sodass immer einer von ihnen in Reichweite war, egal wo die Vampire zuschlagen würden. Die anderen Alphas hatten ähnliche Zahlen von den anderen Anwesen gemeldet. Auch in den Städten, von denen ich ihnen gesagt hatte, dass sie am meisten gefährdet waren, befanden sich mehrere Feen.

West spannte sich an, vermutlich hatte er meinen Blick bemerkt. Mein Magen verkrampfte sich. Was, wenn ich die falsche Entscheidung getroffen hatte? Die Feen könnten sich gegen uns wenden, um sicherzustellen, dass die Blutsauger uns auch wirklich auslöschten, damit wir sie nie wieder belästigen konnten.

Ich hatte sie hereingebeten. Hatte ihnen gewissermaßen unsere Kehlen dargeboten.

Jetzt war es zu spät, um diese Entscheidung rückgängig zu machen. Ich konnte nur hoffen, dass mein Instinkt richtig gewesen war.

Meine Unruhe trieb mich von West weg zu der Feenfrau, die neben uns stand. Die Frau war so groß und schlank wie alle ihre Artgenossen, ich hatte jedoch den Eindruck, dass sie jünger war, was auch immer das bei Feen bedeuten mochte. Sie schenkte mir ein schwaches Lächeln, als ich mich zu ihr gesellte.

„Muss ich sonst noch etwas tun?", fragte ich. „Oder muss ich nur in deiner Nähe bleiben und mein Feuer spucken?"

Sie nickte. „Meines Wissens und der Anweisung meiner Königin zufolge, ist das alles, was nötig ist. Ich habe Eure Energie bereits mit meiner Magie angezapft. Dadurch kann ich Euer Feuer kanalisieren – um es selbst nutzen zu können, und um es durch mich zu all den anderen Feen zu leiten, die sich euch angeschlossen haben."

„Auch zu denen, die sich auf der anderen Seite des Landes befinden?"

„Das ist gar nicht so weit", erwiderte sie, als ob sie bei ihrem täglichen Spaziergang öfter einen Abstecher von einem Ozean zum anderen machen würde. „Wir sind alle miteinander verbunden. Wir können einander ohne große Anstrengung erreichen. Sonst wäre es sehr einsam, wenn wir immer in der Nähe unserer Geburtsstellen bleiben müssten."

Aha. Sie kommunizierten also über eine Art Telepathie? Ich nahm an, das ergab Sinn, wenn sie es so ausdrückte. Kein Wunder, dass der Feen-Anführer in der Nähe des Anwesens der Drachenwandlerinnen von all den Vergehen gewusst hatte, die Gestaltwandler in anderen Feen-Gebieten begangen hatten.

Die Feenfrau hielt inne. „Wir Feen leben sehr lange", fuhr sie fort. „Viel länger als Gestaltwandler. Eine der Ältesten in meinem Reich hat mir einmal erzählt, dass sie das Feuer mit einer Drachenwandlerin geteilt hat. Sie sagte, es sei die aufregendste Erfahrung ihres Lebens gewesen. Auch wenn es ein trauriger Anlass ist, freue ich mich, dabei sein zu können."

Meine Augenbrauen schossen in die Höhe. „Wirklich?", fragte ich. „Ich hatte den Eindruck, dass ihr in Bezug auf uns Gestaltwandler ziemlich unsicher seid."

„Einige von uns vielleicht", sagte sie. „Manche hatten niemanden, der ihnen diese Erinnerungen weitergegeben hat. Es sind so viele schlechte Ereignisse dazwischengekommen. Doch ich glaube nicht, dass wir *Angst* vor euch haben müssen."

Mein Magen begann sich zu entkrampfen. Angst vor uns? War es das, worauf es hinauslief? Vermutlich. Wir alle hatten Angst davor, von den jeweils anderen verletzt zu werden, und schlugen um uns, um uns vor Vergehen zu schützen, die noch gar nicht begangen wurden.

Wir hätten es besser machen sollen, hatte die Königin gesagt. Wir alle hätten es besser machen sollen. Und vielleicht bekamen wir heute Abend die Gelegenheit dazu.

„Oder wir vor euch", meinte ich. Ihr Lächeln wurde ein wenig breiter, als würde sie genau verstehen, was ich meinte.

West hielt sich sein Handy ans Ohr. Während ich mit der Feenfrau gesprochen hatte, war die Sonne untergegangen. Der Wolfswandler rief mir zu: „Die Lastwagen sind auf dem Weg. Sie werden bald hier sein."

Ich atmete tief und langsam ein und aus, während ich mich auf die Verwandlung vorbereitete. Ich würde sie so lange wie möglich durchhalten müssen, wenn wir die Vampire quer durchs Land zurückdrängen wollten. Dazu mussten sie nur versuchen, unsere Mauern zu durchbrechen, und wir würden sie in diesen verdammten Lastwagen verbrennen, wegen deren Anschaffung sie sich wohl für besonders schlau hielten.

Die anderen Gestaltwandler begaben sich auf ihre Positionen im Innenhof. In der Ferne heulte eine Eule. Dann nahmen meine Ohren die fernen Geräusche von Motoren wahr.

Sie wuchsen von einem Brummen zu einem Dröhnen an. Alle entlang der Mauern standen still, bereit zum Handeln. Das Motorengeräusch wurde noch lauter, bis es verstummte. Die Wagen mussten zum Stehen gekommen sein.

In der plötzlichen Stille atmete ich scharf aus. Ein anderes Geräusch drang an meine Ohren: ein tiefes, rollendes Glucksen, das jeden Nerv in meinem Körper alarmiert zusammenzucken ließ.

„Oh, Drachenwandlerin", tönte eine beschwörende Stimme über die Mauer. „Willst du nicht rauskommen und spielen?"

West sah mich stirnrunzelnd an. Mir lief ein Schauer über den Rücken und Übelkeit schwoll in mir an.

„Das ist er", flüsterte ich heiser, gerade laut genug, dass mein Gefährte mich hören konnte. „Der Abtrünnige, der den Angriff auf mein Anwesen angeführt hat – er ist schuld, dass meine Familie tot ist."

20

Ren

„Erinnerst du dich an mich?", fuhr die Stimme fort, die amüsiert über die Steinmauer tönte und mir durch und durch ging. „Denn ich erinnere mich gut an dich. Das verängstigte kleine Mädchen, das hinter seiner Mutter durch die Gänge gehuscht ist. Schade, dass wir das Anwesen in jener Nacht nicht auch mit deinem Blut bemalt haben."

Ich erinnerte mich. Oh, verdammt, ich erinnerte mich sogar sehr gut. Als er wieder kicherte, versetzte mich der Tonfall sechzehn Jahre zurück, als wir mit dem sauren Geschmack von Adrenalin auf der Zunge und pochendem Herzen durch das Anwesen gerannt waren. Ich erinnerte mich an das Blut, das die Abtrünnigen überall in meinem Haus vergossen hatten. Das meiner Väter. Das meiner Schwestern.

Die ganze Zeit hatte ich angenommen, dass wir den Abtrünnigen, der diesen Angriff angeführt hatte, in einem unserer vergangenen Kämpfe erwischt hatten. Ich hatte ihn damals nicht genau gesehen und wusste nicht einmal, was für eine Art Gestaltwandler er war, also konnte ich ihn nur an seinem Kichern erkennen. Doch die Schlacht zu stürmen, war nicht seine Art, oder? Er führte andere ins Gefecht und hielt sich dann zurück, um das Gemetzel zu beobachten.

Um zuzusehen und zu lachen.

Er hatte also überlebt. Und dann war er mit seinen letzten abtrünnigen Komplizen zu den Vampiren geflüchtet? Hatte er sie benutzt, um sich zu rächen, oder hatten sie ihn benutzt?

Möglicherweise beides.

„Na, wo bist du denn?", rief der Abtrünnige erneut. „Hast du immer noch zu viel Angst, dich zu behaupten und mir gegenüberzutreten?"

Mein Kiefer verkrampfte sich. West fasste mich am Arm. Ich hatte nicht einmal gehört, dass er neben mich getreten war.

„Ignoriere ihn", raunte mein Gefährte. „Er will dich provozieren. Um dich abzulenken. Dabei ist er nicht wichtig. Wenn wir die Vampire ausschalten, bedeutet das auch das Aus für die Abtrünnigen, die sich ihnen angeschlossen haben."

Bertrand joggte über den Hof auf uns zu. „Wir haben vier Abtrünnige im Visier. Die Vampire halten sich zurück, doch diese Verräter sind direkt aus dem Wald gekommen. Sieht aus, als hätten die Blutsauger ihre

Waffen mit ihnen geteilt."

Wenn sie am Waldrand waren, dann waren sie in meiner Reichweite.

Wie durch meinen Gedanken ausgelöst, ertönten in der Nähe des Tores Schüsse. Die Wachen an der Mauer zuckten zusammen. Einer schrie auf und fasste sich an den Kopf, wo eine Kugel seine Schläfe gestreift hatte. Ein paar seiner Artgenossen eilten ihm zu Hilfe.

Ich knirschte mit den Zähnen. Wir konnten die Abtrünnigen nicht einfach gewähren lassen. Mit ihren Waffen waren sie eine fast ebenso große Bedrohung wie die Vampire.

Ich wand meinen Arm aus Wests Griff und schritt zur Mauer. Der Drang, mich zu verwandeln, kribbelte bereits in mir. Ich konnte wenigstens diese wenigen ausschalten, auch wenn sich die Vampire noch im Schutz des Waldes versteckten. Ein kleines Aufwärmprogramm. Ihnen zeigen, dass ich alles andere als ängstlich war.

„Wow", sagte der Anführer der Abtrünnigen, seine Stimme triefte vor Verachtung. „Immer noch keine Spur von der furchterregenden Drachin. Ich schätze, wir haben hier nichts zu befürchten. Sie macht sich nicht einmal die Mühe, ihr Volk zu beschützen."

West folgte mir und packte mich erneut am Handgelenk. „Nicht", sagte er.

Der Abtrünnige fuhr fort. „Genau wie deine Mutter, anscheinend. Sie ist auch weggerannt, anstatt zu kämpfen. Nicht, dass es ihr etwas genützt hätte. Hast du gehört, wie deine Schwestern geschrien haben, als wir sie fertiggemacht haben? Und diese erbärmlichen Alphas

– ich habe einem deiner Väter persönlich die Kugel in den Kopf gejagt, als er stöhnend am Boden lag.“

Wut flammte in meinem Körper auf. Sie ließ die Krallen aus meinen Fingern schießen und lockte die Schuppen aus meiner Haut hervor. Ein drakonisches Brüllen drang aus meiner Kehle, als sich meine Muskeln verdrehten und ausdehnten. Meine Flügel entfalteten sich, bereit, vom Boden abzuheben, um die Abtrünnigen wie Grillhähnchen zu braten. Ihr Leben auszulöschen, wie sie es bei meiner Familie getan hatten. Ihnen den Schmerz heimzahlen, den sie anderen zugefügt hatten.

Flammen brannten in meiner Kehle, als ich mich anspannte, um mich vom Boden abzustoßen, da schoss mir eine Erinnerung durch den Kopf. Der wilde Rausch des Feuers über den Bäumen, als ich nach unserem Gespräch mit dem Vampirkönig die Kontrolle verloren hatte.

Ich spürte, wie sich Bedauern um meine Wut legte, und es gelang mir gerade so, meinen Zorn zu unterdrücken.

Nein. Das war genau das, was die Abtrünnigen wollten. Warum sonst würde er so schreckliche Dinge sagen? Ich musste einen klaren Kopf bewahren. Ich musste meinen menschlichen Verstand bewahren, wie Aaron immer sagte.

Es waren unsere animalischen Seiten, die sofort zuschlagen und zurückbeißen wollten, sobald wir verletzt wurden. Genau das hatte uns schon so häufig in Schwierigkeiten gebracht, oder? Das hatte unser Bündnis mit den Feen vor all den Jahren zerstört.

Ich hatte mich entschieden, es anders zu machen. Ich könnte mich wieder anders entscheiden.

Ein röchelnder Atemzug entwich meiner Kehle. Ich sackte zurück in meine menschliche Gestalt. West, der wartend dastand, schlang seine Arme um mich, als ich stolperte. Ich ließ mich nur eine Sekunde lang von ihm stützen, um mich zu orientieren. Dann richtete ich mich auf.

„Wir müssen uns um sie kümmern", sagte ich. „Doch zuerst brauchen wir einen Plan. Was wollen sie? Was haben *sie* vor?"

Auch wenn Wests Augen nach wie vor voller Sorge waren, folgte er meinem Hinweis. „Sie wollen dich da rauslocken, also denken sie wahrscheinlich, dass sie einen Vorteil haben, wenn sie das tun. Vier Gewehre reichen nicht aus, um dich auszuschalten, bevor du sie verbrennst."

Ich nickte. „Und die Vampire tun alles, was die Abtrünnigen machen. Vielleicht haben *sie* sich sogar den Plan ausgedacht. Sie wollen mich loswerden, bevor sie sich den Rest von euch vorknöpfen." Ich fuhr mit der Zunge über die Ränder meiner Zähne. „Es muss ein paar Vampire geben, die aus sicherer Entfernung zusehen. Sie würden mich erschießen, während ich mit den Abtrünnigen beschäftigt bin."

„Das wäre aus strategischer Sicht am sinnvollsten", nickte Bertrand.

„Also drehen wir den Spieß um." Ich hatte bei dem Gefecht an der Tankstelle noch andere Dinge gelernt. Ich blickte zwischen West und seinem Leutnant hin und her.

„In einem dichten Wald kann deine Sippe es mit den Vampiren aufnehmen, richtig? Dort können die Vampire nicht weit schießen, und im Nahkampf sind wir ihnen eindeutig überlegen. Ich kann so tun, als ob ich hinter den Abtrünnigen her wäre, und während sie sich auf mich konzentrieren, können ein paar von euren Leuten die Vampire von der anderen Seite angreifen."

„So tun als ob?", wiederholte West. „Meiner Meinung nach sieht es sehr danach aus, als würdest du tatsächlich gern Jagd auf sie machen."

Ich funkelte ihn an. „Ich werde ihnen nicht zu nahekommen. Außerdem werde ich ständig in Bewegung sein. Ihre Schussweite kann durch die Bäume nicht besonders groß sein. Und wenn ich ein paar Kugeln abbekomme, nun, das habe ich schon einmal überlebt. Wir schalten in der ersten Minute der Verwirrung so viele wie möglich aus und ziehen uns dann zurück. Vielleicht reicht das, um einen weiteren Angriff ihrerseits zu verhindern, sodass ich sie mit unseren Feenfreunden wirklich angreifen kann."

Wests Kiefer verkrampfte sich bei der Erwähnung der Feen, doch er nickte. „Geh nicht zu nah ran", befahl er schroff.

„Ich weiß", stieß ich mit leicht erstickter Stimme hervor.

Er wandte sich an Bertrand. „Du hast sie gehört. Hol ein paar unserer Leute her, die schnellsten Kämpfer. Sie sollen in den Wald rennen, sobald sie über die Mauer hinweggeflogen ist."

Sein Leutnant wippte ruckartig mit dem Kopf und

eilte los. Innerhalb weniger Augenblicke hatte er eine Gruppe in der Nähe des Tores versammelt. Ich marschierte die letzten paar Schritte zur Mauer und rief so laut, dass meine Stimme über die Mauer zu hören war.

„Abtrünnige!", rief ich. „Und eure vampirischen Verbündeten. Dies ist eure letzte Chance, aufzugeben, bevor ich euch alle vernichte. Wenn ihr von hier verschwindet und eure Streitkräfte um unsere Siedlungen herum zurückzieht, können wir einen neuen Vertrag aushandeln. Wenn ihr bleibt, werdet ihr verbrennen."

„Große Worte von einem kleinen Mädchen, das sich hinter einer Mauer versteckt, Drachenwandlerin!", brüllte der Abtrünnige. „Ich würde gerne sehen, wie du es versuchst. Soll ich dir in der Zwischenzeit beschreiben, was wir mit deinen Vätern gemacht haben, nachdem du geflohen bist? Wir haben sie angepisst, weißt du, und dann haben wir ...“

Ich schloss die Augen, blendete ihn aus und unterdrückte den Zorn, der wieder durch meine Brust schoss. „Keine Bewegung von den Vampiren", meldete eine der Wachen.

Nun gut. Ich hatte nichts anderes erwartet.

„Es geht los", sagte ich zu West. „Ich werde zurückkommen. Ich verspreche es.“

Dann hob ich vom Boden ab.

Der Wind peitschte über meinen, sich ausdehnenden, Körper. Mit einem gewaltigen Schlag meiner Flügel schoss ich in die Luft.

Meine scharfen Augen erfassten die Gruppe von vier Gestaltwandlern, die nur einen Schritt vom Waldrand entfernt standen, sechs Meter von unserer Mauer entfernt. Ein Hauch ihrer Gerüche erreichte meine Nasenlöcher.

Schakal. Der grauhaarige Mann mit den weißen Strähnen, der mir jetzt noch mehr Beleidigungen entgegenbrüllte, war ein Schakalwandler. Ein Aasfresser. Wie verdammt passend.

Ich stieß einen wütenden Schrei aus und tauchte ab. Aus dem Augenwinkel beobachtete ich, wie meine Artgenossen die Mauer überquerten und über den gerodeten Bereich in die Bäume weiter unten auf dem Grundstück rannten. Die Abtrünnigen hoben ihre Gewehre. Sie brauchten keinen besonderen Winkel, um auf mich zu schießen. Die Kugeln prallten von meinen Flügeln und meiner Brust ab, und durch die Entfernung hielt sich der Schaden, den sie hätten anrichten können, in Grenzen. Ich flog schneller auf sie zu …

Bevor ich in vollem Umfang in Schussweite kam, warf ich mich zur Seite. Die Abtrünnigen stießen einen überraschten Aufschrei aus.

Dann drang eine andere Art von Geschrei aus dem Wald. Schüsse ertönten und Kugeln schlugen in Baumstämme ein. Körper schlugen auf dem Boden auf. Von unten drangen das Knurren und das Schneiden von Klauen durch untotes Fleisch zu mir.

Die Abtrünnigen wirbelten herum, genauso wie ich. Mein Herz pochte heftig in meiner Brust. Während die

Vampire anderweitig beschäftigt waren, konnte ich das zu Ende bringen, weswegen ich hierhergekommen war.

Der Schakalwandler schaute in letzter Sekunde auf. Er fletschte höhnisch die Zähne und riss seine Waffe hoch. Doch aus meiner Kehle strömten bereits Flammen.

Im Handumdrehen hatte mein Drachenfeuer alle vier Abtrünnigen verschlungen. Ihre Körper zerfielen zu einem Haufen Asche. Der Druck in meiner Brust löste sich minimal.

Sie waren weg. Ich hatte die Letzten von ihnen vernichtet.

Doch unsere größte Bedrohung, die Vampire, waren immer noch da. „Rückzug!", rief einer der Hundewächter. Die Hundewandler, die sich mit den Vampiren in den Bäumen angelegt hatte, flitzten zurück zur Mauer.

Ich stürzte mich auf sie und spie einen Strahl Feuer auf die Vampire, die meine Untergebenen verfolgten. Schüsse hallten um mich herum. Eine Kugel durchschlug mein Vorderbein, eine andere meine Schulter. Der Motor des Lastwagens heulte auf. Es war vorbei mit dem Versteckspiel. Sie stürmten jetzt auf uns zu.

Ich spie einen letzten Flammenstoß auf den Ring aus Brennholz und stürzte mich in Richtung Innenhof. Dies waren nicht die einzigen Vampire, mit denen wir es zu tun hatten. Meine Artgenossen kämpften überall in diesem Land.

Und ich würde ihnen mit meinen Flammen zur Seite stehen.

Noch immer in meiner Drachengestalt schlug ich auf dem Boden auf, direkt neben der Feenfrau. Sie brauchte keine weitere Aufforderung. Ich öffnete meinen Kiefer, und sie streckte ihre Hände aus. Dann ließ ich die gesamte Feuerkraft, die ich in mir hatte, aus meinem Drachenmaul strömen, damit sie sich mit ihrer Magie verbinden konnte.

Die Hitze und das Licht flossen mit einem seltsam befreienden Gefühl aus mir heraus. Ich spürte, wie es von mir zu der Feenfrau und zu allen Feen auf dem Anwesen floss. Ich spürte das Zischen des Feuers, das aus ihren Händen auf die Lastwagen zuströmte, die auf den Schutzring zurasten, ebenso wie auf die Vampire, die vom Waldrand aus ihre Kugeln abfeuerten.

Und dann weiter, von ihnen zu den Feen im Süden und im Westen. Ich konnte beinahe hören, wie Marco seinen Leutnants Befehle zurief; wie Nate knurrte, als er einem Blutsauger, der es bis zu seiner Mauer geschafft hatte, den Kopf zerschmetterte; wie Aaron eine Legion von Adlern, Falken und Bussarden Befehle erteilte.

Alle meine Gefährten waren bei mir, auch wenn sie es nicht waren. Mein Feuer erreichte sie alle. Sie und die kleineren Städte und Dörfer, in denen sich weitere Feen versammelt hatten. Mehr Feuer überspülte die Scharen von Vampiren. Die Blutsauger zerfielen zu Asche. Das Feuer loderte immer weiter, bis mir schwindlig wurde.

Oder vielleicht kam die Benommenheit von der Anstrengung, so viel Feuer zu produzieren. Mein ganzer Drachenkörper kribbelte. Doch ich hatte noch so viel mehr zu geben. Da waren so viele Gestaltwandler, die ich beschützen wollte.

Während ich die Wege spürte, die meine Flammen zurücklegten, ging der Kampf vor mir weiter. West bellte Befehle und eilte den Wachen am Tor zur Hilfe. Kylie schulterte ihren Flammenwerfer und schoss eine Stichflamme in den Tumult auf der anderen Seite der Mauer. Meine Artgenossen eilten um mich herum, sammelten die Verletzten ein, schlossen sich der Verteidigung an und kämpften mit allem, was wir hatten. Wir alle, zusammen, verbunden durch Blut und Geschichte und eine Freundschaft mit den schimmernden Gestalten unter uns, die wir gerade erst wiederentdeckten.

„Sie ziehen sich zurück!", brüllte jemand. Hier oder auf einem der anderen Anwesen, mit denen ich verbunden war? Schritte donnerten. Feuer knisterte. Meine Kehle brannte, doch ich stieß einen weiteren langen Atemzug aus. Das Kribbeln war verschwunden, und zurück blieb nur das angenehme Gewicht meiner Drachengestalt. Sie gehörte genauso zu mir wie meine menschliche Gestalt.

Ich hätte die ganze Nacht dort stehen und kämpfen können, wenn ich gemusst hätte.

Doch das musste ich nicht. Weitere Rufe ertönten, und zumindest einige davon kamen definitiv von hier. „Das war der Letzte! Der Ring ist frei."

Die Feenfrau ließ ihre Hände sinken. Ich ließ meine Flammen flackernd versiegen. Sie strahlte mich an, so hell erleuchtet, als würde der Mond einen Scheinwerfer auf sie werfen.

„Es ist vorbei", verkündete sie.

Ich hatte es geschafft. Ich konnte mich jetzt zurückverwandeln, wenn ich wollte. Ich streckte meine Drachenglieder, hob meinen Kopf in den Himmel und stieß einen heiseren Siegesschrei aus. Erst dann, vorsichtig und weil ich es wollte, zog ich mich in mein menschliches Ich zurück.

21

Wenn mir jemand vor einer Woche – nein, sogar vor einem Tag – gesagt hätte, dass ich die Anführerin der örtlichen Feen-Gemeinschaft auf meinem Anwesen empfangen würde, hätte ich mich schlapp gelacht. Und dann hätte ich demjenigen, der das behauptet hatte, einen kräftigen Klaps auf den Kopf gegeben, weil er sich so lächerliche Geschichten ausdenkt.

Doch hier war ich nun. Im fahlen Morgenlicht spazierte ich mit einer dieser schlaksigen, schimmernden Gestalten durch die Gärten östlich des Hauses.

Um ehrlich zu sein, bekam ich bei ihrem Anblick immer noch eine Gänsehaut. Zu viele bittere Erinnerungen. Allerdings konnte ich darüber hinwegsehen. Ich war Mann genug, um zuzugeben, wenn ich mich geirrt hatte. Und zuzuhören, wenn jemand anderes dasselbe zugab.

„Wir haben noch einen langen Weg vor uns", sagte die Feenfrau. „Auf beiden Seiten." Sie warf mir einen scharfen Blick zu, als wollte sie mich daran erinnern, dass meine Sippe auch eine Rolle bei den Spannungen zwischen uns gespielt hatte. Ich ignorierte die Anspielung, zumindest dieses eine Mal. „Ich schäme mich für die Gewalt, die aus einem einfachen Missverständnis entstanden ist. Ich hoffe, dass wir von nun an in gutem Glauben aufeinander zugehen können ... oder zumindest neutral."

„Das sollte machbar sein", sagte ich. Und dann, weil ich das Gefühl hatte, dass diese Aussage nicht ausreichte, fügte ich hinzu: „Ich wünsche mir, dass wir auf diese Weise weitermachen können. Mit Geduld statt mit Misstrauen."

Na gut, wir gingen beide auf Nummer sicher, was einen Waffenstillstand betraf. Alte Gewohnheiten ließen sich nur schwer ablegen. Außerdem war da noch etwas.

Die Stimme der Fee wurde leiser. Sie blieb stehen und wandte sich mir zu. „Ich muss mich für die Toten entschuldigen, die es gegeben hat, als mein Volk euch vor zwölf Jahren aus diesem Hain vertrieben hat. Töten ist niemals unser Ziel. Ich hätte da sein müssen, um die Panik zu beruhigen."

Ich starrte sie eine Sekunde lang an, bevor ich die Kraft fand, meinen Mund zu schließen. „Diese Leben können nicht durch eine Entschuldigung zurückgebracht werden", sagte ich, allerdings nicht so wütend, wie ich es vielleicht getan hätte, wenn die Entschuldigung nicht so aufrichtig geklungen hätte.

„Das können sie nicht", bestätigte die Feenfrau mit einem Kopfschütteln. „Das Beste, was ich anbieten kann, ist mein Versprechen, dass mein Volk von nun an diese Grenze nicht mehr überschreiten wird."

Falls meine Artgenossen irgendwann in der Zukunft anfangen würden, Feen abzuschlachten, könnte ich mich natürlich nicht beschweren, wenn sie es uns auf die gleiche Weise heimzahlen würden. Ich für meinen Teil hatte jedoch nicht die Absicht, mit Gewalt gegen sie vorzugehen. Nein, mir wäre es deutlich lieber, wenn wir uns gegenseitig einfach in Ruhe lassen würden.

Hoffentlich hatte meine Gefährtin keine anderweitigen Pläne.

Die Feen-Anführerin deutete auf meine Brust – auf die Stelle direkt unter meiner Schulter, wo mein Fleisch um die leuchtende Narbe herum kribbelte, die ich verbunden hatte. „Unsere Magie hat ihre Spuren hinterlassen. Ich könnte die Narbe heilen. Als eine Geste unseres guten Willens."

Ich hätte nicht gedacht, dass sie mich noch mehr überraschen könnte und musste mich zusammenreißen, damit mein Kiefer nicht erneut nach unten klappte. Meine Hand wanderte instinktiv zu der Narbe. Doch ich musste nicht lange nachdenken, um zu antworten.

„Danke", sagte ich und meinte es ernst. „Aber nein. Es ist eine Erinnerung, die ich gerne behalten möchte."

Sie sah verwirrt aus. „Eine Erinnerung?"

„An das Opfer, das ich an diesem Tag gebracht habe",

erklärte ich. „Und an meine Gefühle, nur für den Fall, dass ich wieder beschließen sollte, sie zu begraben."

„Es ist Eure Entscheidung", meinte die Feenfrau ruhig. „Ich werde mich von Euch verabschieden. Mögen sich unsere Wege zukünftig in Frieden kreuzen."

Ich wandte mich wieder dem Haus zu. Als ich den Vorhof betrat, kam Bertrand mir entgegen.

„Wir haben eine Nachricht von den Gestaltwandlern erhalten, die wir nach New York geschickt haben", sagte er. „Heute Morgen, kurz vor Sonnenaufgang, haben sich die Vampire, die letzte Nacht überlebt haben, zu ihrem König begeben. Offenbar waren sie ziemlich verärgert über den katastrophalen Krieg, zu dem er sie befehligt hatte, und wollten sich nicht erneut in die Flammen stürzen. Den Berichten zufolge haben sie ihm den Kopf abgerissen und seinen Körper anschließen draußen in die Sonne geworfen."

Ich schnitt eine Grimasse. „Das klingt doch gut. Dann haben sie also jetzt keinen König mehr."

„Sie haben sich in aller Eile auf einen neuen geeinigt." Bertrands Augen funkelten amüsiert. „Der neue König hat sich bereits mit dem Anwesen in Verbindung gesetzt, um über Entschädigungen und Kompromisse zu sprechen."

Ein Lachen brach aus mir heraus. Verdammt, wann hatte ich das letzte Mal aus vollen Herzen gelacht? Ich atmete die taufrische Morgenluft ein, und die letzte Enge in meiner Lunge löste sich.

„Natürlich hat er das. Es mit den Feen und der Drachenwandlerin sowie mit unseren Sippen aufzunehmen? Nach gestern Nacht müsste er schon sein eigenes Volk ausrotten wollen, um diesen Befehl zu erteilen.“

„Wollt Ihr mit ihm sprechen?“, fragte Bertrand.

Ich schüttelte den Kopf. „Sag den Blutsaugern, dass wir darüber nachdenken, welche Art von ‚Kompromiss‘ akzeptabel für uns wäre. Lass sie ein bisschen schmoren. Ich würde mich im Moment lieber auf andere Dinge konzentrieren. Apropos, wo ist unsere Drachenwandlerin?“

„In ihrem Quartier, soweit ich weiß, Sir.“

Ren war den Großteil der Nacht mit mir aufgeblieben, um bei den Bergungsarbeiten zu helfen und sicherzustellen, dass die Vampire nicht zurückkehren würden. Vor ein paar Stunden hatte ich sie schließlich ins Bett geschickt. Die Tatsache, dass sie kaum protestiert hatte, zeigte, wie erschöpft sie gewesen war.

Ich sollte mich wohl auch etwas ausruhen. Doch das konnte noch ein wenig warten. Jetzt wollte ich erst mal meine Gefährtin.

Es kam keine Antwort, als ich leise an die Tür von Rens Suite klopfte. Vorsichtig öffnete ich die Tür. Ein Lächeln umspielte meine Lippen.

Meine Drachenwandlerin hatte es nicht einmal bis zu ihrem Bett geschafft. Sie hatte sich mit einem dicken Kissen im Arm auf dem Wohnzimmersofa zusammengerollt, ihr Gesichtsausdruck war friedlich und ihr dunkelbraunes Haar fiel über ihre nackte Schulter.

Der Anblick war himmlisch, meine Augen verweilten auf ihrem Gesicht, und mein Herz zog sich zusammen. Diese Frau. Diese gottverdammte Frau. Fast hätte ich sie gehen lassen. Und dann hätte ich sie fast weggestoßen. Was zum Teufel hatte ich mir nur dabei gedacht?

Ich konnte mir nicht vorstellen, jemand anderen so sehr zu lieben, weder jetzt noch wann anders.

Ich kniete mich neben das Sofa und legte meinen Kopf auf ihre Seite. Ich hatte sie nicht wecken wollen, nicht wirklich, doch als sie etwas murmelte und mit ihren Fingern über mein Haar strich, konnte ich auch nicht behaupten, dass mich das störte.

„Ist alles in Ordnung?", erkundigte sie sich mit halb geöffneten Augen. Verdammt, so verschlafen sah sie noch unwiderstehlicher aus.

„Weißt du was?", fragte ich. „Ja, und ich glaube, es könnte dieses eine Mal sogar länger als eine Stunde so bleiben."

Sie lächelte, so strahlend, dass ich sie einfach küssen musste. Sie glitt nach vorne in meine Umarmung und hob ihren Kopf, um mich noch intensiver zu küssen.

Müde? Wer war müde? Ich könnte noch eine Woche wach bleiben, wenn ich das hier machen konnte.

Ren schmiegte ihren Kopf an meine Schulter. „Ich will dich", raunte sie mit schlaftrunkener Stimme. „Aber ich will alle meine Gefährten sehen. Bald."

„Deshalb bin ich hier", erwiderte ich. „Die anderen Alphas sind auf dem Weg zum Anwesen der Drachenwandlerinnen. Ich werde dich hinbringen, damit wir alle zusammen sein können. Was hältst du davon, wenn wir im Flugzeug noch ein wenig Schlaf nachholen?“

Sie brummte zufrieden. „Klingt wie der perfekte Plan. Solange du bei mir bist.“

Ich konnte das Lächeln nicht unterdrücken, das sich auf meinem Gesicht ausbreitete. „Für immer und ewig, Flamme.“

Ren

Aaron, Nate und Marco warteten am Rande der Startbahn, als ich auf die offene Flugzeugtür zuging. Plötzlich konnten meine Füße gar nicht schnell genug laufen. Ich eilte die Stufen hinunter und stürzte mich in ihre Arme.

In die Arme aller auf einmal. Mit einem leisen Kichern hüllte mich Nate in eine Umarmung. In der nächsten Sekunde war Aaron da, dann Marco und schließlich West, der an meinem Hals knabberte.

Irgendwo jenseits unserer Gruppenumarmung hustete Kylie und sagte: „Ich glaube, ich lasse euch fünf mal eine Weile allein.“

Grinsend kuschelte ich mich tiefer in die Umarmung meiner Gefährten. Ihre Gerüche, salzig und moschusartig, würzig und kiefernartig, vermischten sich zu einem berauschenden Parfüm. Ihre Wärme umhüllte mich und die Liebe in mir schwoll an und erfüllte jeden Teil meines Körpers mit ihrem schwindelerregenden Glühen.

Es reichte nicht aus, diese Liebe nur zu spüren. Es war an der Zeit, etwas mit all diesen Gefühlen anzustellen.

„Die letzte Nacht war unglaublich", sagte Aaron. „Wie dein Feuer den weiten Weg zu uns gefunden hat."

„Nun, ich glaube, das haben wir den Feen zu verdanken", erwiderte ich.

„Und wessen Idee war es, auf die Feen zuzugehen?", fragte Marco amüsiert.

Nate drückte mir einen Kuss auf die Stirn. „Du hast die Flammen so lange am Laufen gehalten. Die Vampire wussten gar nicht, wie ihnen geschah, als das Feuer sie verschlungen hat."

„Sie hat die Verwandlung sogar aufrechterhalten, nachdem sie mit dem Feuerspucken fertig war", schwärmte West, und bei dem Stolz in seinem Tonfall spürte ich ein Kribbeln am ganzen Körper. „Ich glaube, wir haben es jetzt mit einer vollwertigen Drachenwandlerin zu tun."

„Was das angeht ..." Ich befeuchtete meine Lippen und fühlte mich plötzlich schüchtern.

„Serenity?", fragte Aaron sanft.

Ich neigte den Kopf. „Ich habe nachgedacht ... Unser Volk hatte schon viel zu lange nur eine Drachenwandlerin. Vielleicht ist es an der Zeit, die Zahl zu erhöhen?"

Ich befürchtete, dass ich erst meine Schüchternheit

ablegen musste, damit sie verstanden, was ich meinte. Aber nein. Ein erwartungsvolles Zittern erfasste die Körper um mich herum, als alle nach Luft schnappten. „Ren", sagte West hinter mir und klang dabei ungläubig und begierig zugleich.

Marcos Lippen kräuselten sich. „Unsere Flammenprinzessin möchte unserem Volk selbst eine Prinzessin schenken. Ich denke, wir können ihr diesen Wunsch erfüllen. Schlafzimmer?"

Gemeinsam gingen wir ins Haus, und durch die Verbindung zwischen uns fühlte ich mich so leicht, dass meine Füße kaum den Boden zu berühren schienen. Als wir mein Bett erreichten, blieb ich am Fußende stehen. Das Verlangen pochte in mir, doch unterschwellig nahm ich auch ein Zittern der Unsicherheit wahr.

„Du entscheidest, wie du es machen willst", sagte Aaron. „Wir werden dir folgen."

Ich kletterte auf das Bett und setzte mich in die Mitte der riesigen Matratze. Dann klopfte ich auf das Laken. Meine Gefährten setzten sich zu mir und bildeten einen Kreis um mich.

Zuerst streckte ich meinen Arm nach Aaron aus und zog ihn zu einem Kuss heran. Seine Hand wanderte über meinen Bauch. Ich lehnte mich zurück, um nun Nates Mund zu finden, während sich der Adlerwandler vorbeugte, um an meiner Schulter zu knabbern, wobei sein heißer Atem über meine Haut strömte.

Nate küsste mich leidenschaftlich und streifte dabei den Träger meines Kleides nach unten. Ich drehte mich von ihm zu Marco um. Die Zunge des Jaguarwandlers kitzelte meine Lippen und glitt zwischen sie, um sich mit meiner zu verschlingen.

Jemand schob mir das Kleid bis zur Taille herunter. Eine andere Hand streichelte meine Brüste. Ein Zittern der Lust durchzog meine Nerven. Ich wimmerte an Marcos Mund.

Und dann war da noch West. Mein eigensinniger Wolf. Er presste seine Lippen auf meine, als wollte er sich ihre Form einprägen, jede Kurve meines Mundes, jedes Zischen meines Atems. Seine Finger fuhren über meine Hüfte, und eine Vorstellung, wie ich mir diese Begegnung wünschte, drang durch den sich verdichtenden Dunst der Glückseligkeit.

In den ersten Minuten schwebte ich einfach in dieser Glückseligkeit. Mein Mund wanderte von einem meiner Gefährten zu einem anderen und dann zum nächsten, bis er sich zur erhitzten Haut von Hälsen und Oberkörpern vorarbeitete. Vier Paar Hände zogen mir mein Kleid, meinen BH und mein Höschen aus. Irgendwo dazwischen zerrte ich ihnen ebenfalls die Kleider vom Leib.

Neugierige Finger erforschten jeden Zentimeter meines Körpers. Ein Mund saugte an meinem Nippel, während ein Daumen den anderen streichelte. Ich keuchte auf, als einer meiner Gefährten mich zwischen meinen Beinen streichelte. Meine Augenlider schlossen sich flatternd.

Trotzdem wusste ich genau, wo West war, als ich ihn wollte. Ich streckte die Hand aus, um sein Gesicht zu berühren. „Bitte", keuchte ich atemlos.

Seine Augen verdunkelten sich vor Lust. Er küsste mich so intensiv, dass mir schwindlig wurde. Dann platzierte er sich zwischen meinen Beinen. Die Spitze seines Schwanzes strich über meinen Kitzler , und ich wimmerte. Meine Hände wanderten die schlanken Muskeln seiner Brust hinauf und umfassten seinen Nacken. „Ich liebe dich", flüsterte ich.

Er atmete zittrig aus. „Ich liebe dich auch, Flamme. Und ich werde nicht zulassen, dass du jemals wieder daran zweifelst."

Ein ekstatisches Brennen breitete sich in meinem Körper aus, als er in mich eindrang. Ich umklammerte ihn und winkelte meine Hüften an, um seine Stöße zu empfangen. West stöhnte auf, sein Kopf neigte sich zu meinem.

Die anderen Alphas hatten sich ein wenig zurückgezogen, fuhren aber mit ihren Liebkosungen fort, streichelten meine Brüste und küssten meinen Hals, bis ich das Gefühl hatte, als bestünde ich aus nichts als Lust.

West drang tiefer in mich ein, und ich kam mit einem Schrei. Die Flammen seines Kosenamens für mich tanzten hinter meinen Augen. „Verdammt", murmelte er, als ich um ihn herum zuckte. Seine Stimme klang erstickt und ich spürte, wie er sich mit einem heißen Schwall in mir ergoss.

Nachdem er sich zurückgezogen hatte, ließ er sich neben mich sinken und drückte eine Spur von Küssen auf meinen Arm. „Marco", keuchte ich. Ich war zu leer. Wir waren noch nicht mal halbwegs fertig hier.

Der Katzen-Alpha beugte sich über mich und drückte

mir einen weiteren brennenden Kuss auf die Lippen. Seine Hüften wippten mit meinen, sein Schwanz testete meine Öffnung. Ich stöhnte vor Verlangen.

„Meine schöne Prinzessin", murmelte er.

Ich begegnete seinem Blick mit einem sanften Lächeln. „Mein wunderschöner Gefährte. Ich liebe dich."

Er schenkte mir sein vertrautes schiefes Grinsen. „Und ich liebe dich."

Dann füllte er mich mit einem schnellen Stoß aus, der mir ein weiteres Stöhnen entlockte. Seine Hand glitt unter meinen Po und schob mich nach oben, um ihm entgegenzukommen. Sein Schwanz berührte die empfindlichste Stelle in mir. Glückseligkeit raste durch mich hindurch. Ich war schon wieder kurz vor dem Höhepunkt.

„Oh, Ren", murmelte Marco. „Du hast keine Ahnung, wie toll du dich anfühlst. Wenn wir beide allein wären, würde ich das ewig hinauszögern, aber ich will nicht egoistisch sein."

Er beschleunigte seinen Rhythmus. Jemand kniff in einen meiner Nippel. Meine Hüften zuckten mit meinem Wimmern nach oben, mein Kitzler streifte den Ansatz von Marcos Schwanz, und schon war ich weg. Als mich die zweite Welle der Lust durchströmte, folgte Marco mir mit ein paar ruckartigen Bewegungen seiner Hüften zum Höhepunkt.

Marco lehnte sich zurück und küsste lächelnd mein Geschlecht. Als er zur Seite glitt, umschloss meine Hand die von Nate. Die Wärme in den Augen meines Bärenwandlers verwandelte sich in ein glühendes Feuer.

Er drehte uns um und zog mich auf sich. Ich keuchte auf, als mein Geschlecht gegen seine dicke Erektion glitt. Als er meine Wange berührte, um mich zu einem Kuss heranzuziehen, glitten andere Hände über meine Oberschenkel und meinen Rücken. Nate umfasste meine Brüste und rieb mit seinen Handflächen über meine Nippel, bis ich vor Lust zitterte.

„Ich liebe dich", sagte er, bevor ich meine Fähigkeit, zu sprechen, wiedererlangt hatte. „An deiner Seite zu sein ist die größte Ehre meines Lebens."

Ein Kloß bildete sich in meinem Hals. Ich beugte mich hinunter, um ihn erneut zu küssen. „Ich liebe dich auch. Und es ist *mir* eine Ehre, an *deiner* Seite zu sein."

Er umfasste meine Hüften, und gemeinsam ließen wir mich auf seinen Schwanz hinabgleiten. Sein Umfang dehnte mich mit einem Druck, der jeden Nerv in meinem Körper kribbeln ließ.

Ich warf meinen Kopf zurück und begann, ihn mit all meiner Sehnsucht nach einer weiteren Erlösung zu reiten. Nates Hand glitt nach unten und streichelte meinen Kitzler. Eine Zunge glitt über einen Nippel. Zähne kitzelten die andere. Einer meiner Gefährten küsste meinen unteren Rücken. Ich drückte meine Hände gegen Nates breite Brust und begann zu zittern, als ich mich auf und ab bewegte.

Ein langes Stöhnen drang aus meiner Kehle. Der Bärenwandler fing mich auf, als ich über ihm zusammensackte. Auch seinen Lippen entwich ein Stöhnen. Er stieß ein letztes Mal in mich und füllte mich mit seiner Erlösung.

Meine Oberschenkel zitterten, als ich mich von Nate löste. Aaron war da und wartete. Er zog mich in eine Umarmung und küsste meinen Nacken. „Bist du noch nicht müde?", fragte er. Ein neckischer Unterton lag in seiner rauen Stimme.

Ich lachte. Nein, meine Begierde war noch nicht ganz gestillt. Ich streckte meine Finger aus, um die harte Länge seines Schwanzes zu umschließen. „Nicht mehr als du."

„Was hältst du dann davon, wenn wir fliegen?"

Ich zog ihn an mich, um ihn auf den Mund zu küssen. Ineinander verschlungen, kippten wir auf dem Bett um.

Aaron versank in mir, als ob er nirgendwo anders sein sollte – und in diesem Moment sollte er das auch nicht. Mit jedem Stoß stemmte ich mich gegen ihn, meine Hüften wippten schneller. Meine Haut war jetzt schweißnass, mein Atem war eher ein Keuchen, doch ich hatte mich noch nie in meinem Leben so voller Energie gefühlt.

Fliegen. Ja, das war das richtige Wort dafür.

„Ich liebe dich", flüsterte ich, bevor ich erneut die Kontrolle über meine Stimme verlor.

Aarons Atem stotterte gegen meine Wange. „Ich liebe dich auch. Meine Erste und meine Letzte. Meine Einzige."

Bei seinem letzten Stoß drang er noch tiefer in mich ein und ich erreichte zitternd und keuchend den letzten Höhepunkt der Ekstase. Mein Geschlecht verkrampfte sich um Aarons Schwanz herum. Dann kam auch er mit einem Stöhnen.

Schließlich ließ ich mich satt und zufrieden auf die Matratze sinken. Meine vier Gefährten kuschelten sich an mich und hüllten mich mit ihrer Zuneigung ein.

Dann meldete sich Aaron zu Wort. „Es ist nicht garantiert, dass es beim ersten Versuch klappt. Nur damit du nicht enttäuscht bist."

Ein schwindelerregendes Kichern entwich mir. „Das ist okay", erwiderte ich und zog sie alle ein wenig näher an mich heran. „Wir müssen einfach weiter üben, bis wir es richtig können."

22

Ren

„Es wird ihnen doch nicht wehtun, oder?“, fragte ich, als ich am Rand der Grenze stand, die die Feenfrau gerade gezogen hatte. Ihre Magie schimmerte sanft auf der Erde zwischen den Bäumen, bis sie schließlich ganz aus meinem Blickfeld verschwand. Sie hinterließ einen schwachen Duft in der kühlen Frühlingsbrise, leicht süßlich unter den knackig grünen Düften des Waldes, der gerade aus dem Winter erwacht war.

Die Fee schüttelte den Kopf. „Die Menschen werden es nicht einmal spüren. Sie werden einfach kein Interesse daran haben, in diese Richtung weiterzugehen.“ Sie schenkte mir ein kleines, aber strahlendes Lächeln. „Und auf euch Gestaltwandler wird es überhaupt keine Auswirkungen haben.“

Ein paar ihrer Begleiter, die weiter weg standen, hoben ihre Hände, um uns zu signalisieren, dass sie fertig waren. Die Aktion war ein Schritt in einem Plan, den die Alphas und ich nach den Gesprächen mit den Feen-Anführern ausgearbeitet hatten, um die Gebiete der Gestaltwandler zu erweitern, ohne die Feen zu beeinträchtigen. In abgelegenen Gebieten, in denen wir uns keine Sorgen über zufällig vorbeikommende Wanderer oder neugierige Touristen machen mussten, konnten jetzt neue Siedlungen entstehen.

„Danke für eure Hilfe“, sagte ich. „Ich hoffe wirklich, dass es für uns alle einfacher wird, wenn wir mehr Platz haben, um uns auszubreiten.“ Obwohl es seit der Abwendung der Bedrohung durch die Vampire nach wie vor gelegentlich Auseinandersetzungen zwischen Gestaltwandlern und Feen gegeben hatte, waren sie minimal gewesen, und außer Egos und Gefühlen war nichts verletzt worden.

„Ich würde mich freuen, wenn wir eines Tages wieder mehr Land miteinander teilen würden“, sagte die Fee. „Allerdings ist es schwer, das Teilen zu genießen, wenn man dazu gezwungen wird. Ich denke, dass sich diese Aktion positiv auf unsere beiden Völker auswirken wird. Machen wir nächste Woche beim Anwesen der Vogelwandler weiter?“

„Das ist der Plan.“ Ich winkte ihnen zu und ging über die Grenze zu dem Wagen, mit dem ich gekommen war.

Dort warteten Kylie und Felix, die ein kleines

Picknick auf der Wiese neben der Straße machten. Die Feenmagie würde sich zwar auf meine beste Freundin auswirken, doch sie war ohnehin nicht scharf darauf, die kleineren Siedlungen zu besuchen. Zurzeit verbrachte sie ihre Zeit abwechselnd auf dem Anwesen der Drachenwandlerinnen und Felix' Posten in New York.

Sie sprang auf, als sie mich kommen sah. „Seid ihr schon fertig? Das ging ja schnell."

„Feenmagie ist ziemlich mächtig", antwortete ich.

Felix stand ebenfalls auf, sammelte die Reste ihrer Mahlzeit ein und verstaute sie im Korb. Er schenkte mir ein Grinsen. „Der Vampirkönig wird sich über unsere Fortschritte freuen. Endlich gibt es mehr Vorsichtsmaßnahmen, damit die Menschen keinen Wind von uns bekommen. Sie sind immer noch ziemlich paranoid, was die Geheimhaltung von Übernatürlichem angeht."

Der Fuchswandler war jetzt so etwas wie unser Botschafter in der Vampir-Gemeinschaft. Er lebte zwar nicht unter den Blutsaugern – ich konnte mir nur allzu gut vorstellen, was er zu diesem Vorschlag sagen würde – sie hatten jedoch zugestimmt, dass ein Gestaltwandler direkt in New York City leben durfte, damit etwaige Streitigkeiten zwischen Vampiren und Gestaltwandlern schnell beigelegt werden konnten.

Außerdem konnte er so ein Auge auf alles haben. Auch wenn der neue König nicht so sehr auf Krieg aus zu sein schien wie der letzte, traute keiner von uns den Vampiren so weit, wie wir spucken konnten.

„Das kannst du ihm heute Abend auf der großen

Party erzählen“, sagte Kylie und hakte sich bei ihrer Freundin ein. Ihr Gesicht leuchtete mit ihren neonfarbenen Haaren um die Wette, als sie Felix ansah. Ich hatte mir ein wenig Sorgen gemacht, dass das Zusammenziehen so kurz nach ihrem Kennenlernen die gegensätzlichen Seiten ihrer Persönlichkeiten wieder zum Vorschein bringen könnte, doch ich hatte sie noch nie so glücklich gesehen.

„Müsst ihr jetzt schon zurückfahren?“, fragte ich, als wir ins Auto stiegen.

„Nachdem wir dich am Anwesen abgesetzt haben“, erwiderte Felix. „Es sei denn, du brauchst noch etwas.“

Mein Herz zog sich zusammen. Es wäre schön gewesen, wenn Kylie in der Nähe geblieben wäre, da ich ihr sofort meine Neuigkeiten erzählen wollte ... allerdings sollten in diesem Fall wohl meine Gefährten die Ersten sein, die davon erfuhren, nicht meine beste Freundin.

„Nein, ist schon in Ordnung“, sagte ich.

Kylie warf mir einen misstrauischen Blick zu. „Verschweigst du mir etwas?“

Ich lächelte sie an. „Da musst du wohl einfach abwarten und es herausfinden.“

Sie winkte mit dem Finger. „Ich komme in ein paar Tagen wieder, vergiss das nicht. Dann werde ich dir alle deine Geheimnisse entlocken.“

Als wir mein Anwesen erreichten, stand bereits ein neues Auto vor dem Haus. Marco saß auf der Eingangstreppe. Als wir anhielten, sprang er anmutig auf.

Ich ging auf ihn zu und spürte, wie sich mein Gesicht aufhellte. Obwohl ich mich daran gewöhnt hatte, tagelang und manchmal sogar wochenlang von einem oder mehreren meiner Gefährten getrennt zu sein, fühlte ich mich nie so ausgeglichen, wie wenn sie bei mir waren.

„Hallo, Prinzessin", murmelte Marco. Er strich mir eine Haarsträhne von der Wange und beugte sich vor, um seine Lippen auf meine zu pressen. Ich gab mich der Hitze des Kusses hin, so lange, wie es mir möglich war, wenn wir Gesellschaft hatten.

„Ich muss mich nur noch von Kylie verabschieden", sagte ich. „Dann bin ich gleich wieder bei dir."

„Lass dir Zeit", erwiderte der Katzen-Alpha. „Ich darf dich noch den ganzen Rest des Tages haben."

Ich ging zurück zum Auto und schloss Kylie fest in die Arme. „Ich erwarte dich in zwei Tagen zurück", sagte ich. „Sei pünktlich."

Sie lachte. „Das bin ich immer. Als ob ich mir deine Abenteuer entgehen lassen würde."

„Mach weiter so mit den Vampiren, Felix", fügte ich an den Fuchswandler gewandt hinzu.

Er salutierte mit einem Funkeln in seinen scharfen Augen. „Ich bin froh, dass ich helfen kann."

Nachdem sie weggefahren waren, ging ich zurück zu Marco. „Wie hat sich das Verhältnis zwischen den Katzen- und den Vogelwandlern entwickelt, mit denen ich letzte Woche gesprochen habe? Keine weiteren Konflikte?"

„Bis jetzt haben sie es geschafft, den Frieden zu

wahren. Ich denke, dein Gespräch – und der Kompromiss – haben den Zweck erfüllt. Bis sie etwas Neues finden, worüber sie sich streiten können." Er schüttelte den Kopf. „Außerdem ist noch ein Abtrünniger aufgetaucht, der auf dieser Seite der Kluft geboren wurde und Wiedergutmachung leisten will. Wenn du das nächste Mal nach Florida kommst, kannst du die Wahrheitsflammen bei ihm einsetzen, um sicherzustellen, dass er es ernst meint."

„Mit Vergnügen", sagte ich. Seit unserem Krieg mit den Vampiren – und dem Tod des letzten Anführers der Abtrünnigen – hatten die Gestaltwandler ein paar Dutzend ehemalige Abtrünnige wieder aufgenommen. Natürlich hatte ich sie alle vorher ausführlich befragt.

Marco legte seinen Arm um meine Schultern. „Werde ich dich für mich allein haben, oder wird das eine größere Party?"

„Die anderen sollten auf dem Weg sein", sagte ich. „Ich habe alle gebeten, gegen Mittag hier zu sein."

„Nun, es gibt keinen Grund, warum wir die Zeit allein nicht genießen sollten, bis sie eintreffen", murmelte er.

Ich schmiegte mich in seine Arme, als er seinen Mund zu meinem Hals herabsenkte. Er war noch nicht weit gekommen, als ein weiterer Motor ertönte. „Hmm", sagte er und hob den Kopf, um nachzusehen. „Wir können später weitermachen, wo wir aufgehört haben."

Ich lachte. „Das werden wir ganz bestimmt."

West stieg mit seiner üblichen mürrischen Miene aus seinem Jeep aus. Es erregte mich noch immer ein wenig, den ernsten Ausdruck hinter einem warmen Grinsen verschwinden zu sehen, wenn sich unsere Blicke trafen. Er ging auf mich zu und hob mein Kinn an, um mich zu küssen, wobei er sich nicht die Mühe machte, mich aus Marcos Armen zu befreien.

„Es ist viel zu lange her", sagte er. Er hatte sich um ein paar Probleme in den Hundewandler-Siedlungen gekümmert, während ich mit dem Feen-Bündnis beschäftigt war, sodass wir uns seit beinahe zwei Wochen nicht mehr gesehen hatten.

„Wir sind fast fertig mit der Umschließung der neuen Gebiete", berichtete ich. „Dann wirst du mich nicht mehr los."

Sein Grinsen wurde breiter. „Glaub mir, darauf freue ich mich schon."

Aaron kam als Nächstes an, in einer Limousine, die stotternd zum Stehen kam. Rauchschwaden quollen unter der Motorhaube hervor. Er verzog das Gesicht, als er ausstieg. „Ich weiß nicht, was ich weniger mag – Jets oder Autos."

„Einer der Gestaltwandler auf dem Anwesen ist Mechaniker", sagte ich. „Ich werde ihn bitten, einen Blick darauf zu werfen."

Marco rieb sich die Hände. „Lass mich das machen. Ich kenne mich mit Autos ganz gut aus."

Die anderen Jungs und ich tauschten einen skeptischen Blick aus. Der Katzenwandler winkte ab. „Nur weil ich extravagante Dinge mag, heißt das nicht, dass ich Angst habe, mir ab und zu die Hände schmutzig zu machen."

Wir hatten gerade die Motorhaube hochgeklappt, als Nates Pick-up zum Stehen kam. „Okay", sagte ich, als der Bärenwandler ausstieg. „Die Reparatur kann warten. Kommt mit rein."

Nate folgte uns ins Haus, und dieses wunderbare Gefühl der Vollkommenheit überkam mich. Hier war ich mit all meinen Gefährten. Alles war so, wie es sein sollte. Und es gab da sogar etwas, das sie noch nicht wussten.

„Was ist los, Ren?", fragte Nate. „Es klang so, als wäre dieses Treffen etwas dringender als sonst."

„Nicht im negativen Sinne", versicherte ich ihm. „Da ist nur etwas, worüber ich mit euch allen reden wollte, und ich dachte, es wäre besser, das persönlich zu tun."

„Ich habe nichts dagegen, Zeit mit dir zu verbringen, wann immer ich kann", sagte Aaron. Er nahm meine Hand und küsste den Handrücken, seine blauen Augen strahlten vor Zuneigung.

Ich führte die Alphas den Flur entlang zu meinem Privatquartier. Im Wohnzimmer blieb ich stehen und winkte sie heran. „Gebt mir die Hand. Ihr alle."

Marco hob eine Augenbraue, doch schließlich streckten alle meine Alphas jeweils eine Hand aus. Ich ergriff sie vorsichtig mit meinen Fingern und führte ihre Handflächen zu meinem Bauch.

„Könnt ihr sie spüren?", fragte ich leise. „Ich kann es nämlich." Das neue Leben, das ich in mir trug, berührte meine Sinne mit einer sanften Energie wie das Flackern einer Kerzenflamme.

Nates Augen weiteten sich. Er zog seine Hand weg und küsste mich innig. Als Nächstes küsste mich Aaron, dann West und Marco, während sie alle einen Kreis der Liebe um mich herum bildeten.

„Auf die nächste Drachenwandlerin", murmelte Aaron.

Die Mutterschaft war ein ganzes Stück Neuland, das vor mir lag, doch ich war bereit dafür. Besonders mit meinen Gefährten an meiner Seite.

Ich legte meine Hand auf das Leben, das da in mir heranwuchs und lächelte. „Auf sie, auf uns alle und auf die Zukunft, die wir für sie gestalten werden." Eine Zukunft, die nun mit Harmonie und Hoffnung erhellt werden konnte.

ÜBER DEN AUTOR

Eva Chase ist eine Amazon Top 100-Bestsellerautorin für Urban Fantasy und paranormale Liebesromane. Sie ist mit Magie, Chaos und Herzschmerz aufgewachsen und bringt alle drei Elemente in ihre Geschichten ein. Aber keine Angst vor dem gefürchteten Liebesdreieck - Evas Heldinnen müssen sich nie entscheiden. Online findet man sie unter www.evachase.com.

www.ingramcontent.com/pod-product-compliance
Lightning Source LLC
Chambersburg PA
CBHW020748310726
48969CB00002B/471